Ralf Kramp

Ein kaltes Haus

Vom Autor bisher erschienene Bücher bei KBV:

»Tief unterm Laub«
»Spinner«
»Rabenschwarz«
»Der neunte Tod«
»Abendgrauen« (Hg.)
»Still und starr«
»... denn sterben muss David!«
»Kurz vor Schluss«
»Abendgrauen II« (Hg.)
»Malerische Morde«
»Hart an der Grenze«
»Ein Viertelpfund Mord«
»Abendgrauen III« (Hg.)
»Totentänzer«
»Nacht zusammen«

Ralf Kramp, geboren am 29. November 1963 in Euskirchen, lebt heute in Flesten in der Vulkaneifel. Sein erster Kurzkrimi erschien 1994 im Kölner Stadt-Anzeiger, und sein erster Kriminalroman zwei Jahre später. Für sein Debüt „Tief unterm Laub" erhielt er den Förderpreis des Eifel-Literaturfestivals. Seither erschienen mehrere Kriminalromane, unter anderem auch die Reihe um den kauzigen Helden Herbie Feldmann und seinen unsichtbaren Begleiter Julius, die mittlerweile deutschlandweit eine große Fangemeinde hat. Seit 1998 veranstaltet er mit großem Erfolg unter dem Titel "Blutspur" Krimiwochenenden in der Eifel, bei denen hartgesottene Krimifans ihr angelesenes "Fachwissen" endlich bei einer Live-Mördersuche in die Tat umsetzen können. Im Jahr 2002 erhielt er den Kulturpreis des Kreises Euskirchen.

Ralf Kramp

Ein kaltes Haus

KBV

1. Auflage September 2004
2. Auflage November 2005
3. Auflage Dezember 2009

Telefon: 0 65 93 - 99 86 68
Fax: 0 65 93 - 99 87 01
www.kbv-verlag.de
E-Mail: info@kbv-verlag.de
Umschlagillustration: Ralf Kramp
Redaktion, Satz: Volker Maria Neumann, Köln
Druck: Aalexx Buchproduktion GmbH, Großburgwedel
Printed in Germany
ISBN 978-3-937001-09-8

Für mein Teuerstes.
Für Geli und Michael.
Und für Hubi. Wir und die ganze Eifel brauchen dich.

Wer jetzt kein Haus hat, baut sich keines mehr.
Wer jetzt allein ist, wird es lange bleiben,
wird wachen, lesen, lange Briefe schreiben
und wird in den Alleen hin und her
unruhig wandern, wenn die Blätter treiben.

(Rainer Maria Rilke)

Inhalt

1. Verstreut

Und deshalb trinken wir auf ein überaus großzügiges Geburtstagskind und auf seine wunderbare Zukunft.« Das Glas funkelte in der Hand des Redners, und das aufgesetzte Lächeln sprach eine sehr eigene Sprache. Es bestand kein Zweifel daran, dass Bob ein karrieresüchtiges Schlitzohr war.

Fried hob abwehrend die Hand. Seine Gäste erwarteten das von ihm. Sie hatten ihm zum Geburtstag gratuliert, hatten ihn umarmt und ihm flüchtige Küsse auf seine Wangen gedrückt, und trotzdem fiel es ihm schwer, den Gedanken daran zu unterdrücken, dass die meisten von ihnen dachten, dass es eigentlich viel schöner wäre, endlich etwas ganz anderes zu feiern als seinen achtundsechzigsten Geburtstag. Seinen endgültigen Abschied aus dem Büro beispielsweise. Bob war mit Abstand der schlimmste von ihnen.

Fried Söntgens nippte an seinem Champagner und ließ seinen Blick über ihre Gesichter wandern, während sie »Happy Birthday« anstimmten. Er bezweifelte nicht, dass sie ihn mochten. Sie waren nett und man konnte Spaß mit ihnen haben, und einige Jahre lang hatte er tatsächlich das Gefühl gehabt, so etwas wie eine kleine Familie um sich versammelt zu haben. Aber sie waren seiner überdrüssig geworden, daran bestand kein Zweifel.

Dieser Abend verlief wie jeder andere, den sie außerhalb des Büros miteinander verbrachten. Sie hatten sich über die Meeresfrüchte hergemacht und über den Job gesprochen. Sie saßen in einem der besten Restaurants von Sydney an blank polierten Walnussholzmöbeln, umrahmt von exquisiten Antiquitäten, und sprachen ununterbrochen über den neuen

Job, über das neue Bürogebäude von Bannister's. Von Bürokollegen war nichts anderes zu erwarten.

»Hat es nicht geschmeckt, Sir?«, fragte der Kellner, als er nach Frieds Teller griff. Die Riesengarnelen krümmten sich nahezu unberührt auf dem feinen Porzellan, die Makrelenterrine war ein wenig zerstochert.

Fried lächelte den jungen Mann an. »Zu viel für einen alten Magen am späten Abend.«

Er hatte hier im Galileo ein paar Mal mit Margo gegessen. An ihren Hochzeitstagen und an den Jahrestagen ihres Kennenlernens. Mit Margo hatte es Spaß gemacht. Die Küche war vorzüglich gewesen, sie hatten viel gelacht und ein bisschen mehr getrunken als üblich und sich dann oben im Observatory Hotel ein Zimmer genommen, obwohl sie nur eine halbe Autostunde entfernt gewohnt hatten. Das waren herrliche Abende gewesen. Mit seinen Angestellten hingegen geriet ein solches Dinner zur Farce. Ein Theaterstück vor hochfeiner Kulisse. Seidenbespannte Wände und Leder aus dem siebzehnten Jahrhundert, fünf Sterne und elf schlechte Schauspieler.

Was hatte er nur falsch gemacht? Wann waren sie ihm so fremd geworden?

Seit drei Jahren fragte sich Fried, warum er sich dieser Qual unterzog. Sie warteten darauf, dass er endlich Nägel mit Köpfen machte und seinen Ruhestand genoss. Bob wünschte sich nichts sehnlicher, als endlich die Leitung des Architekturbüros übertragen zu bekommen. Immer wenn er bei solchen Gelegenheiten das Glas erhob, da war sich Fried sicher, hatte er zuvor jede Geste vor dem Spiegel geübt. Bob brannte darauf, die Firma zu übernehmen. Er war ein hungriger junger Mann und seine Karriere stand unter einem glänzenden Stern. Er war ein brillanter Architekt mit Ideen und er arbeitete in einem renommierten Architekturbüro, und unausgesprochen hing seit geraumer Zeit die Möglichkeit in der Luft, ihm könne die Firmenleitung übertragen werden. Kein Geschäftspartner, keine Erben, die etwas von Fried zu erwarten gehabt hätten – Bob hatte das Ding so gut wie in der Tasche.

An solchen Abenden fühlte sich Fried allein. Unsagbar einsam. Er hatte nicht den blassesten Schimmer, was er tun sollte, wenn erst einmal der Tag gekommen war, an dem er einfach nicht mehr anders konnte, als zu kapitulieren. *...und auf seine Zukunft!* Bobs Worte hallten in seinem Kopf nach, während er gedankenverloren seinen Blick durch den Raum schweifen ließ, an dem prachtvollen sechsarmigen Kristallleuchter in der Mitte des Restaurants vorbei, zum großen Fenster im Kolonialstil und hinaus auf die Lichter von Miller's Point.

Sie lachten plötzlich über einen Scherz, den er nicht mitbekommen hatte. Fried seufzte, gab sich einen Ruck und lehnte sich nach vorn. Dann setzte er ein Lächeln auf und sagte leutselig: »Entschuldige, Bridget, ich habe was verpasst. Was war das?«

Bridget tupfte sich die Mundwinkel mit der Serviette ab und holte Luft, um für ihn den Gag zu wiederholen, als das Handy in Frieds Jacketttasche piepte. »Das ist Mister Doyle von Bannister's!«, trompetete Bridget, die an diesem Abend die Rolle der Ulknudel übernommen hatte. »Ihm ist gerade beim Fernsehen eingefallen, dass er doch lieber ein holzgetäfeltes Klo mit runden Zimmerecken und Hafenblick in seinem Büro haben will!«

Die anderen brachen in lautes Gelächter aus, während Fried das Telefon aus der Tasche fischte. Keine Nummer im Display. Er fragte sich, wer wohl um diese Zeit anrief. Seine

Finger waren zu groß für diese kleinen Knöpfe. Er brummte unwillig. Als er das Gespräch annahm und das Gerät ans Ohr führte, winkte er mit der Rechten beschwichtigend seinen Gästen zu, und es wurde etwas leiser.

Die Stimme klang sehr entfernt. Es knisterte in der Leitung. Eine Verbindung zum Mars konnte nicht schlechter sein.

»... Geburtstag«, verstand er. Jemand sprach deutsch. Fried schob beim Aufstehen den Stuhl mit den Kniekehlen zurück. Mit einem Zucken der Augenbrauen bedeutete er den anderen am Tisch, ihn für einen Moment zu entschuldigen.

»Augenblick«, murmelte er in das winzige Telefon. »Augenblick, bitte.« Als er sich zwischen den anderen Gästen hindurch einen Weg in den Vorraum bahnte, trafen ihn abschätzige Blicke.

Am anderen Ende wurde weiter gesprochen. Er hörte »... Kalender eingetragen ...«

Als er im Vorraum angekommen war und die Geräuschkulisse aus Gläserklirren, Gelächter und Pianomusik abgeklungen war, fragte er vorsichtig: »Michael, bist du das etwa?«

Der andere stockte. Verwirrt begann der Anrufer erneut. »Ja, ich bin's, Michael, ganz richtig. Wollte dir gratulieren. Stör ich gerade?«

Fried Söntgens umklammerte das kleine Handy mit zwei Händen, bildete eine Muschel, um es vom Lärm abzuschirmen. Ein Strahlen breitete sich auf seinem Gesicht aus. »Aber nein, Junge. Ganz und gar nicht!« Es war ihm ernst. Einige Dinge, die ihn von dieser Tafelrunde entführt hätten, wären ihm heute Abend überaus willkommen gewesen, aber dieser Anruf versetzte ihn geradezu in freudige Erregung. »Ich habe so lange nichts von dir gehört, Junge. Erzähl doch. Geht's dir gut? Was machen Ellen und der Kleine?«

Aus dem Gerät ertönte nur ein leises Rauschen.

»Michael?« Fried ging näher in Richtung des Ausgangs. Der Empfang schien schlechter zu werden. »Bist du noch dran?«

»Klar«, kam es schwach. »Wollte dir nur zum Geburtstag gratulieren.«

»Das ist lieb von dir, Junge. Ich freu mich riesig!«, sagte Fried eifrig.

Dieser Anruf kam aus einer anderen Welt. Ein *long distance call* in die Vergangenheit. Das Bild einer glücklichen kleinen Familie tauchte vor seinem geistigen Auge auf. Drei strahlende Menschen in einem kleinen Holzrahmen, die ihn tagtäglich von der Wand seiner Essecke in der Wohnung am Stadtrand anstrahlten – und von denen er in der Hektik seines Alltags nur selten Notiz nahm.

»Ihr habt's schön warm, da unten in *down under*, stimmt's?« Jetzt kam die Stimme klar und deutlich.

»Ja ja, tolles Wetter hier. Die Nächte sind mir zu warm. Viel zu warm für einen alten Knacker wie mich. Aber erzähl von dir, Junge. Was macht das Hotel? Läuft alles gut?"

Die Antwort kam wieder zögernd und knapp: »Alles bestens.«

Fried sah auf die Armbanduhr. »Mittagspause? Bei euch ist Mittag, oder?"

»Mittag, ja.«

Etwas lag in dieser Stimme. Etwas, das die Belanglosigkeit der Worte nicht verbergen konnte. Fried spürte es über die Tausende von Kilometern hinweg, die sie trennten. »Ist was mit dir, Junge?« Das Rauschen wurde wieder stärker. Fried schluckte aufgeregt und warf einen hektischen Blick durch den Mauerbogen zu seinem Tisch hinüber. Die Suppe wurde serviert.

»Micha, gibt's Schwierigkeiten? Sag schon, Junge. Raus damit.«

In diesem Moment erkannte er das, was er zunächst als Rauschen im Äther gedeutet hatte, als das, was es wirklich war: Sein Gesprächspartner schluchzte.

Fried Söntgens' Finger krümmten sich um das Handy. Auf der anderen Seite der Erde wurde jemand von Schmerzen geschüttelt, ohne dass Fried sagen konnte, ob sie physischer oder psychischer Natur waren. Etwas krampfte sich um sein Herz und es verging eine Weile, bevor er es wagte weiter zu sprechen. »Hast du Kummer mit Ellen?« Und schließlich setzte er hinzu: »Kann ich dir irgendwie helfen, Junge?«

»Zu spät, Fried«, kam es zaghaft. »Es ist so gut, dich zu hören ...« Er schniefte. Seine Stimme wurde brüchig und leiser. »Zu spät."

Plötzlich piepste etwas. »Mein Akku«, hörte Fried. Sein Körper war angespannt, er krümmte sich, als er laut in das Handy hineinsprach: »Brauchst du Hilfe, Michael?«

»Mein Akku.« Erneut war das Piepsen zu hören. Diesmal klang es energischer. »Entschuldige, wenn ich dir deine Fete versaut ...« Das Piepsen ertönte ein drittes Mal. » ... alles zu spät.«

Dann brach die Verbindung ab.

Fassungslos starrte Fried Söntgens auf das kleine Gerät in seiner Hand, dessen Display sich verdunkelte.

Aus den Augenwinkeln heraus registrierte er, dass Bob zu ihm herüberkam.

Zur Teufel mit der Suppe!

Mit zitternden Fingern tippte er auf der Tastatur herum. Im Telefonbuch fand er Michaels Nummer. Beschwichtigend hob er die Hand in Bobs Richtung, während er auf die Verbindung wartete. Es war eine Festnetznummer. Auf der anderen Seite der Erde würde gleich ein Telefon klingeln. Irgendetwas stimmte nicht mit dem Jungen. Fried kaute auf der Unterlippe, während er den Vermittlungstönen lauschte.

Bob beobachtete ihn mit zusammengezogenen Augenbrauen.

Eine weibliche Stimme teilte ihm mit, dass dieser Anschluss nicht mehr existiere.

»Da stimmt was nicht«, flüsterte er, während er die Nummer im Display kontrollierte. Es war die eingespeicherte Nummer von Michaels Hotel. »Irgendwas stimmt da nicht.«

»Probleme?«, fragte Bob zaghaft.

Fried ließ das Handy sinken und starrte ihn an. »Ich weiß nicht, Bob.« Und in diesem Augenblick wurde ihm klar, wie wenig er wirklich wusste. Von Michael, von Ellen, von ihrem kleinen Jungen. All das war so lange her. Ein früheres Leben, zwanzig Flugstunden entfernt, in einer anderen Jahreszeit.

Zu spät. Diese Worte machten ihm Angst. Große Angst.

»Macht schon mal ohne mich weiter, Bob. Ich muss rasch ein paar Telefonate führen.«

Als er plötzlich Bobs Hand spürte, die sich sanft auf seinen Unterarm legte, schüttelte er sie unwirsch ab und fuhr zu seinem Angestellten herum. Er riss die Augen weit auf und blaffte: »Was zum Teufel ...«

Bob trat einen Schritt zurück und legte den Kopf leicht schief. Er betrachtete Fried furchtlos und mit einem Blick, in dem sich ein Anflug von Sorge und kühle Berechnung paarten. »Ich mache mir Sorgen um dich, Fried«, sagte er leise und mit einem drohenden Unterton. »Oh ja, ich mache mir Sorgen.«

* * *

Clara schlang den Schal fester um den Hals. Sie fürchtete sich vor der nächsten Erkältung. Sie war keine zwanzig mehr und beim letzten Mal hatte sie eine ganze Woche flach gelegen. Früher hatte sie so was locker weggesteckt. Da hatte sie mit ihrer Pferdenatur angegeben und war bis zum November in der Sommerbluse herumgelaufen.

»Und er hat dich nach zehn Jahren einfach so wieder angerufen?«

Ihre Tochter Victoria verkniff sich nur mühsam ein süffisantes Lächeln und blickte auf sie hinab, während sie nebeneinander her spazierten. Victoria war ein langes Elend, genauso wie ihr Vater. Clara war stolz auf die endlos langen Beine ihrer Tochter und manchmal auch ein bisschen neidisch. Dafür hatte sie mehr Busen. Sie liebten es selbst heute noch, sich nebeneinander im Spiegel zu bestaunen.

»Als ich ihn zuletzt gesehen habe, war er um die vierzig. Und er sah ziemlich knackig aus, soweit ich mich erinnern kann.«

»Knackig ...« Ihre Mutter schüttelte missbilligend den Kopf und schritt energisch durch das Laub.

»Ich war ein kleines Mädchen und ich fand ihn knackig ... Gut, sagen wir ... stattlich.«

»Stattlich klingt schon besser.«

Der Stadtpark von Regensburg war zu dieser Tageszeit voll von Menschen. Die Sonne schien durch das bunte Blätterdach und es war empfindlich abgekühlt.

»Dir hat er auch immer gefallen, oder?« Sie knuffte ihre Mutter in die Seite. »Stimmt doch, oder? Er ist ein großer, stattlicher Mann, und wenn ich dich richtig verstanden habe, ist er Witwer.«

»Hör auf damit!«

Victoria verstummte. Während sie weitergingen, musterte sie ihre Mutter mit dem liebevollen Blick einer Tochter, die begriffen hatte, dass die Vorzeichen sich umgekehrt hatten. Jetzt war sie es, die die Augen offen halten musste. Bei den Zwillingen und bei ihrer Mutter.

Vor zwei Jahren hatte Clara aufgehört, ihr Haar zu färben, und jetzt hatte es die Farbe von frisch gefallenem Schnee mit einem Hauch von Morgensonne. Sie trug es kurz und struppig, und wenn sie ihr mutwilliges Lächeln aufsetzte, sah sie manchmal aus wie ein Teenager.

Sie hatte früher viel öfter gelächelt.

Heute ging es ihr nicht gut.

Und diese Tage häuften sich. Vor einem Monat hatte sie ihre Tochter mit der abstrusen Idee überrascht, noch vor ihrem siebzigsten Geburtstag in eine Seniorenresidenz zu ziehen. Sie hatte das mit dem Wunsch begründet, auf ihre alten Tage niemandem zur Last fallen zu wollen, und sie waren in einen ernsthaften Streit darüber geraten. Es war plötzlich wie früher. Türen waren ins Schloss gedonnert und Bücher durch die Luft geflogen.

»Wer mit Büchern wirft, gehört eingewiesen«, hatte Clara hinterher schluchzend gesagt, als sie einander umarmten, einen zerfledderten Hesse-Band zwischen sich eingequetscht.

Sie meinte es tatsächlich ernst. Sie wollte in diese Wohnanlage für betreutes Wohnen und ihre Tochter Victoria verstand die Welt nicht mehr. Dennis und Beatrix vergötterten Oma Clärchen, und ihr Haus war riesig.

»Warum ziehst du nicht zu uns? Wir könnten ein Jahr zusammen dort verbringen ohne einander zu begegnen«, sagte Victoria eindringlich, aber ihre Mutter hatte still den Kopf geschüttelt und die Tränen weggewischt.

Oma Clärchen tat immer, was sie sich vorgenommen hatte.

»Wer ist denn überhaupt dieser Michael?«, fragte Victoria. Sie erreichten das Auto, das sie am Straßenrand abgestellt hatte.

»Der lebt in der Eifel, Kind. Ich habe dir von ihm erzählt. Er ist ein paar Jahre älter als du und wir haben eigentlich alle geglaubt, es gehe ihm blendend.«

»Und in Wirklichkeit ist es anders?«

»Es scheint so.« Sie zog ein Taschentuch hervor und schnäuzte sich. »Fried sagte, er habe am Telefon sehr verzweifelt geklungen. Ich habe natürlich sofort versucht ihn anzurufen und alle Hebel in Bewegung gesetzt, um Kontakt mit ihm aufzunehmen, aber er ist unerreichbar. Das macht mir Sorgen. Ich verstehe Fried sehr gut.«

Victoria öffnete die Beifahrertür und ließ ihre Mutter einsteigen. Als sie den Zipfel ihres Mantels anhob und auf ihren Schoß legte, damit er nicht in die Tür geklemmt wurde, sagte sie unsicher: »Du hast doch nicht etwa vor dahinzufahren, oder?«

»Wir haben damals versprochen, diesem Jungen beizustehen.«

»Ein Schwur?«

»Ein Schwur, genau. Wir haben uns geschworen, ihn nie im Stich zu lassen.«

»Aber er ist erwachsen! Er wird das nicht wollen. Erwachsene schätzen es nicht, wenn man sich in ihr Leben einmischt.«

»Er hat um Hilfe gerufen.«

»Das heißt, du wirst tatsächlich fahren?«

»Ich weiß nicht recht.« Ihre Mutter setzte einen sybillinischen Blick auf und schaute zwinkernd in die Sonne. »Es wäre doch eine schöne Gelegenheit, die beiden Jungs wiederzusehen. Fried und Gregor ... Wir waren unzertrennlich damals, weißt du?«

»So wie *Jules und Jim?*«

»So ähnlich.« Clara zog die Autotür ins Schloss. »Lass uns fahren. Ich möchte dir zeigen, wo dieses Wohnheim ist.«

»Das habe ich mir längst angesehen, Mama.«

»Was hast du?«

»Ich habe mir diesen Kasten angesehen und muss sagen, dass ich deinen Entschluss immer noch nicht begreife.«

Clara räusperte sich vernehmlich. »Wir hatten diesen Tagesordnungspunkt ersatzlos gestrichen. Du erinnerst dich?«

Victoria seufzte mutlos. »Ich erinnere mich.«

»Braves Kind.«

»Und die Eifel?«

»Was ist mit der Eifel?«

»Du willst doch nicht wirklich dahin, oder?«

Clara lächelte geheimnisvoll und sagte: »Würdest du etwas anderes von mir erwarten?«

* * *

»Ich wasch mich nur schnell unten rum«, kam es aus dem Badezimmer.

Ein zufriedenes Lächeln huschte über Gregors Gesicht. Er zündete Kerzen an. An allen verfügbaren Stellen seiner kleinen Altbauwohnung hatte er Kerzenständer postiert. Dabei hatte er wenig Rücksicht darauf genommen, ob es sich um Kitsch oder Kunst handelte. Er liebte Kerzenlicht. Es machte alle Konturen weicher.

Als er an dem kleinen Jugendstilspiegel neben dem Büffet vorbeikam, hielt er inne und strich sich den eisgrauen Schnurrbart glatt. »Lass dir Zeit«, rief er. »Wir haben die ganze Nacht.«

Und augenblicklich gefror sein Lächeln. Eine Nacht. Es war immer nur eine Nacht – wenn er Glück hatte.

Mechanisch zog er das Portemonnaie aus der Gesäßtasche, zählte die Scheine ab und legte sie auf dem Büffet bereit. Solche Dinge wurden immer vorher abgewickelt. Für einen Moment ließ er die Hand auf den Scheinen liegen und schluckte schwer. Irgendwann musste das aufhören. Es tat ihm nicht Leid um das Geld. Andere fuhren teure Autos und verreisten. Das interessierte ihn wenig. Er hatte nur ein paar nicht allzu ausgefallene Sammelleidenschaften und hin und wieder diese kleinen Bedürfnisse. Und trotzdem musste er vorsichtig sein. Seine Sammlung wies schon einige Lücken auf und der Antikhändler im Agnesviertel, zu dem er in letzter Zeit immer häufiger ein paar alte Meißner-Stücke brachte, entwickelte sich mehr und mehr zum hartnäckigen Handelspartner. Er wollte bis zum bitteren Ende alle seine Schätze um sich haben.

Sein Blick wanderte wieder zum Spiegel. »Was kostet eine Nacht lang Glück, alter Mann?«, flüsterte er zu seinem Spiegelbild hinüber.

In diesem Moment ertönte wieder die Stimme aus dem Bad: »Darf ich duschen?«

Diese Stimme! Sie klang wie Samt. Die Stimme war ja so viel wichtiger, als man gemeinhin glauben mochte. Gregor versuchte schon seit ihrer ersten Begegnung, den Akzent zu deuten. Es klang sehr südländisch. Auch die langen, schwarzen Locken sprachen dafür.

»Nur zu«, antwortete er laut. »Du wirst gut riechen. Da habe ich auch was davon.«

Dann legte er eine Platte auf das Grammophon. Es knisterte und dann setzte das Orchester ein. Blechern breitete sich die Musik im Raum aus. Im Bad wurde die Dusche angestellt.

Gregor ließ den Blick schweifen und kontrollierte, ob er alle Kerzen angezündet hatte. Das gedämpfte Licht huschte flackernd über die alten Gemälde und Theaterfotos, die ihn als Coriolanus und als Jedermann zeigten, über die Vitrinen, in denen er die Taschenuhren drapiert hatte, über die antiken Möbel und das Grammophon. Auch aus dem angrenzenden Schlafzimmer drang warmer Lichtschein herüber. Er nickte. Alles war zu seiner Zufriedenheit arrangiert.

Er trat an das Fenster und blickte hinaus in die Nacht von Köln. Wenn er den Kopf ganz eng in die Ecke der Fensternische an die Scheibe presste, konnte er in der Ferne die beiden grünlich leuchtenden Spitzen des Doms sehen. Die Kälte des Glases an seiner Wange empfand er als erfrischend.

Aus dem Bad vernahm er das Prasseln des Wassers in der Duschwanne und die Stimme von Zarah Leander mischte sich unter die Orchestrierung: *Kann denn Liebe Sünde sein?*

Das rote Lämpchen am Anrufbeantworter blinkte. Vorhin beim Eintreten in die Wohnung hatte er es aus dem Augenwinkel wahrgenommen, im gleichen Moment aber auch schon wieder vergessen, weil er nicht allein war, weil ihn der Duft und die Stimme und der Körper ganz und gar vereinnahmt hatten.

Gregor spulte mit einem Tastendruck das Band zurück und drehte die Lautstärke hoch. Zuerst war da nur lautes Rauschen. Dann quälten sich plötzlich verzerrte Töne aus dem knisternden Nichts hervor. Eine seltsam blecherne Stimme sprach seinen Namen aus, ohne dass Gregor sie jemandem hätte zuordnen können. Nur sein Name. »Gregor?« Dann wurde das Gespräch beendet.

Es piepte.

Gregor runzelte die Stirn. Das hätte jedermann sein können. Die Stimme schien männlich zu sein. Er war gerade im Begriff zurückzuspulen, um sich das Stückchen Band noch einmal anzuhören, als der nächste Anruf abgespielt wurde.

Und mit einem Mal hörte er eine weitere Stimme, die aus einer anderen Welt zu kommen schien: »Gregor? Ich hoffe, das ist die richtige Nummer. Hier ist Fried. Fried Söntgens. Ruf bitte zurück. Da ist irgendetwas Komisches los, Gregor.

Ich muss sagen, ich mache mir ein bisschen Sorgen. Es gibt offensichtlich Probleme mit Michael. Ich hoffe, ich habe die richtige Nummer gewählt. Ruf mich bitte an.«

Wie gebannt starrte Gregor auf das Gerät neben dem Telefon. Eine Gestalt aus der Vergangenheit tauchte aus dem Zwielicht seiner Wohnung auf und manifestierte sich vor Gregors geistigem Auge.

Fried Söntgens.

Der beste Freund, den man haben konnte.

Damals.

Die Lichtgestalt.

Frieds unglaubliches Lächeln, sein markantes Kinn. Die hellblauen Augen. Gregor glaubte in diesem Moment sogar, sich an Frieds Geruch erinnern zu können.

Zarah Leanders Gesang echote durch seinen Kopf. *Darf es niemand wissen, wenn man sich küsst ...*

In diesem Augenblick erschien der junge Mann im Rahmen der Badezimmertür. Das Wasser tropfte ihm aus den Haaren und er summte laut die Grammophonmelodie mit. Dann ließ er das Badetuch fallen, das er sich um die Hüften geschlungen hatte, und kam auf Gregor zu. »Riech ich gut?«, fragte er, als er die Arme um den alten Mann legte.

Aber Gregor stammelte nur verwirrt: »Entschuldige bitte.« Er löste sich sanft aus der Umklammerung, griff nach dem Geld vom Büffet und drückte es dem Jungen in die immer noch feuchte Hand. Zwei funkelnde, schwarze Augen musterten ihn verwirrt.

»Entschuldige bitte vielmals«, murmelte Gregor mit einer seltsam rauen Stimme. »Entschuldige, aber das geht jetzt nicht.«

2. Begegnung

Sie trafen sich auf dem Breslauer Platz, am Hintereingang des Hauptbahnhofs, an einer Stelle von Köln, an der sich Trennungen und Begegnungen im Sekundentakt abwechselten, an dem Reisende, Busse, Züge, Taxis ein vierundzwanzigstündiges Rührstück voller Tränen des Glücks und voller Seufzer der Verlassenheit aufführten.

Jeder der drei näherte sich aus einer anderen Richtung.

Gregor entstieg fröstelnd einem Taxi und zog sich die Lederhandschuhe höher über die Handgelenke, Fried kletterte mit einer Reisetasche aus dem Shuttlebus, der gerade vom Flughafen eingetroffen war, und Clara wurde mit einer Menge anderer Menschen aus dem rückwärtigen Eingang des Hauptbahnhofs herausgespült.

Jeder der drei zögerte für einen kurzen Augenblick, hielt auf seiner Position inne und schaute umher. Wer das Szenario von oben hätte betrachten können, wohl wissend, welche drei Personen unter den zahlreichen Menschen dort unten versuchten, zueinander zu finden, den hätte das verblüffend Synchrone ihrer Bewegungen amüsiert. Sie wirkten ratlos, rieben sich die Hände, um sich zu wärmen, und entdeckten einander plötzlich nahezu gleichzeitig. Drei Darsteller in einem stummen Tanztheater, umwirbelt von unzähligen Statisten, von schimpfenden Taxifahrern, lärmenden Reisenden und dahindämmernden Junkies.

Sie beschleunigten ihre Schritte, bewegten sich sternförmig aufeinander zu und waren nach all den Jahren plötzlich wieder vereint.

Fried war immer noch ein stattlicher Mann, er überragte die beiden anderen um einen Kopf. Um Claras Augen hatte sich ein dichtes Netz von reizenden Fältchen gelegt und Gregors schwarze Haarpracht war einer spiegelblanken Glatze gewichen. Sein buschiger Schnurrbart verlieh ihm eine elegante Note.

Sie musterten einander stumm, dann stahl sich ein Lächeln auf ihre Lippen und schließlich umarmten sie einander mit geschlossenen Augen und gestatteten der Welt, sich für einen Moment lang nur um sie zu drehen.

Als sie später in einem der neumodischen Nahverkehrszüge in Richtung Eifel rollten, überfielen sie sich gegenseitig mit Fragen.

Clara plapperte unentwegt, Fried kontrollierte mit seinem Handy alle paar Kilometer die Reichweite des Mobilfunknetzes und Gregor zauberte einen kleinen Flachmann aus der Innentasche seines eleganten, grauen Mantels.

»Schaut euch an, was man aus unserer braven Bundesbahn gemacht hat«, sagte er und reichte die Flasche rund. »Wir fahren in einer großen Tupperdose spazieren. Oh, mein Gott, ist das grässlich! Wirklich grässlich, oder?«

Clara trank, nicht ohne vorher zu rufen: »Prost, prost, Kamerad!« Sie hustete und Fried klopfte ihr auf den Rücken.

Die drei waren ausgelassen. Es war beinahe so, als schlichen sie ängstlich um die unabänderliche Tatsache herum, dass da etwas Beängstigendes geschehen war, das sie nach all den Jahren wieder zusammengeführt hatte, als würde jeder von ihnen sich, solange es ging, der süßen Illusion hingeben, man hätte nichts weiter vor, als sich auf einen heiteren Herbstausflug in die Idylle der Eifel zu begeben.

Fried war es, der als Erster die Rede auf Michael brachte. »Wir haben uns damals geschworen, uns um den Jungen zu kümmern«, sagte er plötzlich ernst und blickte aus dem Fenster. Schrottplätze und Supermärkte rasten vorbei.

»Der ›Junge‹, wie du ihn nennst, ist über vierzig Jahre alt. Eigentlich kann er für sich selbst sorgen, oder?«, konterte Gregor und versuchte, es möglichst launig klingen zu lassen. »Ich meine, lasst uns doch mal ehrlich sein: Er meldet sich nie bei uns. Wir unterstützen ihn seit er auf dieser Welt ist – und er lässt so gut wie nie was von sich hören.«

»Wir sind weder seine Verwandten noch seine Kumpels.«

»Wir zahlen. Monatlich.« Gregor schnäuzte sich vernehmlich. »Schon seit Ewigkeiten.«

»Das war so abgemacht.«

»Stimmt. Das war so abgemacht. Also was noch?«

»Wie oft bist du bei ihm gewesen?«, fragte Clara sehr beherrscht.

»Ich?«

»Ja, du, Gregor. Du. Wie oft bist du in den letzten Jahren in die Eifel gefahren, um zu sehen, wie es ihm geht? Andere Kölner fahren jedes Wochenende in die Eifel, wenn ich mich da richtig erinnere.«

»Ich habe kein Auto, das weißt du ... und diese Bahnfahrerei ist die Hölle. Ich weiß ja nicht, wie es in Bayern oder Australien aussieht, aber hier bei uns fährt keiner freiwillig in diesen Blechdosen rum. Berufspendler, die sich vor lauter Vorfreude auf die Arbeit fast auf die Unterlippe treten, und entfesselte Fußballfans, denen eine Bierwolke um die Schädel wabert ... Nein danke.« Und als er spürte, dass ihre Blicke immer noch an ihm klebten, zuckte er mit den Schultern. »Michael und ich haben immer mal wieder miteinander telefoniert und es schien ihm ganz gut zu gehen. Ich wollte ihn zum Vierzigsten besuchen. Das war vor drei Jahren. Aber er sagte mir am Telefon, er feiere mit der Familie im Ausland. Sie waren irgendwo im Urlaub. Ich glaube Mallorca, oder so.« Betreten nestelte er an seinem roten Schal herum und verstaute die beiden Enden säuberlich hinter den Revers. »Das Hotel, seine Frau, das Kind. Alles im Lot, wenn ihr mich fragt. Wir unterstützen ihn finanziell, aber wir sind doch nun wirklich nicht seine Kindermädchen.«

Clara wollte gerade den Mund öffnen, um erneut ihren Unmut kundzutun, als Fried beschwichtigend seine Hand auf die ihre legte. »Gregor hat völlig Recht. Wir brauchen ihm nicht die Nase zu putzen. Das schafft der ganz gut ohne uns. Aber er hat um Hilfe gerufen und er braucht uns jetzt. Also ist es an der Zeit, ihm zu helfen.«

Seine Berührung mit der Hand ließ eine warme Welle des Glücks durch Claras Körper branden. Sie wagte nicht mehr sich zu rühren, aus Furcht davor, dass er sie loslassen könnte.

»Fried, alter Bursche. Du hast einen albernen Känguru-Akzent angenommen«, sagte Gregor und hielt ihm den Flachmann hin.

»Und du«, sagte Fried lachend, und man hörte deutlich, dass er nun absichtlich quäkte wie ein australischer Schafzüchter, »du klingst kölsch. Richtig schön kölsch. Ich hatte fast vergessen, wie sich das anhört. Ich liebe es.«

Clara lächelte Gregor an und sagte: »Ich habe kürzlich einen deiner Werbespots gesehen. Der, in dem du durch den Wald joggst. Diese Milch, diese komische mit den Früchten, die ...«

Gregor winkte energisch ab. »Kein Wort davon. Das mache ich nur, um einigermaßen zu leben. Kein Regisseur besetzt mehr irgendeine halbwegs wichtige Rolle mit einem alten Knaben wie mir. Die haben Angst, ich könnte ihnen während der Produktion wegsterben. Da muss man eben gelegentlich Werbefilme drehen.«

»Du sahst aber gut aus in deinem Jogginganzug.«

»Ich hatte vier Tage lang einen bestialischen Muskelkater, mein Schatz.«

Fried grinste. »Hört sich an, als würde ich im australischen Fernsehen allerlei verpassen.«

Gregor lächelte still zurück und wandte den Blick ab, zum Zugfenster hinaus.

Sie lauschten eine Weile dem sanften Rattern des Zuges und der metallischen Frauenstimme, die die Haltestationen ankündigte. Orte, die sie längst vergessen hatten und deren Namen sich auf den vorbeifliegenden Schildern der kleinen Bahnhöfe wiederholten, tauchten aus dem Nebel des kalten Herbsttages auf.

Sie ahnten, dass ihnen von nun an wieder und wieder Dinge begegnen würden, die sie schon längst vergessen hatten. Und sie wussten auch, dass ihnen die Erinnerung nicht immer nur schöne Bilder vor Augen führen würde.

* * *

Als sie in Blankenheimerdorf ausgestiegen waren, standen sie noch eine Weile unentschlossen auf dem Bahnsteig herum und blickten dem Zug nach, der in Richtung Trier weiterfuhr.

Die Kühle des Morgens kroch ihnen den Rücken hinauf. In der Eifel war es immer kälter als anderswo.

Sie hatten Glück. Ein einzelnes Taxi stand mit laufendem Motor vor der verwitterten Schieferfassade des alten Bahnhofgebäudes. Aus dem Inneren des Fahrzeugs drang laute Popmusik. Vom Fahrer selbst war weit und breit nichts zu sehen.

Fried, der wieder sein Handy kontrollierte, entdeckte ihn als Erster, wie er sich aus den Büschen auf der anderen Seite des Platzes schälte. Ein dicker, rotgesichtiger Mann mit Lederjacke, der sich den Reißverschluss seiner Hose zuzog und eruptiv hustete.

»Tach«, sagte er, während er mit wankendem Schritt näher kam. Er spuckte aus. »Wohin wollense denn?« Dann öffnete er den Kofferraumdeckel und half ihnen ächzend, die Koffer zu verstauen.

Fried übernahm die Regie. Er nannte ihr Ziel und er nahm neben dem Fahrer Platz, während Clara und Gregor hinten einstiegen.

Im Innern des Autos war die Luft zum Schneiden. Der Aschenbecher quoll über und in den Lammfellbezügen der Sitze klebte der Mief von mindestens einem Jahrzehnt exquisiter Personenbeförderung.

Sie waren dankbar, als der Fahrer mit einem Handgriff das Radio zum Schweigen brachte.

Gregor kramte wieder seinen Flachmann hervor und nahm einen kräftigen Schluck. Während sich der Wagen in Bewegung setzte, flüsterte er Clara zu: »Reisen in der Eifel. Jetzt noch ein wackeliger Linienbus und wir haben das ganze Programm durch. Ich muss gleich kotzen.«

Sie streiften Blankenheim und brauchten einen Moment, um sich zurechtzufinden. Alles war hier völlig verändert. Es war gepflegt, es war begradigt und eingefasst, es war herausgeputzt. Es war nicht der Ort, den sie von früher kannten.

»Die Straßenbaufirmen müssen hier ein Vermögen verdient haben«, murmelte Fried, als er über das nicht enden wollende Pflaster blickte, das bis in jeden Winkel und in jedes noch so kleine Eckchen des alten Stadtkerns hineinzukriechen schien.

»Sind aber trotzdem fast alle pleite«, grunzte der Taxifahrer und zündete sich geschickt eine Zigarette an, während er mit dem Ellenbogen lenkte. »Hier jeht alles pleite. Die Arschlöcher in der Regierung lassen uns total hängen. Die tun nix für uns«, fuhr er fort und sein Gesicht rötete sich noch mehr. »Die Ossis kriegen alles vorn und hinten reinjedrückt – und wir ...«

Clara nutzte seinen darauf folgenden Hustenanfall, um das Thema zu wechseln. Sie kannte das. Taxifahrer waren überall gleich, ob im Norden oder im Süden. Hinter den speckigen, lederbespannten Lenkrädern saßen die wahren Politiker des Landes, die wirklich klugen Köpfe, die im Verkehr und in der Politik als Einzige den Durchblick behielten. Wenn man nicht rechtzeitig gegensteuerte, wurde eine solche Fahrt rasch zur Wahlkampfveranstaltung. »Gibt es viele Hotels hier? Hier müssen doch Unmengen von Touristen untergebracht werden.«

»Nä«, brummte ihr Chauffeur. »Hotel in der Eifel ... dat grenzt doch an Selbstausbeutung.« Er wies auf das ein oder andere Haus am Wegesrand. »Hier könnense übernachten. Da in dem beigeverputzten. Dat is sauber un preiswert. Is 'n Vetter von mir. Aber wennse Sauna wollen un dat janze Beauty-Jedöns, dat se heute alle haben wollen, da müssense woanders hin.« Er fischte eine Visitenkarte aus dem Handschuhfach und reichte sie Fried auf den Beifahrersitz.

»Wir brauchen keine Beautyfarm«, sagte Gregor mit einem süffisanten Unterton. »Wir drei sind zeitlos schön.« Er bemühte sich, seinen Flachmann vor dem Fahrer zu verbergen. Womöglich hätte der sonst einen Schluck abhaben wollen.

Sie bogen auf die Durchfahrtsstraße ab, die an der Ahr entlang aus dem Ort hinausführte.

»Wir wollen zum Hotel Ahrfels«, sagte Fried. Er spürte, wie seine Aufregung wuchs, als sie Blankenheim hinter sich ließen und sich die Natur wieder näher an dic Straße heranwagte. Die Landschaft war atemberaubend schön, selbst zu dieser Jahreszeit. Fried wunderte sich, dass er all das beinahe schon vergessen hatte.

Zu ihrer Linken, zwischen den Wiesen, schlängelte sich die noch junge Ahr durch ihr breites Tal, das sie sich im Verlauf der Jahrtausende in den Fels gegraben hatte. An den Hängen verblühte der letzte Ginster.

»Hotel Ahrfels? Wo soll dat denn sein? Ich denk, Sie wollen nach Ahrhoven.«

»Es liegt vor dem Ort. Sie müssen links über die Ahr in den Wald hinauf.«

»Ach!« Der Fahrer nickte und von der Zigarette in seinem Mundwinkel rieselte die Asche auf seinen prallen Bauch. »Da war mal 'n Hotel. Stimmt.«

»War?« Clara richtete sich kerzengerade auf. »Was heißt ›war‹? Sie meinen, da ist heute keins mehr?«

»Dat Haus steht noch, aber da is doch schon 'ne Zeit lang dicht. Sach ich doch. Hier jeht alles kaputt.«

Eine bleierne Stille breitete sich im Wageninnern aus. Der Chauffeur registrierte mit wachsender Unruhe, dass sich auf den Gesichtern seiner Fahrgäste die unterschiedlichsten Emotionen abzeichneten. Aber er sah dort nichts von dem, was die anderen Touristen empfanden, wenn er sie zu ihrer Unterkunft brachte. Unsicher schaltete er das Radio wieder ein.

Wenig später fuhren sie unter dem alten Viadukt durch, über den früher die Eisenbahnstrecke geführt hatte. Wenige Meter weiter setzte der Fahrer den Blinker links und verlangsamte die Fahrt.

»Gleich simmer da. Wie jesacht, da is aber kein Hotel mehr.«

»Wohnt niemand mehr dort?« Fried schloss die Rechte um den Haltegriff, als sie in die Kurve gingen.

»Doch, doch, soweit ich weiß, sin da noch Leut. Aber dat Hotel hat zu.«

»Da!«, stieß Clara hervor und deutete auf eine Einmündung zur Linken.

Das Schild war fast gänzlich zugewuchert. Ein grünlicher Film hatte sich über die alte Schrift aus Folie gelegt, deren Frakturbuchstaben sich an den Ecken kräuselten. Sie lasen *Hotel Ahrfels 500 m* und sie wussten nicht, ob sie über das Vorhandensein des Hinweises erfreut oder von seinem Zustand beunruhigt sein sollten.

Vom Waldrand stieg der Weg steil an. Die Bäume schlossen ihr rötliches Blätterdach über ihnen. Der Fahrer versuchte den Schlaglöchern auszuweichen, aber sie wurden ein ums andere Mal durchgeschüttelt. Der dicke Mann fluchte leise. Zweige peitschten gegen die Wagenseiten, Herbstlaub fiel auf die Windschutzscheibe.

»Sach ich doch, dat hier kein Hotel mehr is«, knurrte der Taxifahrer und drückte grimmig seinen Zigarettenstummel in den übervollen Aschenbecher.

Und dann öffnete sich eine Lichtung vor ihnen und aus dem Gewirr der Baumwipfel schälte sich die Silhouette eines Hauses heraus. Auf der grauen Fassade erkannten sie die verwitterten Kupferlettern des Wortes *Hotel*.

Sie waren angekommen.

3. Das Haus

Als das Taxi, verfolgt von einer bläulichen Dieselwolke, wieder zwischen den Bäumen verschwunden war, standen sie entmutigt auf dem asphaltierten Vorplatz des Gebäudes und starrten mit verkniffenen Mienen auf die Fassade, an der Efeu und Knöterich hinaufzukriechen begonnen hatten. Neben dem Gebäude war das Heck eines roten Toyota zu sehen. Möglicherweise war jemand da. Aber das Haus mit seinen dunklen Fenstern, in denen nur hier und da schief und vergilbt einige alte Gardinen hingen, sprach eine andere Sprache.

»Meine Fresse«, hauchte Gregor. »Was ist hier passiert?«

»Nichts.« Clara griff nach ihrem Koffer und ging auf die Treppe zum Haupteingang zu. Auf zwei kleinen Plastikrädern eierte ihr Gepäck hinter ihr her. »Nichts ist hier passiert, Jungs. Dieses Haus ist so, wie wir es vor einer halben Ewigkeit zuletzt gesehen haben. Nur das Wetter und die Natur haben sich ein bisschen angestrengt. Aber keine Menschenseele hat hier seither auch nur einen Handschlag getan. Das sieht man doch.«

»Er hat mir geschrieben, er habe renoviert.« Fried half ihr, den Koffer die Stufen hinaufzutragen. Er selbst trug nur eine leichte Sporttasche mit sich.

Sie erreichten die alte Holztür. Am kleinen, quadratischen Fensterchen in Kopfhöhe bröckelte der Kitt aus den Fugen.

Als Gregor mit spitzem, behandschuhtem Finger den Klingelknopf betätigte, lauschten sie, ob es irgendwo im Haus ein Geräusch zu vernehmen gab. Doch das Einzige, was sie hörten, war das Rauschen der dürren Blätter um sie herum.

»Nicht mal ein Klingeln«, flüsterte Fried und lauschte. Seinen Blick hatte er starr auf das kleine, angelaufene Messingschild gerichtet, das über dem Klingelknopf angebracht war.

Schon damals hatte da *Hotel* gestanden.

Montags hatten sie manchmal klingeln müssen, weil montags Ruhetag war. Die Besitzer waren beide schon älter und reichlich schwerhörig. Herr und Frau Pennigs. Fried musste schmunzeln, als er sich das rundliche ältere Paar in Erinnerung rief. Sie hörten das Klingeln oft erst nach dem dritten Mal, obwohl es schrill und metallisch durch das Haus schepperte.

Später hatte er dann einen Schlüssel bekommen. Das war, als er nach der abgebrochenen Ingenieursausbildung eine Kochlehre im Ahrfels begonnen hatte, gegen den Willen seiner Eltern, die ihn nach dem Abitur viel lieber auf der Universität gesehen hätten. Aber er wollte nun einmal Koch werden. Er wollte ganz einfach in diesem Hotel sein, in dessen kleinem holzgetäfelten Tanzsaal sie oft die herrlichsten Feste gefeiert hatten. Das Ahrfels hatte ihn von jeher magisch angezogen. Die betuchten Gäste aus ganz Deutschland und aus Holland, die hier abstiegen, seine versteckte Lage im Wald, die es so anders machte als all die anderen Gasthöfe, die entlang des kleinen Flusses lagen, all das lockte ihn ungemein. Hier wollte er arbeiten und er war glücklich darüber, dass er sich gegen seinen Vater durchgesetzt hatte.

Fried hatte das Ahrfels durch Jüppchen kennen gelernt. Jüppchen Honscha war der Sohn der schlesischen Köchin. Die beiden bewohnten im Haus eine kleine Einliegerwohnung auf der rückwärtigen Seite. Jüppchens Vater war im Krieg geblieben. Niemand wusste, wo er begraben lag. Fried und Jüppchen waren beinahe gleich alt.

Und sie gehörten beide zur selben Clique. Jüppchen, Fried und Gregor. Man soff und feierte zwar auch mit den anderen Jungs, mit Diefenthals Rudi und mit Schenks Klöös, aber verschworen und verbrüdert, sodass man einen von ihnen selten ohne die anderen antraf, das war nur bei ihnen so. Sie waren schon ein bemerkenswertes Trio. Auf den Dorffesten bildeten sie häufig den Mittelpunkt und in den Vereinen des Dorfes mischten sie fast überall mit. Im Theaterverein, im Tambourcorps und auf dem Fußballplatz.

Fried war einmal Hahnenkönig gewesen. Bei der Dorfkirmes hatte er dem leblos im Korb baumelnden Hahn mit verbundenen Augen den Kopf abgeschlagen, und so waren dann auch die Mädchen ins Spiel gekommen. Clara hatte mit ihm auf dem Kirmesball getanzt. Im Saal des Gasthofs Leuwer, bis in den frühen Morgen hinein. So wie Fried, Jüppchen und Gregor, so waren auch Clara und ihre Freundin Inge unzertrennlich. Clara kam immer mit der Vespa ihres Bruders aus Freilingen und Inge war mit ihrer Familie erst vor kurzem aus der Prümer Gegend ins Dorf gezogen, weil Inges Vater eine Anstellung im Bahnhof bekommen hatte.

Und von da an drehte sich die Welt plötzlich andersrum. Die Sommer wurden wärmer, die Nächte länger.

Mit Jüppchen und Inge passierte es als Erstes. Sie gingen zusammen. Öffentlich und Hand in Hand. Fried erinnerte sich noch genau daran, dass Jüppchen ihm eines Tages richtiggehend eine gescheuert hatte, als er einen seiner üblichen Sprüche über Inges viel zu kleinen Busen losgelassen hatte. Da hatte Fried sich auf die Bank gehockt, hatte sich die Wange gerieben und gelacht und hatte mit einem Mal gewusst, dass es mit den beiden etwas Ernstes werden würde.

»Okay, Püppchen«, so nannte er seinen Kumpel damals immer, wenn er besonders gemein sein wollte. »Wenn du ernst machen willst, bin ich aber mal gespannt.«

Das war nach dem Fußballspiel in Dollendorf gewesen. Sie waren die letzten in der Umkleide. Draußen brannte die Sommersonne. Fried nickte wissend. »Ich hab's ja geahnt.«

Und Jüppchen grinste ihn an und sagte: »Wenn ich jetzt wirklich ernst mache, dann bist du aber als Nächster dran.« Und Fried schlug ein.

Mit Gregor zusammen, der seine Klavierstunden dem Fußballspielen vorzog, leerten sie am Abend dann fünf Flaschen Ahrwein und schmiedeten Pläne für den Antrag, den Jüppchen zu machen hatte. Es sollte etwas Großes, etwas nie da Gewesenes werden. Ein Antrag mit Musik und Vogelgezwitscher und einem Meer von Blumen. Zu guter Letzt entschied man sich dann aber doch für den ganz gewöhnlichen Gang der Dinge.

Hinterher, als sie sich schwankend voneinander verabschiedeten, waren sie sich sicher: Das konnte einfach nicht gut gehen.

Aber trotz eines enormen Katers wurde das Unternehmen des kommenden Tages ein Überraschungserfolg. Mit Frieds und Gregors zahlreichen guten Ratschlägen ausgestattet, war Jüppchen in seinem einzigen Anzug und einem Schlips in schreienden Farben zu Inges Familie gegangen und hatte bei den nicht ganz unvorbereiteten Eltern um Inges Hand angehalten.

Am Abend der Hochzeit erzählte Jüppchen seinen Freunden, dass eigentlich alles sowieso unabwendbar gewesen war, weil Inge und er ... Er druckste betreten herum, aber sie verstanden ihn in diesem Moment schon ganz richtig.

Und sechs Monate später wurde der kleine Michael geboren. Ein Prachtbaby von knapp vier Kilo, mit winzigen, blonden Löckchen. Keiner im Dorf rechnete öffentlich nach, denn Jüppchen und Inge waren einfach ein viel zu schönes Paar, als dass man ihnen etwas Schlechtes nachsagen wollte.

Jüppchen arbeitete in einer Schreinerei in Blankenheim und Inge und er zogen mit dem Nachwuchs zu Jüppchens Mutter in die Einliegerwohnung im Ahrfels, wo Inge stundenweise als Serviermädchen aushalf.

Das Glück war schlichtweg vollkommen.

Im darauf folgenden Sommer, in einer Nacht, wie sie nicht schöner hätte sein können, veränderte sich erneut ihr Leben. Für immer.

Sie waren im Kino in Hillesheim gewesen. Dort hatten sie *Die glorreichen Sieben* gesehen, und als sie hinterher aus dem Gebäude in den Abend traten, breitbeinig und mit dem Gefühl von Kühnheit und Wagemut, wie echte Cowboys eben, da hätten sie schon gerne den Abend mit den Mädchen noch etwas in die Länge gezogen, wären gerne noch ein bisschen mit ihnen tanzen gegangen. Aber Jüppchen und Inge mussten zurück nach Hause, wegen des Kindes. Dies war einer der ersten Abende gewesen, den sie wieder gemeinsam mit den anderen auswärts verbrachten.

Es war eine warme Sommernacht voller Düfte und voller Geräusche, eine Nacht, die einem jungen Menschen das Gefühl gibt, der bevorstehende Schlaf werde ihn unsagbar kostbarer Lebenszeit berauben und unzähliger niemals wiederkehrender Gelegenheiten.

Es war die Nacht, in der Fried seinem Freund Jüppchen auf dem Weg zu ihren Autos zuflüsterte, dass das mit Clara nun keinen Aufschub mehr dulde und dass er sich gerne bei nächster Gelegenheit Jüppchens Anzug ausleihen wolle. Rudi Diefenthal hatte ebenfalls ein Auge auf Clara geworfen. Das war ein schwarzhaariger Herzensbrecher, einziger Sohn von einer der reichsten Landwirte des Dorfes. Da musste man handeln. Sie hatten sich zwar schon geküsst und bei einem romantischen Ausflug zur Burgruine Neublankenheim hatte Fried ihre Initialen in einen Baum geritzt, aber bislang war es eine Liebelei, ein Turteln. Jetzt mussten Taten folgen und Schwüre.

Es war die Nacht, in der Gregor nur sehr unwillig mit Fried und Clara in Frieds neuen 500er Fiat einstieg, weil er schon im Kino ständig das Gefühl gehabt hatte, er sei eigentlich nichts weiter als das fünfte Rad am Wagen.

Es war die Nacht, in der Jüppchen und Inge sich nicht, wie sonst üblich, mit ihrem kleinen VW Käfer mit dem in mühsamer Heimarbeit anmontierten Spezialauspuff auf den direkten Weg zum Hotel Ahrfels begaben, heim zu ihrem kleinen Sohn, der in der Zwischenzeit von Jüppchens Mutter versorgt wurde.

Es war die Nacht, in der sie die Motoren aufheulen ließen, in der sie ausprobieren wollten, wer von ihnen der bessere Fahrer war, wer sich mutiger in die scharfen Kurven der sich durch die Finsternis schlängelnden Ahrtalstrecke legen konnte.

Es war die Nacht, in der das Glück sie ohne Vorwarnung einfach fallen gelassen hatte.

»Verdammter Mist«, fluchte Gregor, der um das Haus herumgegangen war und nun wieder zu ihnen stieß. »Wir sind wirklich ein paar alte Narren. Wir haben tatsächlich nichts Besseres zu tun, als in der Gegend herumzureisen und uns hier zum Affen zu machen.« Er klopfte donnernd gegen die Tür. »Hinter dem Haus sieht es noch viel verheerender aus. Da sind sogar die Fensterscheiben im ersten Stock eingeschmissen.«

Er klopfte erneut sehr wütend gegen das dunkle Holz. Dabei zitterte das kleine Fenster in seiner Umrahmung und Clara schob Gregor mit einer resoluten Bewegung zur Seite. Sie drückte gegen die kleine Scheibe und sie beobachteten, wie ein winziger Spalt entstand.

»Du wirst es kaputt machen«, sagte Fried, der aus seinen Gedanken aufgeschreckt war.

»Es *ist* kaputt!«, rief Gregor unwirsch. »Alles hier ist kaputt, siehst du das nicht? Herrgott, ich habe keine Lust, mir hier am Arsch der Welt die Schwindsucht zu holen.« Er half Clara und wenige Augenblicke später knackte es und das kleine Fensterchen schwang an seinen Scharnieren nach innen.

»Los, Fried, du bist der Größte von uns.« Gregor schob ihn zur Tür. »Greif mit dem Arm da durch. Versuch mal, das Schloss zu erreichen.«

Zögernd schob Fried seinen Arm durch die entstandene Öffnung und glitt mit der Hand tastend am Türrahmen hinunter. Und tatsächlich fühlte er, dass ein Schlüssel von innen im Schloss steckte. Er blickte die beiden anderen überrascht an. »Soll ich öffnen? Meint ihr wirklich?«

»Frag nicht lange, mach schon«, drängelte Gregor und trat von einem Fuß auf den anderen.

Clara nickte bestätigend und legte ihre Hand auf Frieds Arm. »Niemand öffnet, niemand antwortet. Was sollen wir sonst tun? Vermutlich ist gar keiner da. Wir werden sehen.«

Fried begann den Schlüssel im Schloss zu drehen, wobei er sich auf die Zehenspitzen stellen musste. »Aber«, ächzte er währenddessen, »wenn das Haus verlassen wurde, wie kann von innen abgeschlossen sein?«

Als er seine Frage formuliert hatte, zog er seinen Arm aus der Öffnung und die Tür schwang quietschend auf.

Und erneut verschlug es ihnen die Sprache.

Abgestandene Luft schlug ihnen entgegen. Sie blickten in das Halbdunkel des Treppenhauses, in dem auf den ersten Blick alles noch genauso aussah wie vor vierzig Jahren. Eine Woge der Erinnerung brandete ihnen farblos und unscharf, aber gewaltig entgegen. Die alten Ölbilder, die alte Holztreppe, die linkerhand in den ersten Stock hinaufführte, der Durchlass in das kleine Büro, durch den die Geschäfte der Rezeption abgewickelt wurden. Hier hatte jahrzehntelang eine gerahmte Fotografie von Camillo Felgen gehangen, der mal auf der Durchreise hier übernachtet hatte.

Als sich ihr Blick klärte, bemerkten sie die Veränderungen. Die Tapete war entfernt worden. Nur in winzigen Fetzen hing sie noch an den gelblich verputzten Wänden. Die ehemals weiß lackierten Rahmen und Türblätter waren abgeschliffen worden. Sie sahen fleckiges, rohes Holz mit winzigen, zugespachtelten Löchern. Aus der Blumenbank, die den großen Durchgang zum angrenzenden Speiseraum halbierte, ragten braun und struppig abgestorbene Pflanzen in die Höhe. Die Deckenlampen und Wandleuchten waren abmontiert und durch nackte Glühbirnen ersetzt worden. In den Ecken standen Farbeimer und fleckige Trittleitern.

Nur langsam wagten sie sich in die Eingangshalle hinein und ließen ihre Blicke umherwandern.

»Ich verstehe das nicht«, flüsterte Gregor und griff nach einem langstieligen Pinsel, der aus einem Farbeimer herausragte. Der Pinsel steckte fest in der hart gewordenen Wandfarbe.

»Irgendwie sieht das alles nach Renovierung aus. Und irgendwie auch wieder nicht.« Clara trat näher an die Treppe heran und reckte den Kopf vor, um nach oben zu schauen. »Mein Gott im Himmel. Das sind dieselben alten Läufer wie früher. Kokosfaser. Unglaublich.«

Fried schob die Tür auf, die ehemals zu der Wohnung des Hotelierehepaars geführt hatte. Auch sie war bis auf den Holzkern blank geschliffen worden.

Dahinter fand er nichts als Leere.

Er erinnerte sich noch sehr genau an die Räumlichkeiten der Wohnung. Bei Pennigs hatte es manchmal nachmittags Kaffee gegeben. Frau Pennigs mischte immer ein wenig Zimt hinein. Sie nannte das »holländisch«.

Die Wohnung war komplett ausgeräumt. Es gab kaum noch Spuren, die darauf deuteten, dass hier in letzter Zeit jemand gelebt hatte.

Im Wohnzimmer gab es immerhin eine blassblaue Raufasertapete, die nicht aus der Zeit des alten Hotelierpaares herrühren konnte. Doch auch sie war offensichtlich nicht allzu neu. Zurückgebliebene Nägel und rechteckige Schatten verrieten, wo Bilder gehangen hatten.

Im Badezimmer fand Fried drei Handtuchhalter, die neben dem Waschbecken an den blassgrünen Wandkacheln klebten. Zwei olivefarbene für die Erwachsenen, ein Donald-Duck-Gesicht mit langem Schnabel für ein Kind.

Fried tippte die Türen, die hier noch allesamt weiß lackiert waren, nur mit den Fingern an, bis sie aufschwangen. Er vermied es, irgendetwas anzufassen.

In dem Raum, in dem früher das Nähzimmer von Frau Pennigs untergebracht war, klebte eine bunt gemusterte Kindertapete an den Wänden.

In der Küche fand er eine Einbauküche mit Eichenfurnier. Leere Schubladen lagen auf dem Boden verstreut.

Was war hier geschehen?

Dann kam Gregors Ruf aus der Halle.

Fried machte kehrt und taumelte benommen aus der Wohnung zurück in den Eingangsbereich.

»Mensch, Fried, wo steckst du denn?«, rief Gregor aufgeregt. Er stand vor der Rezeption, durch deren Maueröffnung ein alter Computer und ein unaufgeräumtes Regal zu erkennen waren, und deutete mit dem ausgestreckten Finger zur Treppe. »Clara ... Ich weiß nicht, was los ist.«

Sie stand auf dem Treppenabsatz. Ihre Augen waren vor Schreck geweitet und sie zitterte am ganzen Leib.

Sie muss bei ihrem Streifzug durch das obere Stockwerk jemandem begegnet sein, schoss es Fried durch den Kopf. Und er fragte sich, ob es nur ein Schatten der Vergangenheit gewesen sein mochte oder jemand aus Fleisch und Blut. Er stieg die Stufen zum Absatz hinauf und fasste sie bei den Schultern. Unsicher registrierte er, dass Tränen ihre Wangen hinunterliefen. Ihre Lippen bebten und ihre Rechte griff um den abgenutzten Handlauf des hölzernen Treppengeländers, dass die Knöchel weiß hervorstanden.

Ihre Lippen formten tonlose Silben.

»Um Himmels Willen, was ist denn, Clara?«, fragte Gregor, der sich nun auch langsam näherte, angstvoll. Eine Stufe unterhalb der beiden blieb er stehen.

»Oben ...«, stieß sie hervor. »Zimmer elf.« Sie kniff die Augen zu und fasste Fried am Revers seines Mantels. »O Gott, Fried, es ist so ... es ist so traurig.«

Dann presste sie ihr Gesicht an seine Schulter und wimmerte leise.

4. Ein trauriges Ende

Michael hatte die Augen geschlossen wie ein Schlafender. Seine schwarzen, langen Wimpern sahen aus wie dunkle Schlitze in seinem blassen, wächsernen Gesicht. Das Haar war strähnig zurückgestrichen, das Kinn stoppelig und lag zur Hälfte unterhalb der Wasseroberfläche.

Die Flüssigkeit hatte eine tiefrote, fast braune Farbe. Man konnte seinen blassen Körper darin nur erahnen. Die Haut hatte eine bläuliche Färbung angenommen. Das Zwielicht, das durch das kleine Badezimmerfenster hereindrang, legte gnädige Schatten über die Szenerie. Michael trug nur eine Unterhose. Seine Knie ragten aus dem Wasser heraus wie zwei kleine, weißliche Inseln.

Die Arme trieben an der Oberfläche, die Handgelenke, aus denen vermutlich das Blut ausgetreten war, waren nach unten gekehrt.

Um ihn herum, auf dem Rand der Hotelbadewanne, fanden sie, inmitten der zu Schwärze getrockneten Blutspritzer allerlei Utensilien: ein Wasserglas mit einem Rest von roter Flüssigkeit, mehrere ausgebrannte Teelichter und ein Aschenbecher, aus dem einige Stummel in die Wanne gekullert waren und aufgeschwemmt an der Wasseroberfläche trieben.

Gregor wollte Fried zurückhalten, der sich augenblicklich den rechten Ärmel hochkrempelte. Aber Fried stieß ihn zur Seite und griff ohne zu zögern in die braune Brühe, um an Michaels Hals nach dem Puls zu tasten.

Er stand einige Augenblicke bewegungslos da, hatte die Augen geschlossen und den Kopf auf die Brust gesenkt und konzentrierte sich auf die Spitzen seiner Finger. Dann zog er mit einem tiefen Seufzer die Hand wieder heraus und murmelte: »Wir können ihm nicht mehr helfen.«

Gregor reichte ihm ein Handtuch, das über dem Rand des Waschbeckens gehangen hatte, aber Fried sagte kraftlos: »Besser du legst das wieder zurück. Die Polizei wird das alles untersuchen wollen.« Er schüttelte seinen nassen Arm.

Neben der Wanne lag eine leere Rotweinflasche, die mit einem knirschenden Geräusch zur Seite kullerte, als Gregor sie mit dem Fuß berührte. Gleich daneben kam ein billiges Baumarkt-Teppichmesser zum Vorschein, auf dessen orangefarbener Oberfläche dunkle Schlieren zu erkennen waren.

Gregor und Fried blickten sich mutlos an. Sie hatten in ihrem Leben selten etwas Traurigeres gesehen als das, was sich ihnen hier vor der schäbigen Kulisse dieses heruntergekommenen Hotelbadezimmers bot.

Im Nebenraum war Clara auf der Kante des Hotelbetts zusammengesackt und schniefte in ein Taschentuch, das Fried ihr gegeben hatte. Um sie herum herrschte nichts als blanke Trostlosigkeit. Leere Flaschen, schmutzige Wäsche, Essensreste. Michael schien seine letzten Tage, Wochen und Monate einzig und allein in diesem Zimmer verbracht zu haben. Leere Pizzakartons und Bierdosen füllten die Zimmerecken und ein kleiner Fernseher war auf einem Stuhl ganz nahe am Fußende des Bettes postiert worden.

Auf einem Tischchen stand ein uralter Plattenspieler gleich neben einem Karton mit einem seltsam altertümlich anmutenden Werbeschriftzug der Firma *Birkel*.

Gregor trat näher und betrachtete den Arm des Plattenspielers, der mitten auf der schwarzen Fläche einer alten Single liegen geblieben war. Er las auf dem Label den Titel: *Hotel California*.

Gerade als er in den Karton greifen wollte, in dem weitere uralte Singles und Langspielplatten aufgestapelt lagen, hielt er plötzlich inne, fuhr hoch und blickte die beiden anderen erschrocken an – so, als sei ihm ein erschütternder Gedanke gekommen.

Sie erwiderten seinen Blick mit einem Stirnrunzeln.

Gregor durchquerte den Raum mit schnellen Schritten und betätigte den Lichtschalter neben der Tür. Aber es geschah nichts. Der Raum blieb weiterhin in trübe Schatten getaucht. Gregor drückte zur Kontrolle auch noch den Schalter am Fernsehapparat, aber die Mattscheibe blieb dunkel.

»Der Strom ist weg«, sagte er düster. »Man hat ihm den Strom abgedreht.«

»Überall Kerzen«, sagte Clara und deutete mit dem Finger im Raum herum. Auf dem Nachttisch, auf dem Heizungsbord, neben dem Plattenspieler und auf der Fensterbank, überall standen heruntergebrannte, zerflossene Kerzenstummel.

Fried tastete nach einem der beiden Heizkörper, der unter dem Fenster angebracht war. In beiden Räumen war es genauso kalt wie im Rest des Gebäudes. »Ohne Strom funktioniert die Heizung nicht«, sagte er und betrachtete nachdenklich das alte Sprossenfenster, in dem eine der sechs Glasscheiben durch ein Stück graue Pappe ersetzt worden war. Die Pappe hatte sich an einer Ecke gelöst, sodass ein Lufthauch von draußen die gelbliche Gardine in sanfte Schwingungen versetzte.

Als er versuchte, mit dem Zeigefinger den losen Tesafilmstreifen wieder am Rahmen festzudrücken, löste sich die Pappe vollends und ein kalter Luftzug blies durch den Raum. Die Zimmertür geriet in Bewegung und fiel mit einem lauten Knall ins Schloss. Sie zuckten zusammen. In der Totenstille, die sie umgab, klang dies wie ein Donnerhall.

Und dann blickten sie plötzlich alle auf die Wandfläche, die bis zu diesem Moment von dem Türblatt verdeckt gewesen war.

Michael hatte dort Fotos aufgehängt. Er hatte sie mit Reißzwecken dicht an dicht zu einer großen Collage nebeneinander geheftet, so dicht an dicht, dass kein Fleckchen der schäbigen Tapete mehr zu sehen war.

Alle Fotos zeigten ein und denselben Jungen. Einen strahlenden kleinen Blondschopf mit einer entzückenden Stupsnase. Die Fotos zeigten ihn auf seinem Fahrrad, mit seinem Fußball und an der Seite seines Vaters, der die gleichen langen Wimpern hatte wie er.

Sie alle kannten dieses Kind. Michael hatte ihnen Fotos von Thommys Taufe, von seiner Einschulung und der Kommunion geschickt. Clara hatte sie zusammen mit den Bildern ihrer eigenen Familie bereits in einem Umzugskarton verstaut, Gregor bewahrte sie in einer Schublade auf und Fried hatte ein paar von ihnen gerahmt an der Wand seines Esszimmers hängen.

Eine Mutter war nirgends auf den Bildern zu entdecken.

Unter den Bildern stand ein Schemel mit weiteren Kerzenstummeln. Es sah aus wie ein Altar.

»Was ist hier nur passiert?« Fried krempelte seinen Ärmel wieder herunter und holte sein Handy hervor. »*Shit*«, knurrte er. »Kein Empfang.«

»Wen willst du anrufen?«, fragte Clara leise.

»Natürlich die Polizei. Sonst fällt mir niemand ein. Ich würde ja Ellen anrufen, wenn ich wüsste, wo ich sie finde. Sie ist nicht hier! Wo ist sie nur? Wo, verdammt, ist bloß seine Frau? Oh, mein Gott!« Er trat wütend gegen den

Hocker, sodass die Kerzenreste durch die Gegend flogen. »*Damned!* Warum sind wir nicht früher gekommen? Nur ein paar Tage früher und der Junge wäre noch am Leben!« Seine Augen glänzten tränenfeucht. Als Gregor ihm beruhigend die Hand auf die Schulter legte, begann Fried zu weinen.

»Müssen wir ihn nicht da rausholen?«, fragte Gregor unsicher. »Ich meine, wir können doch nicht hier rumstehen und nichts tun ...« Er strich sich nervös über den Schnauzbart.

Fried schüttelte den Kopf. »Nein, nein, die Polizei ... oh, verflucht, dieses Scheißhandy!«

Clara nahm ihm das kleine Gerät aus der Hand und betrachtete das Display. »Hattest du vorhin Empfang?«

Fried nickte und wischte sich die Augen mit Daumen und Zeigefinger. »Noch an der Auffahrt habe ich nachgeguckt. Nicht besonders gut, aber es ging.«

Clara schniefte geräuschvoll und sagte: »Also gut, versuchen wir's dort.«

Sie schickten sich an, das Zimmer zu verlassen. Fried hatte schon die Türklinke in der Hand, als hinter ihnen Gregor plötzlich rief: »Wartet mal!«

Und als sie sich zu ihm umdrehten, sahen sie, dass er einen Zettel vom Tisch aufhob. Seine Hand zitterte. Er starrte auf das kleine Blatt, auf dem sie von ihrer Position nur undeutlich ein paar handschriftliche Zeilen erkennen konnten, und las still.

Ich kann nicht mehr weitermachen. Niemand glaubt mir mehr. Ich habe keine Kraft mehr. Bitte erzählt Thommy nichts Schlechtes von mir. Micha.

Sie nahmen den Zettel reihum in die Hand und überflogen die wenigen Zeilen, die mit Kugelschreiber darauf gekritzelt worden waren. Am rechten unteren Rand war der eingetrocknete, rötliche Kranz eines Weinglases zu erkennen.

»Es wird Zeit, die Polizei anzurufen«, sagte Fried und ging hinaus. Clara folgte ihm.

Gregor blieb zurück und starrte immer noch wie gebannt auf das Blatt, das er nun wieder in Händen hielt. Er spürte, wie sich etwas durch seine Eingeweide wühlte. Für einen Augenblick blieb ihm die Luft weg. Er spürte den stumpfen Schmerz, der sich ausbreitete und ihm das Blut in die Wangen schießen ließ. Gregor presste seine Linke auf den Bauch und krampfte seine Finger in den Pullover.

Es kam langsam näher. Und es wurde stärker. Jeden Tag ein bisschen mehr.

5. Familie

Entgegen Claras Befürchtungen dauerte es nur etwa eine knappe Viertelstunde, bis ein Streifenwagen auf den Vorplatz fuhr. Mit einem weit ausholenden Schlenker rollte das Fahrzeug langsam vor ihnen aus.

Die beiden Beamten quälten sich aus ihrem Fahrzeug und erklärten dann, dass ihr rasches Erscheinen nur der Tatsache zu verdanken sei, dass sie sich auf dem Rückweg von einem Autounfall in Dahlem zur Wache in Euskirchen befunden hätten, als sie der Ruf der Zentrale erreichte.

Der ältere der beiden Polizisten, der sich mit »Zeuner« vorstellte, war groß und hager und bewegte sich mit der Lässigkeit eines Mannes, der schon alles wirklich Wichtige auf der Welt gesehen hatte und der sich sicher war, dass man ihm darüber hinaus nicht mehr viel Wissenswertes erzählen konnte. Während Fried ihm berichtete, was sich zugetragen hatte, gingen sie auf das Haus zu und er nickte wissend, so, als ahne er jeden von Frieds Sätzen bereits im Voraus. Er hatte kurzes, graues Stoppelhaar, einen Dreitagebart, der sich weit den Hals hinunterzog, und er steckte in einem polizeigrünen Pullover. Während der ganzen Zeit zeigte er ihnen einen unbeweglichen, geradezu melancholischen Gesichtsausdruck.

Sein Kollege war deutlich jünger. Er wurde von dem anderen »Leo« genannt und meldete sich an seinem plötzlich klingelnden Handy mit »Polizeiobermeister Held«. Seine dunkle Uniformjacke aus Leder schien ihm eine Nummer zu groß zu sein.

»Oh, mieser Empfang«, sagte Held und starrte auf sein Diensthandy.

Clara nickte und wies die Auffahrt hinunter. »Da unten bei den Bäumen ist es besser.«

Über sein junges, bartloses Gesicht huschte ein freundliches Lächeln. Während er »Hallo ... hallo« rufend den Weg zurückging und das Gerät fest ans Ohr presste, wurde erneut Motorengeräusch laut und zwischen den Bäumen erschienen der Kranken- und der Notarztwagen fast gleichzeitig.

Und plötzlich kam Bewegung auf. Zwei Sanitäter und eine Frau in weißer Kleidung und roter Daunenjacke belebten das starre Bild. Die Männer mit den Signaljacken bewegten sich deutlich schneller als die uniformierten Beamten. Fried wies ihnen persönlich den Weg zu Zimmer elf und ein Fahrer trat auf Clara zu und fragte: »Geht es Ihnen gut? Wollen Sie sich einen Moment hinlegen, oder brauchen Sie etwas Warmes?«

Clara sah wirklich erschreckend blass aus, aber sie schüttelte energisch den Kopf. »Es geht schon, junger Mann. Danke für Ihre Fürsorge.«

Gregor legte seinen Arm um ihre Schulter und sie gingen langsam auf das Haus zu. Die roten Jacken huschten zwischen dem Haupteingang des Hotels und den Fahrzeugen hin und her. Sie verrichteten ihre Arbeit offensichtlich sehr routiniert und fast stumm.

»Ach, Gregor«, seufzte Clara und schmiegte sich an ihn. »Was ist bloß geschehen?«

»Wir müssen Ellen finden«, sagte Gregor. »Ich verstehe das nicht. Sie kann doch nicht einfach verschwunden sein. Sie und der Junge. Wo sind sie denn nur?«

»Sie wohnen unten im Dorf«, sagte plötzlich der junge Polizist, der unbemerkt an ihre Seite getreten war. Als sie sich überrascht zu ihm umwandten, fragte er unsicher: »Sie meinen Ellen Honscha, das ist doch richtig?« Er zeigte zum Haus. »Die Frau von ...«

Clara nickte.

Held fragte weiter: »Kennen Sie die Honschas? Ich dachte, Sie sind Touristen.«

»Wir kennen sie«, sagte Clara und musterte ihn mit geradezu mütterlichem Blick. »Und Sie?«

»Ich komme aus Ripsdorf. Ich kenne die Leute nur flüchtig. Wie man so Leute aus den umliegenden Dörfern kennt. Die wohnen ja auch ziemlich abgelegen hier. Seine Frau ist mit dem Kind vor einiger Zeit ausgezogen. Es hat danach dann öfter Ärger gegeben.«

»Ärger? Was für Ärger?« Clara sprach leise und blickte den jungen Mann lauernd an.

Er zuckte mit den Schultern. »Ärger eben. Der übliche Familienzoff. Nicht viel mehr als bei anderen, nicht viel lauter und, soweit ich weiß, ohne Handgreiflichkeiten.«

»Hier?«, fragte Gregor. »Im Hotel?«

»Nein, unten im Dorf. Ihr Mann hat ziemlich gesoffen. Dass sie ausgezogen ist, hat ihm wohl nicht gepasst. Honscha hat ziemlich viel geschluckt und dann vor ihrer neuen Wohnung rumkrakeelt und randaliert.«

»Mussten Sie einschreiten?«

Der junge Mann blickte Gregor jetzt mit einem fast bübischen Lächeln an, sagte nur knapp »Nein« und gab ihm damit zu verstehen, dass die Fragestunde vorbei war.

Clara griff den Polizisten am Arm, was diesem wiederum alles andere als angenehm zu sein schien. »Können Sie uns sagen, wo das ist? Oder können Sie uns vielleicht sogar hinbringen?«

»Ich weiß nicht ...«

»Irgendjemand muss ihnen doch sagen, was passiert ist«, sagte Gregor energisch.

Das Gesicht des uniformierten, jungen Mannes hellte sich auf. »Das würden Sie tun?«

Im Hoteleingang erschien Fried an der Seite des älteren Polizisten, der sich suchend nach seinem Kollegen umsah.

»Leo, wo bleibst du?« Der Grauhaarige winkte mit dem Arm.

»Warten Sie«, sagte Held und lief zu seinem Kollegen. Als er ihn zur Seite nahm und auf ihn einredete, warfen die beiden immer wieder Blicke zu ihnen herüber.

Fried hatte sich unterdessen wieder zu Clara und Gregor gesellt und schnaufte vernehmlich. Er schaute zu den Baumwipfeln hinauf. In seinen Augen hatten sich wieder Tränen gesammelt. »Wenn sie wenigstens das Wasser aus dieser verdammten Wanne lassen würden! Diese dreckige Brühe. Es ist zum Heulen, dass der Junge da drin liegen muss.« Er winkte Gregor. »Gib mir mal deinen Flachmann.« Als er einen langen Schluck getan hatte, murmelte er: »Es ist die linke Hand. Soviel konnte ich gerade noch sehen. Er hat offensichtlich mit Rechts geschnitten.«

»Sie wohnt im Dorf«, sagte Clara aufgeregt.

»Wer?«

»Ellen. Der junge Polizist hat es uns erzählt. Sie hat ihn verlassen. Ist mit dem Kind ausgezogen.«

»Nicht zu fassen. Wir haben nichts gewusst. Kein Wort hat er uns gesagt.«

Die beiden Beamten näherten sich jetzt wieder und Zeuner rieb sich seine grauen Bartstoppeln. »Mein Kollege erzählt mir gerade, dass Sie den Toten kannten. Und er sagt auch, dass Sie vielleicht sogar seine Witwe ...« Er ließ den Satz in der Luft hängen, und als er aufblickte und sie der Reihe nach ansah, spürten sie, dass er mit sich rang. Hier bot sich ihm eine famose Gelegenheit, sich vor der unangenehmen Pflicht zu drücken, den Angehörigen des Toten die traurige Botschaft zu überbringen. »Sie würden ihr erklären, was passiert ist?«

Ein weiteres Polizeifahrzeug hielt in diesem Augenblick dicht neben ihnen.

Held begrüßte die beiden aussteigenden Beamten. Aus der Unterhaltung drang das Wort »Leichenwagen« zu ihnen herüber. Held gestikulierte und wies mit der ausgestreckten Hand zum ersten Stock des Hauses.

Fried nickte Zeunert zu. »Ja, allerdings. Das würden wir tun. Wie ich Ihnen vorhin bereits im Haus erzählte, sind wir eigens angereist, um Michael ... weil Herr Honscha uns angerufen hat.«

»Sind Sie Familie?«

»Indirekt«

»Indirekte Familie?« Zeunert kniff die Augenbrauen zusammen und zum ersten Mal hatte sein melancholisches Gesicht etwas Lauerndes. »Wie geht das? Können Sie mir das erklären?«

»Das geht«, sagte Gregor knapp.

Für einen Moment herrschte gespannte Stille.

»Kenne ich Sie nicht von irgendwoher?« Der Beamte musterte Gregor jetzt unverhohlen. »Sie machen Fernsehen, oder? Stimmt's? Ich habe Sie doch schon mal im Fernsehen gesehen.«

Gregor nickte nur kurz und wandte den Blick ab. Die Zeiten, in denen man ihn wegen einer Rolle im Abendprogramm auf offener Straße um ein Autogramm gebeten hatte, waren lange vorbei. Dieser Polizist konnte ihn eigentlich nur aus dem Werbefernsehen kennen.

Zeunert atmete seufzend ein. »Nun gut. Ist eigentlich nicht üblich, müssen Sie wissen, aber ich denke, das wird schon irgendwie gehen. Mein Kollege Held wird Sie hinfahren. Zu Fuß ist das zu weit.«

Er winkte seinem Kollegen.

Fried dachte für einen kurzen Moment an die Zeiten, in denen sie diese eigentlich recht kurze Strecke mindestens zweimal am Tag im Laufschritt zurückgelegt hatten. »Stimmt«, murmelte er. »Das ist wirklich zu weit.«

»Hinterher brauchen wir Sie wieder hier«, sagte Zeuner nachdenklich. »Die Kripo wird Sie noch befragen wollen. Routine. Nichts Schlimmes.«

* * *

Das Ortsschild stand kurz vor der kleinen Aral-Tankstelle, halb verdeckt von einer immergrünen Hecke. *Ahrhoven.*

»Sie haben so einen Akzent«, sagte der junge Polizist, der den Wagen steuerte.

»Fast vierzig Jahre Australien«, sagte Fried und lächelte. Leise fügte er hinzu: »So was kann man sich ja gar nicht vorstellen.«

Die Häuser des Ortes reihten sich an die Durchfahrtsstraße wie Perlen an eine Schnur. Sie waren grau – allesamt, wie sie da standen, trugen sie verschiedene Schattierungen von Grau. Ein beständiger Film aus Schmutz und Staub hatte sich im Laufe der Jahrzehnte über ihre Fassaden gelegt. An Feiertagen staute sich oft der Verkehr bis nach Ahrhütte und der bläuliche Dunst aus den Auspuffen schien dann in jedes Fenster und unter jeder Tür hindurch in die Häuser zu kriechen. Die Motorräder, die in langen Ketten durch den Ort schossen, sobald die Sonne sich hervorwagte, zerdröhnten die Stille und vergifteten den Frieden.

»Hier kann man nicht wohnen«, sagte Held. »Nicht an dieser Straße. Dann schon lieber in Australien.« Er lächelte scheu nach rechts. Er war jung. Bis auf drei Urlaube auf Mallorca und ein paar Campingtouren nach Holland hatte er noch nichts anderes gesehen als die Eifel. Der Mann auf dem Beifahrersitz flößte ihm Respekt ein.

Fried fand ihn sympathisch. Er hatte nichts von dem an sich, was man gemeinhin mit einem Polizisten in Verbindung brachte.

Held bog von der Hauptstraße ab und überquerte auf einer schmalen steinernen Brücke die Ahr. Vor einem lang gestreckten Bauerngehöft hielt er an. Das große Tor, in das eine kleinere Tür eingelassen war, war dunkelbraun gestrichen. Das Haupthaus war mit einem Sockel aus graugrünen Kacheln verkleidet. Das ließ sich leichter sauber halten. Die gepflasterte Rinne entlang der Straße war wie blank gebürstet. Nirgendwo spross ein überflüssiges Hälmchen.

Auf der gegenüberliegenden Seite der Straße bewegten sich die Gardinen hinter der Fensterscheibe. Man konnte nicht erwarten, unbemerkt zu bleiben, wenn man mit dem Streifenwagen vorfuhr.

»Hier wohnt die Frau. Man hat mir erzählt, es sei das Haus ihrer Eltern.« Held beugte sich über das Steuer, um an der hohen Fassade hinaufzublicken. Er rieb sich das Kinn. »Und Sie wollen wirklich ...?«

»Ich kenne das Haus. Ich glaube, ich kann mich sogar noch an Ellens Mutter erinnern.« Fried löste den Sicherheitsgurt. »Ich gehe erst mal allein.« Er drehte sich zu den beiden anderen um, bevor er ausstieg. »Ich werde nach ihr fragen, und wenn sie da ist, rufe ich euch.«

»Ich muss dann aber mitkommen«, sagte Held bedauernd. Alles andere wäre ihm lieber gewesen.

Fried nickte. »Natürlich.«

Clara und Gregor sahen ihm zu, wie er ausstieg und zum Haus ging. Heiseres Gebell ertönte, als er einen Klingelknopf betätigte, der neben dem Holztor an der Fassade angebracht war. In dem Spalt unter dem Tor war eine Hundeschnauze zu erahnen. Sie erkannten vom Auto aus ein gefletschtes Gebiss, das sich hin und her schob und ins Nichts schnappte.

Dann hörten sie undeutlich eine schrille Frauenstimme, die Schnauze verschwand und das Kläffen verstummte augenblicklich.

Die Tür öffnete sich nur einen Spalt. Dann beobachteten sie, wie Fried auf jemanden einredete, der deutlich kleiner war als er. Von der Gestalt auf der anderen Seite der Tür war nur eine Hand zu sehen, die jetzt gehoben wurde. Ein Zeigefinger beschrieb Kreise in der Luft und Fried folgte mit dem Blick in die Richtung, in die er wies.

Sie lasen es von seinen Lippen ab: »Dankeschön.«

Als er zum Auto zurückkehrte, wurde die Tür augenblicklich wieder geschlossen.

»Das war ihre Mutter. Sie hat mich nicht erkannt«, sagte Fried, nachdem er eingestiegen war. »Sie sagt, Ellen arbeitet in einer Kneipe.«

»Was hast du ihr erzählt?«, wollte Gregor wissen.

»Nichts weiter. Sie hat nicht gefragt.« Er wies mit dem Zeigefinger voran. »Es ist nicht weit von hier.«

»Wie heißt die Kneipe?«, fragte Held.

»Bikerklause.«

Held nickte wissend und fuhr los. »Bikerklause. Kenne ich. Da wird heute nicht viel los sein.«

Sie fuhren einen anderen Weg als den, auf dem sie gekommen waren. Nach wenigen Metern passierten sie einen Spielplatz. Auf einem Klettergerüst hangelten sich zwei Kinder in die Höhe. Drei andere standen auf der Rutschbahn und schwenkten dürre Äste durch die Luft.

Als sie vorbeirollten, hörten sie die spitzen Schreie der Kinder, die fasziniert dem Polizeifahrzeug hinterher starrten. Einer der Jungen sprang von der Schaukel und kam an den Jägerzaun gerannt, der das Gelände einrahmte. Er kreischte fröhlich und fuchtelte mit einem Stück Holz herum, das die ungefähre Form eines Revolvers hatte.

Clara richtete sich plötzlich starr in ihrem Sitz auf und verdrehte den Hals, um einen Blick zurückwerfen zu können. Sie hielt den Atem an.

»Was ist?«, fragte Gregor, der sich ächzend bemühte, es ihr gleich zu tun.

»Die Wimpern ... die Haare ... habt ihr das denn nicht gesehen? Er muss es gewesen sein. Mein Gott, das war der Junge.«

Held warf einen Blick in den Rückspiegel. »Wir müssen weiter«, entschied er. »Die Kripo wird Sie noch befragen wollen. Wir können hier nicht ewig in der Gegend herumfahren. Das müssen Sie verstehen.«

»Wir verstehen das«, sagte Fried beschwichtigend. »Wir verstehen schon.«

Die nächste Querstraße führte sie direkt hinter einer kleinen Kirche linkerhand zur Durchfahrtsstraße zurück.

Als sie sich wieder in den Verkehr auf der Bundesstraße einreihten, erkannten sie schon von weitem die amerikanisch anmutende Neonschrift *Bikerklause*. Das alte Backsteingebäude lag etwas abseits von der Straße und musste früher einmal eine Spedition oder etwas Ähnliches beherbergt haben. Die drei konnten sich nur noch ungenau daran erinnern. Fried behauptete, das Haus habe damals leer gestanden. Die Firma, so vermutete er, gebe es schon seit vor dem Krieg nicht mehr.

Auf einem großen, asphaltierten Vorplatz standen mehrere klobige Bänke und Tische, die aus gewaltigen Baumstämmen gefertigt worden waren und von denen der Klarlack abblätterte. Das Lokal selbst erreichte man über eine Metalltreppe und eine große, betonierte Laderampe. Auf ein altes Rolltor rechts neben der Eingangstür hatte ein mäßig begabter Künstler einen pinkfarbenen Chopper gesprayt, auf dem eine vollbusige Rockerbraut in dürftiger Bekleidung durch eine grellbunte Landschaft brauste.

Weit und breit war keine Menschenseele zu sehen. Es hatte begonnen zu regnen.

Held sagte beim Aussteigen nachdenklich: »Im Sommer können Sie hier nicht treten, so voll ist es dann.«

Und Fried erwiderte: »Das ist das erste Mal seit unserer Ankunft, dass ich den Eindruck habe, wir hätten den richtigen Zeitpunkt erwischt.«

6. Ellen

Sie hätten sie nicht erkannt, wenn sie Ellen nicht dort erwartet hätten. Sie war die einzige Person in dem großen Raum, der nur wenig vom zweifelhaften Charme seiner früheren Nutzung eingebüßt hatte. Getünchte Ziegelwände, grober Dielenboden, Licht aus Neonröhren.

Das musste Ellen sein. Die verhärmt aussehende Frau mit dem kurz geschnittenen, blonden Haar, den dunklen Rändern unter den Augen und den roten Fingerknöcheln, die hinter einer gläsernen Kuchentheke mit dem Geschirr hantierte, sah der Frau, die sie von den Familienfotos her kannten, kaum ähnlich. Und doch war es Ellen, daran zweifelten sie keinen Augenblick.

Über die ganze Szenerie breitete sich der Klangteppich eines Radiosenders aus, der mehr nervige Jingles als Musik zu spielen schien.

Das Eintreten des Polizisten hatte sie mit einem flüchtigen Stirnrunzeln quittiert. Die Bullen guckten immer wieder mal hier vorbei. Uli, ihr Chef, handelte mit Motorrädern und Ersatzteilen, und ab und zu verirrten sich auch schon mal Typen hierher, die eine reichlich ungezwungene Beziehung zur deutschen Auffassung von Recht und Ordnung pflegten. Manchmal, wenn sie abends Thekendienst hatte, glaubte sie, ein paar Hundert Jahre Knast direkt vor sich, auf der anderen Seite des Tresens, versammelt zu sehen.

Aber im Gegensatz zu der landläufigen Meinung waren die Biker, die Rocker und die Motorradfreaks der Eifel in der Regel friedfertige Burschen. Es gab keine Schlägereien, sie merkte kaum was von Koks und Dope, und Stress gab es höchstens mal, wenn Typen von auswärts meinten, sie müssten die Eifeler Deppen ein bisschen aufmischen.

Die drei Alten, die an diesem trüben Tag zaghaft das Lokal betraten und sie mit einer Mischung aus Skepsis und Furcht anguckten, als handele es sich bei ihr mindestens um eine Marienerscheinung, fand Ellen gleich merkwürdig. Vermutlich Holländer, so hatte sie gedacht. Die schreckten vor nichts zurück, um einen Kaffee zu bekommen. Dass sie einen Bullen im Schlepptau hatten, machte sie indes unsicher.

Dann war einer der drei auf sie zugetreten und hatte seinen Namen gesagt: »Söntgens.«

Er war braun gebrannt und hatte einen fremdländischen Klang in der Stimme. Und bei seinem Namen, da hatte weit hinten in ihrem Kopf etwas geklingelt. Sie hatte die drei angeschaut und versucht, sich an irgendwas zu erinnern, aber alles war im Nebel geblieben. Der Bulle machte ein betretenes Gesicht. Sie kannte ihn von irgendwoher.

Dann hatte die Dame gesagt, sie seien gekommen, weil Michael sie angerufen habe.

Und da wusste sie Bescheid.

Und plötzlich bekam die Tatsache, dass da ein Bulle an ihrer Seite war, ein ganz anderes Gewicht. Und sie hatte erneut die ernsten Blicke registriert und die verkniffenen Münder, und dann hatte sie vorsichtig gefragt: »Waren Sie im Hotel?«, und als sie genickt hatten und ihre Gesichter sich kein bisschen aufgehellt hatten, sondern im Gegenteil nur noch finsterer geworden waren, da schoss ihr plötzlich das Blut in den Kopf.

Sie hörte es rauschen. Und sie hörte sich noch fragen: »Was hat er angestellt?«, weil das ja die nächstliegende Frage war. Und doch ahnte sie in diesem Augenblick bereits, dass sie ihr etwas ganz anderes sagen wollten. Es war etwas passiert. Etwas Schreckliches.

Der dritte Mann sagte etwas. Er war einer mit Schnurrbart und Glatzkopf. Er sagte, dass Michael etwas passiert sei, und in diesem Moment spürte sie, dass die Beine unter ihr nachgaben.

Es hätte sie nicht überraschen dürfen. Alles war doch nur eine Frage der Zeit gewesen.

Der Polizist kam hinter die Theke. Er machte schnelle Schritte. Sie hörte keine Worte mehr, sah nur noch Münder und Arme. Sie klammerte sich an die Theke, um nicht umzukippen, aber die anderen packten sie, und als der Schwindel langsam nachließ, fand sie sich auf einem der Aluminiumstühle wieder, die sie zuvor noch sauber gewischt hatte.

Der Schnurrbart hielt ihr einen Flachmann unter die Nase und sie stieß nur kraftlos die Worte »Nein, nicht so 'n Zeug« hervor.

Dann herrschte einen Augenblick lang Stille, eine Weile standen sie um sie herum, blickten auf sie herab, und als es den Anschein hatte, ihr Zustand habe sich wieder einigermaßen stabilisiert, griffen sich die Besucher Stühle und setzten sich zu ihr an den Tisch.

»Was ist passiert?«, fragte sie matt und sah sie sehr langsam der Reihe nach an.

»Er hat sich getötet, Ellen«, sagte die Frau. Ihr Blick hatte jetzt geradezu mütterliche Züge angenommen. Ein tiefer Schmerz grub ihr steile Falten zwischen die Brauen und um die Mundwinkel. »Michael hat sich das Leben genommen. Oben im Hotel.«

Ellen erinnerte sich nur sehr vage an sie. Michael hatte von den dreien erzählt. Er hatte Geld von ihnen bekommen, daran erinnerte sie sich. Sein ganzes Leben lang. Geld, das dort gelandet war, wo alles andere auch hingegangen war. Und manchmal hatte sie ihn sagen hören: »Ich wünschte, Fried würde uns mal besuchen.« Und dann hatte er ihr von drei Menschen erzählt, die sich immer nur wie die Schatten im Hinterzimmer seines Lebens herumdrückten und die man niemals leibhaftig zu Gesicht bekam. Manchmal hatte es sogar den Anschein gehabt, als seien die drei nichts weiter als eine seiner üblichen Spinnereien gewesen.

»Wollen Sie nicht doch ...?« Der Schnurrbart winkte mit dem Flachmann, aber Ellen winkte ab. »Kein Alk. Wenn Sie mir einen Kaffee holen könnten ... Ach, nein.« Sie erhob sich. »Ich mach das schon selbst.«

Der Braungebrannte wollte sie daran hindern sich zu erheben, aber die Frau legte ihm die Hand auf den Arm. »Lass sie, Fried.«

Ellen ging langsam hinter die Theke, holte aus dem Schrank ein paar Tassen hervor und fragte: »Sonst noch jemand?«

Sie wollten alle Kaffee. Es schien geradezu so, als hätten sie nur darauf gewartet, einen angeboten zu bekommen. Wie bei einem stinknormalen Anstandsbesuch am Sonntagnachmittag.

Während sie den schwarzen Kaffee in die Tassen füllte, gingen ihre Gedanken unweigerlich zurück zum Hotel. Und sie sah wieder das Elend, das halb fertige, zusammengeflickte, zugige Elend. Sie sah wieder den Dreck, das Chaos. Und irgendwo da drinnen war jetzt Michael ...

Sie spürte, wie ihr die Tränen in die Augen schossen, und sie beeilte sich, sie mit einem Spültuch wieder wegzuwischen. Tränen waren hier völlig fehl am Platze. Nicht bei ihm. Später würde sie weinen. Um sich selbst. Das war in Ordnung.

Als sie das Tablett auf den Tisch stellte, fragte sie sehr kühl: »Wie hat er es gemacht?«

Und in diesem Augenblick öffnete sich die Tür hinter der Theke, die zum Treppenhaus führte, und Ulis massige Gestalt erschien im Türrahmen. Uli war vor sechs Jahren mit seinem Motorrad und einer Menge Geld, über dessen Herkunft er niemandem je etwas erzählt hatte, aus Bochum hierher gekommen und hatte diesen alten Schuppen zu dem umgebaut, was er heute war.

Er kaute einen Schokoriegel, dessen Verpackung er in der Hand hielt. Uli sah verschlafen aus und steckte in einem verwaschenen T-Shirt und einer dunkelblauen Jogginghose. Er kratzte sich am Kinnbart und beäugte skeptisch die um den Kneipentisch versammelte Gesellschaft. Dann warf er ihr einen fragenden Blick zu und wollte gerade etwas sagen, als der Polizist aufstand und zu ihm ging.

Vom Tisch aus hörten sie, wie die beiden Männer leise ein paar Worte wechselten.

Als Ellen sich wieder den drei Alten zuwandte, legte die Frau ihre Hand auf die ihre. »Er hat sich die Pulsadern ... aufgeschnitten«, sagte sie mit zitternder Stimme. »Wir haben ihn vorhin gefunden. Es tut uns so schrecklich Leid.«

Ellen nickte. »Er hat es oft genug angedroht. Ich habe immer nur gedacht, der tut nur so. Die anderen haben gesagt ›Irgendwann kann er nicht mehr anders.‹ Und jetzt haben sie Recht behalten.« Sie schlürfte an ihrem Kaffee.

Ellen ahnte, was in den Köpfen der Anwesenden vor sich ging. Sicher wunderten sie sich über die Härte, die sie ausstrahlte, über die Kälte, die sie umfing. Und sie überlegten jetzt krampfhaft, warum sie so war. Die nächste Frage bestätigte ihre Ahnung.

»Aber was ist denn nur schief gelaufen?«, fragte der Braungebrannte.

»Schief gelaufen?«

»Zwischen euch.«

Sie brachte ein schwaches Lächeln zu Stande. »Schief gelaufen ... Hm. Was möchten Sie hören, Herr ...«

»Söntgens. Ich bin Fried. Aus Australien.«

»Ach ja.« Sie lächelte in sich hinein. »Fried. Also, Fried, wo soll ich anfangen? Sie wollen also wissen, was schief gelaufen ist, zwischen uns?« Sie lachte auf. »Wie viel Zeit haben Sie mitgebracht?«

Fried Söntgens blickte peinlich berührt zu seinen beiden Begleitern hinüber. »Wir sind hierher gekommen, weil Michael uns angerufen hat«, erklärte er. »Wir kamen zu spät. Wir fühlen uns so ... ohnmächtig.«

»Ohnmacht kenne ich.« Sie erlaubte sich wieder ein leises Lachen. Dann starrte sie vor sich hin. »Ich kann ihnen leider nichts erzählen. Michael ist tot. Damit muss es gut sein. Es ist alles schief gelaufen, was nur schief laufen konnte. Mit dem Hotel ... mit uns ... überhaupt alles.«

»Das Hotel ist in einem fürchterlichen Zustand«, warf der andere Mann ein und trank an seinem Kaffee.

»Wollen Sie es haben?« Sie blickte zu ihm hinüber und lächelte müde. »Reißen Sie es ab, brennen Sie es nieder. Ich werde nie wieder in diesen Kasten zurückgehen.«

»Wir haben gedacht, wir könnten vielleicht helfen«, erklärte die Frau. »Wenn wir Sie irgendwie unterstützen können, Ellen, dann ...«

Der Schnurrbart fiel ihr ins Wort. »Genau. Wir sind hier. Wir möchten gerne helfen. Ihnen und dem Jungen.«

»Dem Jungen geht es gut!«, sagte Ellen trotzig und ihr Ton gewann plötzlich an Schärfe »Es geht ihm besser, als je zuvor, verstehen Sie?« Dann stutzte sie, weil sie merkte, dass sie sich im Ton vergriffen hatte, und sagte leise: »Danke trotzdem für das Angebot.«

Der Polizist räusperte sich und der Schnurrbart fuhr zu ihm herum. »Sie haben es wohl eilig, was?«, fragte er barsch. »Ist gleich Feierabend, oder was?«

Aber der Polizist ließ sich von dem angriffslustigen Tonfall nicht aus der Ruhe bringen. »Ich habe Ihnen vorhin schon gesagt, dass Sie sich noch mit der Kripo unterhalten müssen. Sie haben schließlich den Toten gefunden. Wir müssen Ihre Personalien aufnehmen und Sie müssen noch einmal genau schildern, wie Sie in das Haus gekommen sind und so weiter.«

Ellen starrte vor sich auf die Tischplatte. Ihr Daumennagel grub sich tief in eine Kerbe im Holz und fuhr vor und zurück. »Den Toten«, murmelte sie, »den Toten.«

Ulis hünenhafte Gestalt schob sich hinter sie. Sie spürte seine tätowierte Hand auf ihrer Schulter und aus seinem Bart kam eine ungewöhnlich sanfte Stimme: »Mach Schluss für heut, Elli. Ich mach das heut Abend alleine.«

Sie seufzte. Dann trank sie ihren Kaffee aus. »Brauchen Sie mich für irgendwas? Sie sind doch nicht umsonst da.« Ihr Blick wanderte zu dem Polizisten.

Der Polizist nickte. »Wir werden Ihnen das nicht ersparen können, Frau Honscha. Sie sind die nächste Verwandte.« Aber als sie sich anschickte aufzustehen, winkte er ab und sagte: »Nicht sofort. Später. Meine Kollegen werden Sie nachher irgendwann abholen. Wo finden wir Sie?«

»Ich werde zu Hause sein. Bei meiner Mutter.« Und dann flüsterte sie leise und mutlos: »Und bei Thommy.«

Mit mahlenden Kiefern begann Ellen, sich Gedanken darüber zu machen, wie sie ihrem Sohn die Botschaft überbringen konnte.

»Wir haben ihn auf dem Spielplatz gesehen. Im Vorbeifahren«, sagte die Frau und schluckte schwer. »Wir haben ihn gleich erkannt. Er sieht seinem Vater unglaublich ähnlich.«

In diesem Augenblick traf sie Ellens Blick. Und Ellen wusste: Es war ein harter Blick aus einem harten Gesicht. Aus einem Gesicht, in dem der Zorn von einem Moment zum nächsten jeden Anflug von Trauer weggewischt hatte.

Für einen Moment hing eisiges Schweigen zwischen ihnen.

Dann reichten sie ihr die Hand und sie ergriff sie mechanisch, kraftlos. Der Mann aus Australien legte stumm einen Zwanzig-Euro-Schein auf das kleine Metalltablett auf dem Tisch.

Jedes weitere Wort war überflüssig.

Sie alle murmelten einen knappen Abschiedsgruß, aber Ellens Lippen blieben zusammengekniffen.

7. Am Herd

Die alte Frau stand vor dem Küchenherd und betrachtete gedankenverloren die kleinen Bläschen, die im Wasser aufstiegen, das in dem Topf langsam dem Siedepunkt entgegenstrebte.

Sie kannte ihn irgendwoher. Er war braun gebrannt, so wie ein Ausländer, wie einer aus dem Süden. Und doch war er einer von hier. Sie war sich fast sicher. Was wollte er nur von Ellen? Sie ärgerte sich sehr, dass sie ihn nicht gefragt hatte, dass sie ihn einfach hatte gehen lassen, ohne von ihm eine Erklärung zu verlangen. Nicht einmal nach seinem Auto geguckt hatte sie, weil der Hund nicht auf die Straße laufen sollte.

Der Junge saß am Küchentisch und malte.

»Wir haben Polizei gespielt, Oma«, sagte er und kritzelte eifrig auf dem Blatt herum. Unter seinen Händen entstand das kindliche Abbild des Polizeiwagens, den er noch vor etwa einer halben Stunde die Dorfstraße hatte entlang fahren sehen.

Seine Oma kramte Brühwürfel aus dem mittleren Fach des Lebensmittelschranks, in dem es nach Pfefferminztee und Maggi roch. Der Junge war völlig durchgefroren. Sie musste demnächst sorgfältiger darauf achten, dass er sich zum Spielen warm anzog. Schließlich war der Sommer vorbei.

Sie löste zwei Brühwürfel in dem kochenden Wasser auf und rührte. Ein würziger Duft breitete sich in der kleinen Küche aus.

»Ob ein einziger Polizist drei Verbrecher alleine verhaften kann, Oma? Was meinst du?«

»Hm?«

»Ich habe ein Polizeiauto gesehen, in dem drei Leute saßen. Ich glaube, der Polizist hat sie alle drei verhaftet.«

Doch Oma ging nicht auf seine Erzählung ein, sie war noch zu sehr mit ihrem ominösen Besuch beschäftigt, dessen Gesicht ihr auf eine seltsame Art und Weise bekannt vorkam, ohne, dass sie hätte sagen können, woher. Ein gut aussehender Mann. Schick angezogen. Gute Manieren. Aber woher kannte sie ihn?

Aus dem Flur ertönte Gepolter und eine dunkle Stimme sagte barsch: »Du bleibst draußen, Arco!« Wenige Augenblicke später standen ihr Bruder und sein Sohn in der Küchentür.

»Wo wart ihr?«, fragte sie die beiden, während sie Suppenteller aus dem Schrank räumte. »Der Mann von der Deckstation hat schon zweimal angerufen, weil er doch eigentlich morgen früh kommen will.«

Ihr Bruder warf sich auf einen Küchenstuhl, streifte ächzend mit den Füßen die klobigen Stiefel ab und ließ erschöpft die Luft aus den Backen.

Rudi Diefenthal war ein kräftiger Mann von knapp siebzig Jahren mit eisgrauem, dichtem Haar und ebensolchem Bart. Seine dunklen Augenbrauen und der funkelnde Blick eines schwarzen Augenpaares gaben ihm etwas beinahe Südländisches. Seine behaarten Hände rieben jetzt über das Gesicht, pressten sich für einen Moment fest auf die geschlossenen Augen und ließen die Haare des Bartes leise flüstern. »Wir waren im Wald, sind dann in Dollendorf noch die Achse für den Hänger holen gefahren und mussten dann noch auf den Thielenbüsch«, sagte er und ließ die Hände schwer auf die Tischplatte fallen. »Irgendein Arschloch hat da oben ein paar Zaunpfähle umgefahren. Wenn ich einen von diesen Drecksäcken erwische, die da oben dauernd mit dem Auto rumfahren, dann haue ich ihm ein paar aufs Maul.«

»Der Nelles fährt da oben immer her. Und auch der Sohn von Scheuers. Die kürzen da ab. Die sollte man anzeigen.« Sein Sohn Bernhard ließ sich ebenfalls ächzend auf einem Stuhl nieder. Er fischte nach der Kinderzeichnung. »Ein Polizeiauto?« Bernhard grinste seinen Neffen an. »Ein Polizist und drei ... was sind das? Männer? Nee, zwei Männer und eine Frau. Sind die verhaftet, oder was?«

»Ich weiß ja auch nicht«, sprudelte es aus dem Kleinen hervor. »Sie haben drin gesessen im Polizeiauto und der Polizist saß hinterm Steuer. Wir haben sie vom Spielplatz aus gesehen. Eigentlich sahen sie nicht so richtig wie Verbrecher aus, weißt du?«

»Verbrecher sehen selten so aus, wie man sich die so vorstellt«, sagte der alte Diefenthal belustigt. »Die meisten erkennt man nicht mal auf den Wahlplakaten oder im Bundestag.« Er lachte grunzend über seinen eigenen Witz.

»Das Auto ist hier durch unsere Straße gefahren.« Thommy zog das Blatt wieder zu sich herüber und kramte aus einem Wust von Buntstiften einen grauen Stift hervor, mit dem er begann, Qualmwolken hinter das Heck des Fahrzeugs zu kringeln. »Die Leute, die drin saßen, waren aber eigentlich schon zu alt für richtige Verbrecher. So alt wie du, Oma und wie du, Onkel Rudi.«

Seine Großmutter lachte auf. »Na, Dankeschön, Liebchen. So, jetzt räum die Malsachen weg. Gleich gibt es was zu essen.«

»Kommt Ellen nicht?«, fragte Bernhard und griff im Kühlschrank hinter sich nach zwei kühlen Flaschen Bitburger.

»Mama muss heute Abend arbeiten.« Thomas räumte die Stifte in eine alte Printendose und es prasselte blechern. Die mit Stoff bespannte Hängelampe streute gelbliches Licht über den Tisch.

Sie aßen in letzter Zeit nur selten zu fünft. Ellen blieb häufig länger in der Bikerklause und Bernhard argwöhnte bereits, dass sich da offensichtlich was zwischen seiner Cousine und dem Rocker Uli anbahnte. Sein Vater fuhr ihm jedes Mal, wenn er bei Tisch davon anfing, barsch über den Mund und deutete zu dem Jungen hinüber. So was musste das Kind nicht unbedingt mit anhören.

Die beiden Männer bewohnten mit der alten Frau zusammen den großen Hof der Familie. Es war eine Zweckgemeinschaft, die seit langer Zeit ohne nennenswerte Reibereien funktionierte. Diefenthals Frau war seit sechs Jahren tot und sein Sohn Bernhard hatte mit seinen dreißig Jahren augenscheinlich noch immer nicht die Richtige gefunden. In diesen Zeiten war das ein beinahe aussichtsloses Unterfangen, wenn man auf der Suche nach einer Frau für Haus und Hof war. In die Landwirtschaft wollte heute keine mehr.

Vor sechs Monaten war dann Ellen mit ihrem kleinen Sohn eingezogen. Sie hatten es alle längst kommen sehen. Es schien so, als habe ihr der lange, harte Winter an der Seite ihres Mannes in dem maroden Hotel den Rest gegeben. Als sie eines Abends heulend mit ihrem Kleinen vor der Tür stand, zwitscherten die Vögel bereits frühlingshaft in den lauen Abend. Ihre Mutter und ihr Cousin hatten alle Kräfte und Überredungskünste aufwenden müssen, dass Diefenthal nicht noch am selben Abend rauf zum Ahrfels fuhr und ihrem Mann eine Abreibung verpasste.

Seither waren sie nun zu fünft auf dem Hof. Platz war genug da. Man konnte sich aus dem Weg gehen, wenn man es wollte. Die Oma kochte für alle und Ellen konnte sich ab und an den roten Golf von Bernhard ausleihen, wenn sie mal in die Stadt wollte.

»Ruft der Typ von der Deckstation heute noch mal an?«, fragte Diefenthal, aber seine Schwester reagierte nicht. Sie hörte nicht einmal, dass ihr Bruder ihr eine Frage gestellt hatte.

Thomas schlug den Zeichenblock zu und blickte auf.

Mit einem Mal sah ihn seine Großmutter sehr nachdenklich an. »Sag mal, Liebchen, die Leute in dem Polizeiauto, die waren schon älter, hast du gesagt?« Sie rieb sich die Hände an der Kittelschürze ab und rückte ihre Brille zurecht. »So wie ich?«

»Genau. Drei Stück waren es«, bestätigte der Junge und richtete die Frage, die ihn umtrieb, nun auch an den Bruder seiner Mutter, der unterdessen routiniert mit dem Feuerzeug die beiden Bierflaschen geöffnet hatte und bereits trank, während sein Vater noch mit dem Finger den Kondenstropfen nachfuhr, die den kalten Flaschenhals herunterperlten: »Glaubst du, ein einziger Polizist kann drei Verbrecher ganz alleine verhaften, Onkel Bernhard?«

Bernhard setzte die Flasche ab und grinste seinen Neffen breit an. Seine schwarzen Augen waren durchaus die seines Vaters, aber mit seinen strohblonden Haaren und dem blassen, fast weißen Teint hatte er nichts von dem, was die Freunde von Rudi Diefenthal einst dazu gebracht hatte, diesem den Spitznamen »Zigeuner« zu geben.

»Ein guter Polizist kann so was«, sagte er nach kurzem Überlegen. Und dann grinste er seinen Vater an und prustete: »Aber in der Eifel bin ich noch nie einem begegnet.«

Thommys Oma stand immer noch völlig bewegungslos und sehr nachdenklich zwischen Tisch und Herd, und plötzlich murmelte sie: »Der war mit dem Polizeiauto hier.«

Ihr Bruder sah sie fragend an. In Erwartung der warmen Abendmahlzeit schnallte er bereits seinen Gürtel auf.

»Weißt du, Rudi, da war einer, der hat bei mir nach Ellen gefragt, und ich denk schon die ganze Zeit, dass ich den ...« Sie verstummte und plötzlich weiteten sich ihre Augen hinter den dicken Brillengläsern. »Der Fried!«

Diefenthal zog die Stirn kraus. »Wer?«

»Der Fried«, sagte die alte Frau und sah ihren Bruder beinahe erleichtert an. »Ich habe die ganze Zeit gedacht, dass ich den irgendwoher kenne, und jetzt ist mir endlich eingefallen, dass das der Fried war. Fried Söntgens, der im Ausland lebt. In ... Afrika ... oder Amerika ...«

»In Australien«, sagte ihr Bruder zögernd. »Der Fried? Bist du sicher?«

»Wer ist das?«, fragte Bernhard. »Kenn ich den?«

»Und der soll im Polizeifahrzeug hier gewesen sein? Bist du dir da sicher?« Diefenthal schob die Frage seines Sohnes beiseite und richtete den Blick ernst auf seine Schwester. »Das glaub ich nicht. Du vertust dich sicher.«

Sie schüttelte energisch den Kopf und klopfte, wie zur Bestätigung, mit den Fingerknöcheln auf die Tischplatte. »Es war der Fried. Da bin ich mir jetzt ganz sicher. Der war hier und hat nach der Ellen gefragt, und ich hab gesagt, dass sie arbeiten ist, und ich hab ihm auch den Weg dahin erklärt.« Dann hob sie erschrocken die Hand an den Mund. »Ja, und wenn das stimmt, was der Thommy sagt, dass er mit anderen zusammen im Polizeiauto hier gewesen ist, was wollte der denn dann überhaupt? Was will der denn von unserer Ellen. Ach, du liebes bisschen, was kann denn da los sein?« Ihre Linke spielte nervös mit den Knöpfen ihrer Kittelschürze.

Stumm blickten sich alle einander an. Thommys große Augen wanderten von einem der Erwachsenen zum anderen. Verwirrt suchte er in ihren Gesichtern nach irgendetwas, das ihm Aufschluss darüber geben konnte, was die Fremden und das Polizeifahrzeug mit seiner Mutter zu tun hatten.

In diesem Augenblick kamen erneut dumpfe Geräusche von der Haustür her. Es rumpelte und klapperte und die tickenden Geräusche von Hundepfoten auf dem schwarzweißen Fliesenboden des Flurs ertönten.

Ein kühler Luftzug wehte herein und wenige Augenblicke später huschte der struppige Mischling in die Küche und wedelte fröhlich winselnd mit dem Schwanz. »Arco!«, herrschte Diefenthal das Tier an, aber er verstummte augenblicklich, weil in diesem Moment die schlanke Gestalt seiner Nichte hinter ihm im Türrahmen erschien. Er wandte sich auf seinem Stuhl zu ihr um. Ihr Blick ging ins Leere, ihre Arme hingen schlaff an ihren Seiten herab und ihr Mund war verkniffen und sehr schmal, so wie ein flüchtiger Strich von einem von Thommys Buntstiften.

Und in diesem Moment ahnten sie, was sich ereignet hatte.

8. Licht

Der Kripobeamte hieß Leinenweber und spielte den Gemütsmenschen. Er gab sich den dreien gegenüber betont volkstümlich und glaubte offensichtlich, er könne sie mit seiner kumpelhaften Art für sich gewinnen oder gar ihren Schmerz lindern.

»Et ös für ze kriesche«, murmelte er seufzend und bedachte sie mit einem bedauernden Kopfschütteln. Er war rothaarig. Ein heller Flaum deutete zwei schmerzreich gewölbte Augenbrauen an. Wimpern schien er gar keine zu haben.

Eigentlich hätte er nach der vergangenen halben Stunde, in der er sie ausführlich nach den Umständen ihres Auftauchens und nach dem Auffinden des Toten befragt hatte, wissen müssen, dass seine Ich-bin-einer-von-euch-Masche für Eifeler Senioren hier nichts brachte. Sie waren anders, obwohl sie ihm erzählt hatten, dass sie alle drei hier in diesem Landstrich geboren worden waren.

Eine nackte Glühbirne über ihren Köpfen verbreitete grelles Licht, das die Konturen der spärlichen Büroeinrichtung rings um sie herum scharf zeichnete. Durch die Öffnung des Rezeptionsschalters konnten sie die letzten Bewegungen der Polizisten wahrnehmen, die damit beschäftigt waren, ihre Utensilien zusammenzuräumen.

Vor etwa zwei Stunden war der Strom wieder angeklemmt worden, weil die Lichtverhältnisse im Haus keine hinreichende Untersuchung zugelassen hatten. Sie hatten Zeunerts Telefonat mit dem Elektrizitätswerk mitbekommen.

»Für ze kriesche«, seufzte Leinenweber noch einmal, während er etwas auf einen Zettel kritzelte.

»Sparen Sie sich ihre Sprüche, Herr Wachtmeister. Sie heulen ja doch nicht«, sagte Gregor scharf. Er blickte auf seine Uhr. »Warum sollten Sie auch? Und? War es das jetzt?«

Leinenweber, der vor ihnen stand, während sie auf drei aus dem Haus zusammengesuchten Stühlen vor ihm saßen, breitete wie zum Abschiedssegen die Arme aus und sagte: »Sie haben uns alles erzählt, was Sie wissen. Wir haben für alle Fälle Ihre Personalien und Ihre Telefonnummern ... Fürs Erste reicht uns das.«

»Und jetzt?« Gregor sah die anderen an. »Rufst du uns ein Taxi, Fried?«

»Wir haben doch die Visitenkarte von diesem Hotel in Blankenheim«, sagte Clara.

Fried schwieg. Tatsächlich hatte er bereits die Karte aus der Brusttasche hervorgeholt und wendete sie zwischen den Fingern hin und her. Seinen Blick hatte er dabei nachdenklich auf die Glühbirne an der Decke gerichtet.

Langsam stand er auf und ging auf den Heizkörper zu, der unter dem Fenster angebracht war. Er legte seine Hand darauf und fragte gedehnt: »Wird das Haus jetzt irgendwie ... versiegelt?«

Der Polizist, der erst ein paar Augenblicke später begriff, dass diese Frage an ihn gerichtet war, sagte überrascht: »Versiegelt? Nein, wieso? Wir sind hier vorerst fertig. Die Kollegen haben alles gesichert, die Leiche ist abtransportiert ...« Er erkannte undeutlich, was sich hinter Frieds Frage verbarg. »Hier wird nichts versiegelt. Wir haben hier nichts vorgefunden, was bei dieser Sache irgendwie auf Fremdeinwirkung hindeutet. Zunächst mal ist das für uns ein ganz offensichtlicher Fall von Selbsttötung. Die erste Inaugenscheinnahme der Leiche sagt dasselbe. Sofern sich bei der Obduktion nichts anderes ergibt, war's das. Der Strom ...« Er hob die Stimme. »Der Strom wird allerdings wieder abgeschaltet. Dann ist auch die Heizung wieder aus. Kein warmes Wasser und so. Wenn Sie das vorhaben, was ich glaube, möchte ich Ihnen davon abraten.« Auf seine Lippen stahl sich ein amüsiertes Lächeln.

Auch über Claras Gesicht huschte der Schatten einer Ahnung. »Angenommen, ich gebe Ihnen eine Kontonummer und all das, könnte man das Elektrizitätswerk dazu bewegen, nicht gleich wieder abzuschalten?«

»Die haben gesagt, da sei eine hübsche Summe aufgelaufen.« Leinenweber sah sie skeptisch an.

»Das soll nun wirklich keine Rolle spielen.«

Gregor wollte nicht verstehen, was da als Plan heranreifte. Unsicher sah er Fried an: »Strom ... Heizung ... Was soll das?«

»Wir könnten hier bleiben.«

Gregor starrte Fried einen Moment lang fassungslos an. Dann erhob er sich schweigend, nahm seinen Mantel von der Lehne des alten Bürostuhls, auf dem er gesessen hatte, und schlüpfte hinein, während er den Raum verließ. In der Halle hörten sie ihn einen der Polizisten ansprechen. »Hätten sie wohl die Güte, mir ein Taxi zu rufen? Oder geben Sie mir eine Busverbindung, einen Fahrplan. Schaffen Sie mich bitte einfach irgendwie von hier weg.«

Leinenweber beobachtete die Szene amüsiert. Er zwinkerte mit seinen wimpernlosen, kleinen Äugelchen und sagte: »Sie meinen das ernst, was?«

»Wir dürfen hier bleiben. Ihr Kollege Held kann das bezeugen. Frau Honscha ist einverstanden.« Fried sah Clara eindringlich an, um sich Bestätigung zu verschaffen. Sie nickte langsam und man merkte ihr an, dass sie einen Kampf mit sich ausfocht.

»Das hier ist ein Hotel. Es gibt Zimmer, es gibt Betten. Wenn wir das mit dem Strom klären können, besteht immerhin die Möglichkeit, die kommende Nacht hier zu verbringen. Ich muss mich um meinen Rückflug kümmern, verstehen Sie?«

Leinenweber schwieg lächelnd.

»Wir haben in den letzten vierzig Jahren eine Menge Geld hier rein gesteckt!«

»Das sieht man«, bemerkte Leinenweber trocken und kramte sein Handy hervor. »Also gut, ich sehe mal, was sich mit dem Strom machen lässt. Halten Sie ruhig schon mal Ihre Kontonummer bereit, Gnädige Frau.«

Er entfernte sich, um vom Vorplatz aus zu telefonieren. Clara glaubte, ein Kopfschütteln bei ihm zu bemerken.

Durch die geöffnete Tür sahen sie Gregor mit hängenden Schultern in der Mitte der Halle stehen. Er hatte ihnen den Rücken zugekehrt und den Kopf auf die Brust gesenkt.

»Ich habe nicht vor, hier abzureisen, bevor ich weiß, was mit dem Jungen passiert ist!«, sagte Fried und mahlte mit den Wangenknochen. Er hatte den Blick auf Clara gerichtet, aber seine Worte waren eindeutig für seinen alten Freund bestimmt. Er wurde lauter, damit Gregor ihn hören konnte: »Wenn wir uns in all den Jahren nicht um ihn gekümmert haben, ist es unsere verdammte Pflicht, das hier zu Ende zu bringen! Es wird immerhin in ein paar Tagen eine Beerdigung geben, auf der wir nicht fehlen dürfen.«

»Verdammte Pflicht ... Wenn ich das schon höre. Du klingst wie ein Cowboy«, rief Gregor herüber. Langsam drehte er sich um und kam näher. Den Kopf hob er dabei nicht. Es schien, als sei er völlig in die Betrachtung seiner blank polierten Schuhspitzen versunken. »Es ist Blödsinn. Völliger Blödsinn. Wir werden frieren und hungern und das

Ungeziefer wird uns bei lebendigem Leib anknabbern.« Er seufzte schwer und hatte plötzlich wieder seinen Flachmann in der Hand. »Ach, Fried, du hast schon immer deinen Kopf durchgesetzt. Warum sollte sich das nach all den Jahren geändert haben?«

Clara stand auf und berührte ihn sanft am Arm. »Ich weiß auch nicht, ob es wirklich eine gute Idee ist hier zu bleiben, aber ich glaube nicht, dass ich das Gefühl ertragen könnte abzureisen, ohne wenigstens den Versuch gemacht zu haben zu begreifen, was hier vorgefallen ist.«

»Begreifen!«, sagte Fried bestimmt und deutete auf die Aktenordner in den Regalen. »Genau darum geht es. Ich möchte mir das da alles ansehen. Ich möchte in Erfahrung bringen, was mit diesem Haus und dieser Familie passiert ist, und dann werde ich vielleicht alles begreifen.«

»Ihr findet nicht, dass es besser wäre, wenn wir irgendwo in Blankenheim ...« Gregor sah sie an und die Antwort stand ihnen ins Gesicht geschrieben, noch bevor er die Frage zu Ende formuliert hatte. Er seufzte. »Aber ich werde im Erdgeschoss wohnen, damit ihr's wisst! In den ersten Stock kriegen mich keine zehn Pferde.«

9. Viele Zwerge

Die Glocke der Dorfkapelle verriet es allen. Sie schickte ihr ärmliches, blechernes Läuten über die Dächer der Häuser hinweg durch das Ahrtal. Es hatte nicht viel gemein mit dem festlichen Dreiklang, der am Sonntagmorgen zur Messe rief, sondern es klang kläglich und erzählte vom Tod.

Immer wenn Franz das hörte, kroch ihm ein Schauer den Rücken hinauf. Jemand hatte sie verlassen.

Franz reckte den Kopf in die Höhe und erhob sich dann von den Knien. Er horchte aufmerksam dem metallenen Schlagen hinterher, das der Wind immer wieder davontrieb, sodass es ganz leise war und nur von einem Moment zum nächsten vom Glockenturm der Kapelle durch das große Rolltor zu ihm in die Halle drang.

Er klopfte sich den Staub von der Hose und schob nachlässig mit den Füßen die Berge von Verpackungsfolie zusammen. Dann ließ er den Blick über das Meer von Zipfelmützen streifen, das sich vor ihm ausbreitete. Hundertfünfundzwanzig Stück. Eine wie die andere, rot und glänzend.

Franz dachte an den einen Zwerg, der ihm beim Auspacken kaputtgegangen war. Schon komisch. Als würde die Glocke für den läuten.

Er ging zu seinem selbst gebauten Bürotisch und heftete den Lieferschein ab. Eigentlich war es Unsinn, zu dieser Jahreszeit Gartenzwerge zu ordern, aber das Angebot war einfach zu verlockend gewesen. Noch vor zwei Jahren hatte er richtig guten Umsatz gemacht mit seinen Figuren. Die Urlauber hatten ihm das Zeug schneller abgekauft, als er nachdekorieren konnte. Heute war alles schwerer geworden.

Zu Weihnachten würde vielleicht wieder was weggehen. In der nächsten Woche würde noch eine größere gemischte Ladung aus Holland kommen. Stan und Ollie, Donald Duck, ein paar Enten, Gänse und auch Hunde verschiedener Rassen. Das würde sicher laufen. Mit etwas Glück würde er auch diesen Winter überstehen.

Franz trat in die Toröffnung und lauschte dem langsam verklingenden Läuten nach. Sein Blick wanderte zur Bikerklause auf der anderen Straßenseite hinüber. Ob der Polizeiwagen was damit zu tun hatte, der vorhin da angehalten hatte? Vielleicht hatte es wieder einen der Biker zersemmelt.

Franz hatte Angst vor Motorrädern. Mit elf hatte er einmal bei einer Spritztour in die Vulkaneifel bei Onkel Severin hintendrauf gesessen und sie waren bei Manderscheid verunglückt. Sein Onkel hatte ein steifes Bein zurückbehalten, aber Franz hatte Glück gehabt. Ein paar Schürfwunden und eine kleine Prellung. Unter anderen Umständen wäre es sicher schlimmer ausgegangen. Seither hatte ihn Motorradfahren nie mehr interessiert.

Auf der anderen Straßenseite versammelten sie sich immer, wenn die Sonne schien. Er hatte nicht nur Angst vor den Motorrädern, sondern auch ein bisschen vor den Typen, die sie fuhren, und trotzdem ging er manchmal rüber, um ein Bier zu trinken. Wohin sollte er auch sonst? Der Gasthof Leuwer am Dorfplatz hatte seit drei Jahren zu, seit der alte Leuwer gestorben und seine Frau ins Altersheim nach Ahrweiler gekommen war. Und in den Gasthof zur Post ging er nicht mehr seit der Sache mit dem kleinen Autounfall, der erst vor Gericht entschieden worden war. Der Wirt hatte den Führerschein verloren, weil Franz als Zeuge gegen ihn ausgesagt hatte.

Also ging Franz zu den Bikern.

Allein war er nicht gern, aber oft.

Seit ein paar Jahren hatte er was mit Renate Bollig, der Witwe des Steuerberaters aus Bonn, die das Wochenendhaus am Ortsausgang in Richtung Blankenheim besaß. Seit dem Tauchunglück im Roten Meer, bei dem ihr Mann ertrunken war, kam sie immer öfter in die Eifel.

Renate hatte ihm schon im ersten Moment gefallen, in dem sie mit ihrem Mann bei ihm an der Hauptstraße angehalten hatte, um seine Figuren anzugucken, die er in der Halle und auf dem Bürgersteig feilbot. Renate war über zwanzig Jahre älter als Franz. Er liebte das. Franz mochte Frauen mit Erfahrung.

Im Dorf grinsten sie über ihn und seine Witwe, der er jedes Mal, wenn er sie wieder einmal in ihrem Ferienhaus besuchte, eine Figur mitbrachte. Der schmucklose Bungalow aus den Siebzigern, an dem fast immer die Läden heruntergelassen waren, war mittlerweile umringt von Putten und Terrakottafiguren aller Art.

In etwa zwei Stunden würde Renate wieder da sein. Er wollte vorher noch duschen und sich rasieren. Sie hatten am Vorabend telefoniert, nachdem sie von einem Urlaub auf Gran Canaria zurückgekehrt war. Sie war ziemlich braun geworden, so hatte sie ihm vorgeschwärmt. Franz freute sich sehr auf ihr Wiedersehen. Im nächsten Jahr wollten sie vielleicht sogar zusammen verreisen. Er tröstete sich mit dem Gedanken daran, dass er dann vielleicht auch wieder besser bei Kasse sein würde. Das Gefühl, von Renate ausgehalten zu werden, war ihm unangenehm.

Gegenüber sah er im Schatten des kleinen Vordachs Uli und Ellen vor die Tür des Lokals treten. Franz wollte hinüberwinken, aber sie nahmen keine Notiz von ihm. Er beobachtete, wie Uli die zierliche Frau einen Augenblick lang tröstend in die Arme nahm.

Dann stieg sie mit gesenktem Kopf die Stufen der alten Laderampe hinunter und überquerte den Asphaltplatz. Uli blieb noch einen Moment hinter ihr in der geöffneten Tür stehen und ging dann wieder hinein. Ellen parkte ihren winzigen, blauen Japaner immer an den Holunderbüschen direkt neben seiner Lagerhalle.

Als sie sich anschickte, die Straße zu überqueren und den Kopf nach rechts und links gehen ließ, bemerkte sie ihn und hob halbherzig die Hand zum Gruß.

Franz ging ihr entgegen und passte sie ab, als sie über die Straße war. »Alles okay?«

Sie schüttelte den Kopf und kramte ihren Schlüsselbund aus der Umhängetasche. »Nicht jetzt, Franz. Jetzt nicht.«

»Hast du die Glocke gehört?«, fragte er beharrlich, während sie auf die Hausecke zusteuerte, hinter der ihr Wagen stand. »Jemand ist gestorben.«

»Das war wegen Michael.« Sie warf ihm nur einen ganz kurzen, ernsten Blick zu. Er öffnete den Mund, um etwas zu sagen, fand aber nicht die richtigen Worte.

Michael war also tot.

Diese Nachricht würde für einigen Wirbel sorgen, soviel stand fest. Er konnte schon einige hören, die mit ihren gehässigen Reden nicht hinterm Berg halten würden.

Eigentlich war es nur konsequent, dass er nun tot war, wo doch schon das ganze Leben aus dem Hotel entwichen war. Zuerst dieses ausländische Mädchen, dann Ellen und der Junge. Jetzt war alles tot da oben.

Wie schnell auf einmal alles gegangen war.

Er hörte, wie der Wagen gestartet wurde, und dann krochen die Lichtkegel der Autoscheinwerfer um die Ecke. Ellens Gesicht konnte er im abendlichen Halbdunkel nicht erkennen. Er sah nur ihre schlanke Gestalt hinter dem Steuer.

Er sah ihr hinterher, bis sie von der Hauptstraße abgebogen war. Er wurde das Gefühl nicht los, dass Michaels Tod für Ellen eine Erleichterung darstellen würde. Wenn an all dem, was man sich erzählte, auch nur ein einziges wahres Wort dran war, würde sie ihm vermutlich keine Träne nachweinen.

Ein paar Autos bogen mit laut wummernden Bässen von der Straße auf den Parkplatz der Bikerklause ein. Franz rieb sich die Hände. Es wurde kalt.

Nachdem er zurück in die Halle gegangen war, stand er eine Weile vor der Gartenzwergarmee und drehte dabei unablässig eine seiner schwarzen Locken.

Er musste an Michael denken. Die Erinnerung an diese eine bedeutsame Fete im Hotel kehrte zurück. War es Michaels Geburtstag gewesen oder der von Ellen? Seltsam, an den Anlass konnte er sich nicht mal mehr erinnern. Aber an die Folgen ...

Er musste auch an das Mädchen denken, das bis vor nicht allzu langer Zeit im Hotel ausgeholfen hatte. Eine kleine Dunkelhäutige war das gewesen, mit bezaubernd schönen Mandelaugen. Er kam nicht mehr auf ihren Namen. Was Orientalisches. Seit sie nicht mehr im Hotel arbeitete, hatte er sie nicht mehr in der Gegend gesehen. Ob sie vielleicht in ihre Heimat zurückgekehrt war? Er erinnerte sich daran, dass sie einmal ein längeres Gespräch an der Theke in der Bikerklause miteinander geführt hatte. Da war immer irgendwas in ihrem Blick gewesen. Etwas Banges, Unsicheres. Er erinnerte sich an ihre Blicke, mit denen sie jeden musterte, der in die Kneipe hereinkam, so, als müsse sie ständig vor irgendetwas auf der Hut sein.

Ihr Name würde ihm schon noch einfallen. Er würde vielleicht nachher Renate fragen. Die hatte sie auch gekannt.

Das mit Michael waren keine guten Nachrichten. Er überlegte, ob er es Renate überhaupt gleich erzählen sollte. Das würde ihnen womöglich den Abend verderben. Sie hatte ihn kaum gekannt, aber sie hatte so ein mitfühlendes Wesen.

Franz wandte sich um und schloss mit großer Anstrengung das schwere Rolltor.

Er würde einen der neuen Zwerge für Renate in Geschenkpapier einpacken. Darüber würde sie sich freuen.

Dann suchte er eine schlanke, weiße Nymphe mit Füllhorn aus. »Du bist es«, flüsterte er. Und schließlich fiel sein Blick auf den zersplitterten Zwerg, dem der Sturz auf den Betonboden das Grinsen mitten entzweigeschlagen hatte und dessen Trümmer er mit dem Fuß zur Seite geschoben hatte – und er musste wieder an Michael denken.

»Die eine wird verschenkt und der andere geht kaputt. So ist das. Kann man sich nun mal nicht aussuchen, Jungs«, murmelte er. »Passiert einfach.«

10. Nachtruhe

Gregor stand neben dem Bett und zog einen Zipfel des Bettbezugs zu sich herauf. Angeekelt rümpfte er die Nase, als er das stockige Aroma wahrnahm. Etwas anderes hatte er angesichts der alten Laken und Bezüge, die Clara in einer Kammer am Ende des Flures gefunden hatte, nicht erwartet. Er überlegte, ob es ratsam sei, mit ein paar Spritzern Rasierwasser oder Eau de toilette Abhilfe zu schaffen, aber er verwarf den Gedanken wieder. Dafür war das Zeug zu schade. Mutlos begann er damit, das Federbett zu beziehen. Dies war eine Arbeit, die er auch zu Hause verrichtete und die ihm für gewöhnlich nichts ausmachte, aber hier schien sie ihm so völlig nutzlos und geradezu lächerlich widersinnig zu sein. Wenn die Milben aus dem Federbett über ihn herfallen wollten, würde sie kein Kopfkissenbezug der Welt daran hindern, das zu tun. Ihn schauderte bei dem Gedanken daran, welches Ungeziefer sich wohl im Laufe der Jahre hier überall eingenistet hatte. Die zahlreichen dunklen Ecken des Zimmers, die das dürftige Licht der Deckenlampe nicht auszuleuchten vermochte, bargen mit Sicherheit zahlreiche unschöne Geheimnisse.

Gregor hatte seinen Koffer geöffnet und lediglich den Kosmetikbeutel auf der Porzellanablage im angrenzenden kleinen Bad platziert. Die Kleidung würde er hübsch in der sicheren Verwahrung im Lederkoffer belassen, den er auf einem kleinen Hocker neben dem Schrank abgelegt hatte.

Als er schließlich das Bett fertig bezogen hatte und mit schief gelegtem Kopf sein Werk begutachtete, packte ihn ein Gähnen. Dieser Tag mit all der Scheiße, angefangen bei den peinlichen Rechtfertigungen im Zug, dieser Tag mit dem toten Michael, mit dem penetranten Polizisten und diesem verrotteten Hotel, hatte ihm arg zugesetzt. Er fühlte sich mit einem Mal unglaublich erschöpft und völlig leer gepumpt.

Als der Wind damit begann, mit leisem Quietschen einen dürren Zweig gegen das Glas des Fensters zu treiben, nahm er erst die matte Schwärze der Nacht wahr, die wie ein Tuch von außen vor dem Fenster hing. Mit spitzen Fingern zog er die beiden Vorhangschals zusammen. Sie rochen so wie jedes Stück Textil im Raum.

Im Bad nahm er drei der üblichen Pillen und putzte sich die Zähne. Während er schrubbte, ließ er den Blick wandern und bemerkte zum ersten Mal, seit er sein Zimmer bezogen hatte, dass dieser Raum sogar einer Renovierungsmaßnahme unterzogen worden war. Es war nicht gerade der blanke Luxus, der ihn umgab, aber immerhin waren Armaturen und Mobiliar nagelneu, und auch die chamoisfarbenen Fliesen schienen neueren Datums zu sein.

Nur zögernd schlüpfte er schließlich in seinen Pyjama. Am liebsten hätte er die Nacht vollständig bekleidet und in dem alten Cordsessel sitzend zugebracht, aber er entschied sich für das Liegen. So, wie es aussah, lagen noch harte Tage vor ihm. Auch wenn ihn die Schmerzen überraschenderweise schon den ganzen Abend in Ruhe gelassen hatten, würden sie doch irgendwann wiederkommen, gnadenlos und unerbittlich. Sie würden ihn dann erwischen, wenn er nicht damit rechnete. Also beschloss er einfach, sich im Bett eine Ruhepause zu gönnen. Er würde sich einbilden, er läge in seinem Bett in Köln.

Gottlob hatte er keinen allzu schlimmen Hunger. Sonst hätte er sowieso kein Auge zumachen können. Sie hatten die belegten Brote geteilt, die Clara in ihrer Handtasche hatte, und Fried hatte eine Tüte australischer Lakritze aus seinem Koffer geholt. Das musste bis zum Frühstück reichen.

Das kleine Fenster in der Eingangstür hatten sie lediglich notdürftig mit einem Stückchen Holz verriegelt. Wenn unbedingt jemand einsteigen wollte, um ihnen die Hälse aufzuschlitzen, könnte er sowieso mühelos durch die kaputten Fenster an der Rückfront hereinkommen.

Als Gregor gerade das muffige Plumeau zurückgeschlagen hatte und sich auf der Bettkante niederließ, klopfte es zaghaft an die Zimmertür und Frieds Stimme wollte wissen, ob er schon schlafe.

»Und wenn?«, fragte er knurrend und erhob sich, um die Tür zu entriegeln.

»Du schließt dich ein?«, fragte Fried, als sie einander gegenüberstanden.

»Damit die Wanzen mich heut Nacht nicht rausschleppen. Komm rein.«

Fried hielt einen Aktenordner in der Hand. »Bettlektüre. Ich werde noch ein bisschen darin schmökern, bevor ich einschlafe.« Er ließ sich in den Sessel fallen. »Hier im Erdgeschoss sind die Bäder renoviert worden, hast du's gesehen?«

Gregor nickte. »Oh, ja, *Beauty* und *Wellness* werden hier im Hause großgeschrieben.« Er ließ sich wieder auf der Bettkante nieder. »Was willst du?«

»Einen Gutenachtschnaps.«

»Nee, nee. Ich muss haushalten. Wir haben keine Lebensmittel hier. Am Ende ist mein Cognac das Einzige, wovon wir uns noch ernähren können.«

Fried stand auf und griff nach Gregors Mantel. »Red kein Blech. Morgen früh gehe ich gleich was besorgen. Wo ist er?«

Gregor fischte den kleinen Flachmann aus der Nachttischschublade. »Direkt neben dem Neuen Testament, wo er hingehört.« Er warf ihn zu Fried hinüber, der ihn gleich aufschraubte und einen kräftigen Schluck daraus nahm.

»Sag mal«, begann Gregor und streckte sich auf seinem Bett aus. Er verschränkte die Arme unter dem Kopf und schlug die dürren Beine übereinander. »Irre ich mich, oder weckt das alles den Pfadfinder in dir? Dir macht das wohl alles Spaß hier, oder?«

Fried schwieg und Gregor erkannte, wie es in seinem Kopf arbeitete. Er prüfte sein Gewissen. Und schließlich schüttelte er langsam den Kopf. »*Sorry*, aber du irrst dich. Nein, Gregor, das ist es nicht.«

»Was ist es denn dann? Ich bitte dich, jetzt sei doch mal ehrlich zu dir selbst. Du lebst da auf deinem Kängurukontinent in Saus und Braus und hier machst du mal ein bisschen Abenteuerurlaub in der Ruine.« Er bemerkte Frieds geringschätzigen Blick und verstummte.

Fried betrachtete ihn eine Weile schweigend und wies dann mit dem Daumen nach oben. »Da oben im ersten Stock ist der Junge gestorben. Du kannst mir alles vorwerfen: Neugier, Besserwisserei oder was weiß ich was, aber sag mir bitte nicht, dass ich hierbei auch nur einen einzigen Augenblick Vergnügen empfinde. Ich würde mich am liebsten gleich irgendwo in eine von diesen frisch renovierten Badewannen legen und es dem Jungen nachmachen. Ich fühle mich schuldig, Gregor, geht das nicht in deine kahle Birne rein? Ich fühle mich sauelend! Vor lauter Scham und Schuldgefühlen würde ich am liebsten laut losschreien.«

Sie schwiegen eine Weile. Dann sagte Gregor: »Tu's nicht.«

»Was?«

»Schrei nicht. Sonst kann der Notarzt auch noch Clara abholen.« Er wies mit dem Finger zur Wand links neben sich, hinter der Clara hoffentlich längst eingeschlummert war.

Fried nahm noch einen Schluck und murmelte: »Sie ist eine wunderbare Frau, was, Gregor?«

»Sie ist ein prima Kumpel«, sagte Gregor nüchtern.

»Kumpel!« Fried schnaufte verächtlich. »So was kann auch nur von dir kommen. Ich glaube, du warst früher schon eifersüchtig auf sie.« Er erlaubte sich den Anflug von Häme in der Stimme.

Gregor überhörte das geflissentlich und bemühte sich nach Kräften, eine ernsthafte Erwiderung auf diesen Vorwurf folgen zu lassen: »Ach, weißt du, ich habe in meinem Leben viele, viele Frauen kennen gelernt, mein Freund. Aber Clara war wirklich eine der tollsten von ihnen. Sie hatte nur diesen unglaublichen Makel, dass sie schon immer an dir kleben musste wie eine Klette. Das hat mich nun mal gestört, na und?«

»Weil du gern an ihrer Stelle gewesen wärst?«, fragte Fried lauernd.

Gregor empörte sich. »Was willst du hören? Die Intimbeichte einer alternden Tucke? Tut mir Leid, mein Knabe, da kannst du aber lange warten. Ich habe mir im Leben immer genommen, was ich haben wollte, weißt du? Jetzt bilde dir mal bloß nichts auf deine verdammten vergissmeinnichtblauen Augen ein. Du kannst mich mal mit deinem ganzen *bloody damned shit, honey!*« Er schwang sich aus dem Bett, riss Fried in gespielter Empörung den Flachmann aus der Hand und warf ihn zurück in die Schublade.

Fried grinste ihn schelmisch aus dem alten Sessel heraus an. »Kein Mensch kann es verstehen, du altes Reptil, aber ich bin tatsächlich froh, dass wir uns wieder haben.« Er erhob sich, trat ganz nahe vor ihn und legte Gregor die Arme um die schmalen Schultern.

Es dauerte einen Moment, bis Gregor diese körperliche Annäherung erwiderte. Zitternd umfingen seine Hände Frieds Körper und begegneten einander auf dem Rücken.

Sie standen bewegungslos einige Minuten in enger Umarmung mitten im Zimmer und nur die kaum wahrnehmbaren Geräusche des sterbenden Hauses um sie herum waren zu hören.

»Jetzt lass mich endlich schlafen«, sagte Gregor und wandte sich mit einem Mal abrupt ab.

Fried glaubte, ein paar Tränen in seinen Augenwinkeln glänzen zu sehen. Wortlos nahm er den Aktenordner und öffnete die Tür. »Schlaf gut«, sagte er lächelnd zu Gregor, der ihm immer noch den Rücken zuwandte und am Plumeau herumzupfte.

»Mann, Mann, Mann«, brummelte Gregor. »Jeder andere hätte einen mordsmäßigen Jetlag, der ihn aus den Pantinen haut, aber natürlich nicht *Sonnyboy Söntgens*, unser Supermann. Jetzt erspar mir bitte dein dämliches Grinsen und zieh Leine.«

»Wann willst du geweckt werden?«, feixte Fried, leise flüsternd, aus Furcht, er könne Clara aufwecken.

Fried hob den Mittelfinger der rechten Hand, so, wie er es bei den jungen Leuten beim Fernsehen gelernt hatte, und dachte nicht daran, sich zu ihm umzudrehen. »Wer mich vor elf anspricht, kriegt die Fresse poliert.«

Als sich die Tür geschlossen hatte, dauerte es nur wenige Augenblicke, bis Gregor vor dem Bett auf die Knie sank und in hemmungsloses Schluchzen ausbrach. Er krümmte sich und wand sich und verbarg zitternd das Gesicht in den Händen. Der Gedanke daran, dass sie einander gerade erst wieder gefunden hatten und dass das Ende von allem doch schon wieder so beängstigend nahe war, schien ihn schier zerreißen zu wollen. Er spürte einen schneidenden Schmerz, der ihm mitten durch das Herz fuhr. Es war ein gänzlich anderer Schmerz, als der, den er gewohnt war, als der, der ihn immer wieder heimsuchte. Aber er hatte in diesem Moment die bange Ahnung, dass diese unterschiedlichen Schmerzen einander schon bald begegnen würden, dass dieser Moment nicht mehr fern war und dass sie ihn dann unerbittlich gemeinsam in die Knie zwingen würden.

11. Im Versteck

Soheyla blickte auf den grell erleuchteten Hof der Speditionsfirma und kaute an den Nägeln. Als Roja es ihr vor zwei Stunden am Telefon erzählt hatte, da hatte sie es zuerst gar nicht glauben können. Roja hatte gesagt, im Hotel Ahrfels, da habe sich einer umgebracht.

Das konnte eigentlich nur Michael sein. Wer sonst? Nur Michael kam dafür in Frage. Michael war allein da. Kein Mensch besuchte ihn mehr, seit das passiert war.

Nervös ging sie in ihrem kleinen Zimmer auf und ab.

Klar, wer denn sonst? Wer, wenn nicht Michael? Damit hatte sie nicht gerechnet. Sie hatte die ganze Zeit gedacht, er werde das schon irgendwie wegstecken. Sie hatte tatsächlich geglaubt, er sei stark genug, das irgendwie durchzustehen.

Und jetzt war er doch zu schwach gewesen.

Die Ungewissheit machte sie nervös. Sie musste unbedingt wissen, ob es wirklich Michael war oder am Ende doch jemand anderes. Letzteres hätte sie sich gerne eingeredet, aber das war natürlich völlig absurd.

Roja hatte ihr nicht mal sagen können, wie er es getan hatte. Typisch. Roja war immer so ungenau. Wenn sie von Jungs erzählte, schwärmte sie immer nur in den schillerndsten Farben und konnte nie so richtig beschreiben, wie der Typ eigentlich aussah. Sie sagte dann immer nur »süß«, »cool« oder »mega«. Mehr war eigentlich nie aus ihr rauszukriegen.

Bei der Nachricht von dem Toten im Ahrfels hatte sie nur »heavy« gesagt und »krass«.

Soweit sie sich erinnerte, war damals nirgendwo im Haus eine Waffe gewesen. Michael war auch kein Typ, der so was bei sich geduldet hätte. Schon wegen des Jungen nicht. Aber was hieß das schon? Er hätte sich schließlich eine besorgen können. Pistole ... Strick ... Tabletten ... Was hätte sie denn an seiner Stelle getan? Woran dachte sie denn immer als Erstes, wenn es mal wieder soweit war? Wenn die Angst mal wieder zu stark für sie wurde und sie von den Füßen haute. Wie würde sie es tun, wenn man sie zwingen würde, wieder zurückzugehen?

Michael hatte immerhin ausreichend Zeit gehabt, alles in Ruhe zu planen. Seine einzige Begleitung in diesem alten Kasten war die Einsamkeit. Er brauchte sich nun wirklich keine Sorgen zu machen, vielleicht zu früh gefunden zu werden. Mit Sicherheit war da keiner, der versucht hatte, ihn davon abzuhalten.

Sie ging umher und knetete ihre Hände, rang zwischendurch nach Luft und ertappte sich dabei, wie sie Michas Lieblingslied summte: *Hotel California*.

Als sie ihrem Blick im Spiegel begegnete, hielt sie erschrocken inne. Es war der Blick einer Irren. Zwei wunderschön geschwungene, tiefschwarze Augen starrten sie aus einem Gesicht an, dessen Haut die Farbe von dunklem Kupfer hatte. Weit aufgerissen und gerundet, sodass die weißen Augäpfel zu leuchten schienen. So sah eine Irre aus. Eine irre Verräterin.

»Verräterin«, flüsterte sie leise. »*Doruqgu!* Dreckige Lügnerin!«

Mit einem Ruck wandte sie sich ab.

Sie musste plötzlich kichern, bei dem Gedanken daran, dass sie sich in diesem Moment mit Michaels Einsamkeit befasste. Was war denn mit ihr? Erging es ihr etwa anders? Seit sie in dieses Land gekommen war, hatte sie sich doch gewissermaßen zu einer Fachfrau für Einsamkeit entwickelt.

Jetzt, wo Davar plötzlich weg war, mit ihrem Pass, mit ihrem teuer erkauften Visum, jetzt stand sie da und hatte nichts und niemanden.

Was unterschied sie von Michael in seinem Hotel?

Sie drehte sich einmal um die eigene Achse. Sie konnte keine zehn Schritte tun, ohne an irgendeine Wand zu stoßen. Niemand wohnte auf der anderen Seite des Flures. Niemand kam, um Zigaretten zu schnorren oder Klopapier zu leihen.

Sie saß in ihrem Versteck, das gleichzeitig ihr Gefängnis war.

Das kleine, rote Handy wollte einfach nicht piepsen. Dabei hatte Roja ihr versprochen wieder anzurufen. Sie war es, die ihr diese Bude über der Spedition beschafft hatte. Es war muffig und von der Halle her drang der Ölgeruch bis zu ihr hinauf. Sie zündete Duftkerzen an und hatte überall Blumenpotpourris in Schälchen verteilt, aber es nützte nichts.

Ab und zu versuchte ein Fahrer sie zu befummeln, aber die Chefin passte schon auf, dass nichts passierte.

Aber nachts war die Chefin nicht da und den Schlüssel zum Haus hatten mehrere.

Immer wenn unten der Köter bellte, schrak sie zusammen. Dann drehte sie an dem winzigen Schwarzweißfernseher den Ton ab und horchte lange in die Nacht. Und dann konnte es passieren, dass sie einen ganzen Spielfilm ohne Ton guckte und hinterher nicht einschlafen konnte.

Roja hatte ihr geraten, doch ruhig mal einen reinzulassen. Ins Zimmer und überhaupt. Ruhig richtig rein. Die würden doch was bezahlen. Und sie könnte sich ja aussuchen, wer es sein sollte.

Aber das konnte sie nicht. Diese Art von Geld wollte sie nicht. Es reichte ihr, der Chefin das Büro zu putzen und Kaffee zu kochen und ab und zu auf die Kinder aufzupassen.

Dafür hatte sie ein Zimmer und konnte sich Teebeutel aus der Kiste in der Teeküche nehmen.

Fürs Erste reichte das. Später würde sie weitersehen.

Jetzt lief der Fernseher auch wieder ohne Ton. Es lief diese Millionärsshow, die sie früher immer geguckt hatte, weil sie was lernen wollte. Was auf Deutsch.

Irgendwann hatte sie das Interesse daran verloren, weil sie gemerkt hatte, dass man von einer, wie sie es war, gar nicht wissen wollte, wie hoch der Kilimandscharo war, oder wie viel rote Streifen der weltgrößte Leuchtturm hatte. Ihr guckte man nur auf den Busen und auf den Hintern. Wenn es hochkam auch mal tief in die Augen. Sie hatte irgendwann resigniert.

Im Ahrfels war das anders gewesen. Michael war so ein feiner Kerl. Schade, dass das alles vorbei ist. Endgültig.

Franz!

Ihr fiel der kleine Kerl mit den Gartenzwergen ein, mit dem sie sich hin und wieder unterhalten hatte. Der war nett. Der hatte sie ordentlich behandelt. Sicher hatte er 'nen kleinen Schaden, mit seinen Zwergen und so, aber zu ihm hatte sie damals schnell Vertrauen gefasst. Franz wohnte unten an der Durchfahrtsstraße, der kriegte allerhand mit, der könnte ihr bestimmt mehr erzählen!

Sie zögerte, bevor sie seine eingespeicherte Nummer auf dem Handy drückte. Als die Verbindung hergestellt wurde, kam nur eine Stimme vom Band.

»Franz-Georg Lessenich, Dekorationsartikel.«

Seine Stimme hörte sich an wie die eines Roboters. Sie wurde aufgefordert, eine Nachricht zu hinterlassen.

Sicher war er jetzt in der Bikerklause und stand bei Ellen an der Theke. Da hatten sie auch mal zusammengestanden und gequatscht. Sie und Franz. Da hatte Ellen noch nicht da unten gearbeitet, da war im Ahrfels noch alles in Ordnung gewesen. Ob Ellen heute überhaupt da war, nach allem, was jetzt passiert war?

Vielleicht war Franz auch bei seiner Bonner Witwe.

Sie würde es am nächsten Morgen noch einmal versuchen. Aber bis dahin war es noch so lang – und Roja würde bestimmt nicht mehr anrufen. Sie hatte noch ein Date.

Sie warf das Handy aufs Sofa und drehte vor Verzweiflung und vor Einsamkeit den Fernseher wieder lauter. »Wie beginnt die zweite Strophe vom Lied der Deutschen? A) Deutsche Frauen, B) Deutsche Dichter, C) Deutsche Helden, D) Deutsche Söhne ...«

Soheyla schaltete ab.

12. Leere Tische

Der Aktenordner lag auf dem Tisch. Gregor bemerkte sofort, dass Fried ein paar lange Papierstreifen zwischen einzelne Seiten gelegt hatte. Weit war er offensichtlich nicht gekommen. Auf dem Rücken des Ordners stand 2003. Das hatte er gestern Abend schon gesehen.

Clara hatte, so gut es ging, den Frühstückstisch gedeckt. Sie hatte einen der Tische des Speiseraums gewischt, eine Tischdecke darüber ausgebreitet und Geschirr und Besteck aufgelegt. Es sah ordentlich aus.

»Es gibt Pfefferminztee«, sagte sie und schenkte Gregor ein. »Ich habe auch noch eine halb volle Dose Kaffee im Schrank gefunden, aber der scheint nichts mehr wert zu sein.«

»Ich trinke morgens sowieso lieber Tee.«

»Fried ist schon früh ins Dorf gegangen. Ich bin gespannt, ob er was auftreiben kann.«

»Sicher kann er das! Sicher!«, brummte Gregor und strich sich über den Schnurrbart. »Er ist doch ein Macher.«

Clara bedachte ihn mit einem strafenden Blick und rührte Zucker in ihren Tee.

Gregor wandte sich um. All die leeren Stühle um sie herum ...

Die Tische hatten hellgraue Kunststoffoberflächen, deren Kanten abgestoßen und voller Macken waren. Er war sich sicher, dass es immer noch dieselben Tische waren wie damals.

Die drei großen Panoramafenster in der Außenwand waren fast blind vor Schmutz. Ein paar Sonnenstrahlen kämpften sich durch die dahinter dicht an dicht stehenden Bäume und Sträucher. Obwohl die Blätter schon von den Zweigen fielen, drangen die Strahlen doch kaum durch und malten nur vereinzelt kleine, tanzende Lichtflecken auf das schmutzige Glas.

Gregor tippte auf den Aktenordner, der neben dem für Fried vorgesehenen Platz auf dem Tisch lag. »Was er wohl da drin zu finden hofft?«

Clara zuckte mit den Schultern. Sie hatte die zartgliedrigen Hände fest um die warme Teetasse geschlossen. »Ich habe vorhin mal kurz reingeguckt. Es sind Kontoauszüge und so was. Auf den ersten Blick sieht es wirklich verheerend aus.«

»Und auf den zweiten Blick bestimmt noch schlimmer.«

»Hast du schlafen können?«

»Ausnehmend gut. Wie ein Stein.« Gregor grinste anzüglich. »Ich kann eigentlich ganz gut in fremden Betten schlafen.«

»Ich hatte ständig das Gefühl, jemand schleiche ums Haus.«

»Ums Haus?«

»Ja, kennst du das nicht? Man hört plötzlich ganz deutlich ein Atmen aus dem Rauschen der Bäume heraus. Wenn der Wind durch das Gestrüpp fährt, glaubt man, schleichende Schritte zu hören. Und plötzlich hat man dann ein Bild vor Augen.«

Gregor blickte zu den Fenstern hinüber. »Keine Sorge, Mädchen. An dieser Dreckschicht scheitert jeder Spanner.« Er schlürfte Tee und sagte: »Ich habe mal Werbung für Pfefferminztee gemacht. Das war ein grässliches Gebräu. Da saß ich im Hochsommer mit Schal und Mütze im Kunstschnee und habe Tee geschlürft. Sie haben das wiederholt und wiederholt und diese Zeug literweise in mich reingepumpt. Ich hatte noch tagelang das Gefühl, dass purer Tee durch meine Adern schwappt.«

»Ist doch gesund.«

»Nur in Maßen.«

Plötzlich hörten sie ein ersterbendes Motorengeräusch vor dem Haus.

»Sicher wieder die Polizei«, knurrte Gregor.

»Oder Fried.«

»Genau. Unser Held hat im Dorf mal eben ein Auto für uns gekauft.«

Sie hörten, wie die Haustür geöffnet wurde und wenig später standen Ellen und ein junger, blonder Mann in der Tür. Sie wirkten fast verlegen, dabei war es Ellens Haus.

Clara stand augenblicklich auf und eilte mit kleinen, forschen Schritten auf sie zu. »Guten Morgen. Wir sind gestern Abend nicht mehr in ein Hotel ... sie haben ja gesagt, wir könnten vielleicht ...«

»Ach, na klar. Schon gut«, winkte Ellen müde ab. »Überhaupt kein Problem. Sie können ruhig hier bleiben, wenn Sie wollen. Wir wollen nur ein paar wichtige Papiere holen.« Sie deutete auf den Mann an ihrer Seite. »Mein Vetter Bernhard.«

Der junge Mann zeigte ein scheues Lächeln und nickte mit dem Kopf. »Sie haben hier tatsächlich übernachtet? Ich konnte das kaum glauben, als Ellen es mir erzählte.«

»Wir haben im Erdgeschoss geschlafen. Es ging ganz gut.«

Ellen lächelte schief. »Ich wünsche ein paar schöne Urlaubstage. Das Haus ist ja fast fertig renoviert ... Alles so luftig und heiter hier ...«

»Urlaub.« Gregor grunzte verächtlich.

»Ja, ein Wort, das ich mal aufgeschnappt habe.«

»Sie sind nie verreist, Michael und Sie?«, fragte Clara.

Ellen schüttelte den Kopf. »Wovon denn?«

Gregor wollte gerade einwerfen, dass Michael ihm am Telefon von einer Mallorcareise erzählt hatte, aber Ellen kam ihm zuvor: »Wenn Micha Ihnen was anderes erzählt haben sollte, hat er gelogen.«

Sie drehte sich um und sagte beiläufig: »So, wie er es immer gemacht hat. All die Jahre.« Dann verließ sie den Speiseraum, und während sie in die Richtung verschwand, in der das Büro lag, hörten sie sie flüstern: »Urlaub.« Danach lachte sie leise vor sich hin.

»Sie ist völlig neben der Spur«, sagte ihr Vetter entschuldigend und ging hinter ihr her. Im Durchgang blieb er noch einmal kurz stehen. »Sie muss gleich zur Polizei, wissen Sie. Es geht um Michaels Leiche. Sie muss ihn ansehen.«

Gregor drehte sich zu ihm um. »Bleiben Sie bei ihr?«

»Klar. Soweit es geht.«

»Das ist gut.«

»Familie«, grinste er. »Ich geh mal zu ihr. Sie braucht Akten und Unterlagen. Der ganze Versicherungsscheiß und so ...«

Dann verschwand er.

»Sollen wir ihnen helfen?«, fragte Clara leise, aber Gregor winkte ab.

»Lass sie.«

Clara ging zum Fenster, zog ein Papiertaschentuch aus der Tasche ihrer Strickjacke und wischte in Augenhöhe über das Glas. Nichts veränderte sich. Der Dreck klebte draußen. »Die reinste Wildnis«, sagte sie. »Wenn hier nicht bald etwas geschieht, ist das Haus in ein paar Jahren zugewachsen.«

»Vorher müssen wir aber hier raus.« Gregor stellte klirrend die Tasse auf den Tisch und reckte sich. »Wenn wir vor Entkräftung überhaupt noch können. Ich wünschte, unser Frühstücksbote käme endlich. Ich habe Hunger.«

Kaum hatte er es ausgesprochen, tauchte Fried auf. Er kam mit großen Schritten herein und brachte den Geruch kalter Herbstluft mit sich.

»Frühstück«, rief er fast heiter. Seine Wangen waren gerötet und er atmete heftig, so, als sei er ein gutes Stück des Weges gelaufen. Als er die Brötchentüte und das Wurstpaket auf den Tisch warf, wirkte er vital und munter. Aus der Tasche seines Mantels holte er ein Päckchen Kaffee hervor. »Das hat gut getan. Die Sonne scheint!« Er deutete mit der zusammengerollten Zeitung in Richtung Durchgang. Aus dem Büro drangen Geräusche zu ihnen herüber. »Wessen Auto ist das?«

»Das ist Ellen mit ihrem Vetter. Der Sohn von Diefenthals Rudi, wenn ich das richtig sehe. Sieht gar nicht wie sein Vater aus. Ganz blond.« Clara trat an Frieds Seite. »Einen Tee?«

Fried ließ sich auf einen Stuhl plumpsen. »Gerne. Später können wir Kaffee machen. Mist, jetzt habe ich die Filter vergessen.«

»Filter sind noch welche da.« Clara schenkte ihm Tee ein und er erzählte von seinem Ausflug.

»Es gibt noch den kleinen Laden im Dorf. Der, in dem früher Clasens Lenchen an der Kasse gesessen hat. Die mit den dicken Brillengläsern.«

Die beiden anderen nickten wissend.

Gregor kramte ungeduldig ein Brötchen aus der Tüte und bohrte sein Messer hinein. »Stumpf«, stellte er maulend fest.

»Was machen die nebenan?«, fragte Fried. »Suchen die was?«

»Sie holen die Unterlagen. Wegen der Versicherungen und all dem.« Clara packte die Wurst aus und schnupperte genießerisch daran. »Das ist fein.«

Fried runzelte die Stirn. »Zu schade. Ich hätte gern noch ein bisschen gestöbert.« Er tippte mit dem Finger auf den Aktendeckel neben sich auf dem Tisch. »Als ich gestern Abend noch ein bisschen gelesen habe, habe ich herausgefunden, dass Michael immer wieder etliche Summen in bar abgehoben hat. Es gibt zwei Konten, die schon im vorigen Jahr weit über die Schmerzgrenze hinaus überzogen waren. Zuerst habe ich gedacht, das hinge mit dem Umbau zusammen, aber Quittungen vom Baumarkt oder so was gibt es kaum welche. Es hätte mich wirklich interessiert zu sehen, ob das bis jetzt so weiterging. Was hat er nur mit all dem Geld gemacht? Außer unseren Überweisungen hatte er kaum Einkünfte. Da gab es mal eine Bareinzahlung über 3000 Euro.« Er wandte sich um und lauschte auf die Geräusche aus dem Büro. »Schon blöd, dass die jetzt alles einfach mitnehmen.«

»Es gehört ihnen.«

»Ist euch aufgefallen, dass es kein Auto gibt?«

»Kein Auto?« Gregor seufzte. »Na gut, es gibt kein Auto hier, na und? Wenn du was wissen willst, frag doch Ellen. Du musst hier nicht den Detektiv spielen.«

»Es ist seltsam, dass sie alles so rasch fortschaffen.«

»Vielleicht ist es ihr peinlich«, schlug Clara vor. »Michael scheint sie da in ein riesiges Finanzloch hineingerissen zu haben. So etwas legt man schließlich nicht öffentlich aus.«

Fried deutete mit dem Daumen hinter sich. »In diesem Laden im Dorf sitzt jetzt eine junge, fette Frau mit so einem Metallding im Nasenflügel. War ganz einfach, sie in ein Gespräch zu verwickeln. Als ich vom Hotel anfing und von Michael, da hat sie gleich losgelegt.« Er beugte sich vor und senkte die Stimme. »Sie hat mir von Ellen erzählt. Es war unschwer festzustellen, dass sie einander nicht besonders mögen. Angeblich hat Ellen schon seit einiger Zeit was mit diesem Uli aus der Bikerkneipe. Keiner in Ahrhoven war überrascht, als sie gleich nach ihrem Auszug aus dem Hotel eine Stelle bei ihm bekommen hat.«

Gregor, der bereits mit Genuss kaute, winkte ab. »Stutenbissigkeit. Was Weiber so erzählen. Da wirst du doch nichts drum geben, oder?«

»Na ja, wer weiß?«

Im vorderen Teil des Gebäudes wurde offensichtlich etwas in die Halle getragen. Sie hörten schleifende Geräusche und das Poltern von voll gepackten Kartons.

Wenig später erschien Ellen. Sie hielt einen einzelnen Schlüssel in der Hand. »Das ist ein Hausschlüssel, soweit ich weiß. Wollen Sie ihn haben?«

Fried winkte ab. »Wir haben einen. Er steckte im Schloss. Vielen Dank.«

»Wie lange wollen Sie hier bleiben?«

»Wir möchten die Beerdigung abwarten. Dann sind wir wieder weg«, sagte Clara.

»Bleiben Sie, solange Sie wollen. Ich möchte es nur gerne wissen. Vielleicht sagen Sie mir dann kurz Bescheid, wenn Sie wieder abreisen.« Ellen ließ den Schlüssel wieder in der Tasche ihrer engen Jeans verschwinden.

Im Hintergrund hörten sie den jungen Diefenthal, der Sachen hinaustrug.

»Der Golf da draußen, ist das Ihr gemeinsames Auto? Michaels und Ihres?«, fragte Fried und bemühte sich, es möglichst beiläufig klingen zu lassen.

»Das ist Bernhards Auto«, sagte Ellen knapp und musterte ihn skeptisch. »*Unser* Auto fährt schon seit einiger Zeit irgendwo in Trier rum. Wir konnten die Tankstellen in der Gegend nicht davon überzeugen, uns das Benzin kostenlos zur Verfügung zu stellen. Wissen Sie, blöderweise wollen immer noch alle Geld haben. Auch die Versicherung und die Steuer. Michael schuldete eigentlich jedem Geld. Auch einem Typen aus Trier, der dann das Auto genommen hat.

Ein schöner Wagen, mit viel Platz, wie für eine richtige Familie.«

Als Ellen sich umwandte, um zu gehen, räusperte sich Gregor sehr vernehmlich. »Hier ist auch noch was«, rief er, und als er nach dem Aktenordner griff, der neben seinem Teller lag, bemerkte er, dass Fried, soweit es ging, das Metzgereipapier darüber ausgebreitet hatte. Die Blicke der beiden Männer trafen sich und Gregor merkte augenblicklich, dass er einen Fehler begangen hatte.

Ellen nahm den Ordner entgegen und bedankte sich sehr knapp. »Ich denke, sonst wird hier nichts sein, was ich noch gebrauchen kann«, sagte sie.

Plötzlich rutschte Fried eine Bemerkung heraus, die er sich unter anderen Umständen verkniffen hätte. Jetzt aber war er verärgert, dass er mit dem Aktenordner die letzte Gelegenheit verloren hatte, sich einen Überblick über Michaels Finanzsituation zu verschaffen. Er sagte: »Sie haben ihm ja nicht viel gelassen.« Es klang feindselig. Clara und Gregor sahen ihn entgeistert an.

»Ach, wissen Sie, es war doch schon vorher alles weg. Was ich mitgenommen habe, war nur der traurige Rest. Gucken Sie sich nur in aller Ruhe um und staunen Sie, was Ihr Michael alles aus Ihrer großzügigen Finanzhilfe gemacht hat.«

Clara stand auf und trat an ihre Seite. Die Situation war ihr unangenehm und Ellen tat ihr Leid. »Möchten Sie das Zimmer sehen?«

Ellen schüttelte den Kopf. »Was gibt es da zu sehen? Ich werde Michaels Leiche sehen. Ich muss. Die Polizei hat mir den Wortlaut des Briefes vorgelesen, den er geschrieben hat. Nein, ich will nicht mehr in dieses Zimmer.«

Clara sagte leise: »Ich kann Sie verstehen.«

»Er hatte drei Komma sechs Promille. Das haben sie mir vorhin am Telefon gesagt. Wahrscheinlich ging es sehr schnell. Vielleicht sogar schmerzlos.« Sie biss sich auf die Lippen und senkte den Kopf. So stand sie einige Augenblicke und dann wandte sie sich grußlos um und ging. Ihr schlanker, wohlgeformter Körper wirkte schlaff und müde.

Fried mahlte mit den Wangenknochen und starrte vor sich auf den Tisch.

Von der Halle her winkte ihnen Bernhard Diefenthal kurz zu. Schließlich schlug die Haustür zu und wenig später wurde in der Ferne ein Motor gestartet. Dann waren sie wieder allein.

»Was ist?«, fragte Gregor irgendwann und bemühte sich, es möglichst beiläufig klingen zu lassen. »Du bist doch jetzt nicht etwa sauer wegen dieses Aktenordners, oder?«

Fried blies verächtlich die Luft aus den Backen. »Kannst ihr ja den restlichen Kram auch noch hinterher tragen. Du bist ja plötzlich so beflissen.«

»Es sind ihre Akten, Fried«, warf Clara ein.

Gregor lachte spöttisch. »Ach, weißt du, mein Herz, unser Freund hier ist nur sauer, weil er sein überaus wichtiges Aktenstudium noch nicht beenden konnte. Womöglich hätte er ja mit ein bisschen Glück in all den Zahlen auf den Kontoauszügen sogar die Weltformel gefunden.«

Fried schlug mit der Hand auf den Tisch. »Kümmer dich gefälligst um deinen eigenen Mist, Gregor! Wenn ich es für wichtig erachte, mich mal mit den Vermögensverhältnissen des Jungen vertraut zu machen, dann geht dich das einen Scheißdreck an, kapiert?« Gregors Kichern brachte ihn noch mehr auf die Palme. »Du interessierst dich ja nur für deinen Flachmann und deine Rückfahrt in deine beschissene Stadt zu deinen ... zu deinen ...!«

»Zu wem? Wen meinst du?«

»Ach, vergiss es!«

»Na und? Was dagegen? Ich habe ein eigenes Leben. Da muss ich nicht noch in dem anderer Leute rumschnüffeln.«

»Das ist doch zum Kotzen!« Fried hatte bedrohlich die Stimme erhoben. »Du egozentrische Schwuchtel!«

»Du verdammtes Arschloch!«

Clara, die bislang stumm geblieben war, sprang plötzlich auf, sodass der Stuhl, auf dem sie gesessen hatte, polternd umkippte. »Das ist ja nicht zum Aushalten mit euch!« Sie rannte aus dem Speisesaal und ging auf ihr Zimmer. Als sie die Türe zuschlug, tönte es wie Donnerhall durch das leere Haus.

»Wie die kleinen Kinder«, zischte sie empört. »Wie zwei verdammte, kleine Wechselbälger!« Sie verschränkte die Arme und drehte wütend ihre Runden im Zwielicht des Hotelzimmers.

Irgendwann blieb sie vor dem Fenster stehen und blickte hinaus. Durch die verdreckte Scheibe kam ihr das Dickicht der umstehenden Sträucher ganz unwirklich vor. Grau und verschwommen, so wie in einem alten Film.

Sie waren in einem Film. Das war die Lösung. Um sie herum hatte sich eine Handlung entsponnen, die überhaupt nichts mehr mit der Wirklichkeit zu tun hatte. Die Einsamkeit des Hauses, all der Moder und der Tod, der Streit und all das ... Dies waren ihre Ängste und Phobien, die ein sadistischer Regisseur gerade in blassgraue Bilder umsetzte, und in denen er sie herumtrieb und sich an ihrem Unglück ergötzte.

Die Zweige wogten, und wenn sie sich ein wenig vorbeugte, konnte sie große Wolkenfetzen am Himmel treiben sehen.

Da war plötzlich etwas Rotes im Gestrüpp. Es leuchtete nur kurz auf und verschwand wieder. Der Schrecken packte sie wie eine kalte Hand beim Nacken.

Ein Mensch!

Clara wischte mit der flachen Hand über das Glas. Sie erkannte schemenhaft eine gedrungene Gestalt mit eine roten Kappe auf dem Kopf. Ein Mann mittlerer Größe, schon etwas älter, wie es schien. Er beobachtete das Haus, er beobachtete sie, daran bestand kein Zweifel.

13. Dickicht

Clara reagierte sehr schnell.

Als sie sich verzweifelt bemühte das Fenster zu öffnen und am Griff ruckte, was nicht gleich funktionierte, weil das Alter und der Schmutz die Verriegelung hatte erstarren lassen, kam plötzlich Bewegung in die Gestalt.

Clara hatte es schließlich geschafft das Fenster zu entriegeln und riss es weit auf – aber da war der Mann verschwunden. Sie beugte sich weit nach draußen. Feuchte Kühle umfing sie. Das Herz schlug ihr im Hals.

Sie warf einen Blick nach unten. Vor dem Fenster konnte man nur noch undeutlich die Umrisse eines ehemaligen Beetes erkennen, das schon längst vom Unkraut erobert worden war. Brennnesseln ragten hüfthoch gegen die Hauswand und dürres Gras und Rispen vertrockneter Staudenpflanzen standen dürr und kreuz und quer ineinander verflochten.

Sie zögerte keinen Augenblick, sondern schwang sich auf die innere Fensterbank, winkelte die Beine an und glitt hinaus. Ihre Hände griffen um das grün schimmernde, bemooste Blech der äußeren Fensterumrandung. Als sie mit den Füßen im Gestrüpp landete, gab der Boden unter ihr mit leise schmatzenden Geräuschen federnd nach.

Sie strauchelte nach vorn, richtete den Blick auf das Dickicht auf der anderen Seite des kaum noch wahrnehmbaren Kieswegs und versuchte, den flüchtenden Mann oder zumindest ein noch so kleines Fleckchen des Rots auszumachen, das auf seine Kopfbedeckung hinwies.

Aber sie sah nichts als undurchdringliches Gesträuch.

Sie schlug den Weg nach rechts ein, weil sie kaum annahm, dass der Mann zur Linken in Richtung des Hotelvorplatzes geflüchtet sein konnte. Die Stiche der Nesseln brannten auf ihren nackten Knöcheln. Ihr Keuchen wurde begleitet vom Kreischen eines Krähenschwarms hoch über den Baumwipfeln.

Der Mann blieb verschwunden.

Und doch hatte sie ihn gesehen! Obwohl ihr der Schreck gehörig in die Glieder gefahren war, verspürte sie ein Gefühl des Triumphs, weil sich mit einem Mal ganz unerwartet herausgestellt hatte, dass sie keinem Hirngespinst aufgesessen war, als sie das Gefühl gehabt hatte, das Haus und sie, die drei einsamen Besucher, befänden sich unter geheimer Beobachtung.

Jemand war da! Und dieser Jemand belauerte sie, seit sie hier am gestrigen Abend ihr Lager aufgeschlagen hatten.

Sie hatte eine kleine Fläche hinter dem Haus erreicht, auf der in früheren Zeiten Liegestühle aufgestellt gewesen waren. Dichtes, pelziges Moos hatte mittlerweile das Gras fast völlig verdrängt. Die Bäume ringsherum waren unkontrolliert in den Himmel geschossen, und Efeu und Knöterich hatten sich zwischen ihren Ästen zu einem dichten Netz verwoben, das jeden Sonnenstrahl abzufangen schien. Aus der sonnendurchfluteten Lichtung war im Laufe der Jahre ein buckliger Schattenplatz geworden, über den die Äste des letzten Windbruchs hinweg verstreut lagen.

Ein kleines Vogelbecken lag zertrümmert unter einem modrigen Birkenstamm.

Sie erinnerte sich an einen kleinen Pfad, der am anderen Ende der Lichtung zwischen den Bäumen herführte und auf dem man nach wenigen Schritten eine Anhöhe erreichte, von der aus man bis zu den ersten Häusern von Freilingen hinübergucken konnte.

Sie hatte die Furcht, die sie unter normalen Umständen inmitten dieser unwirtlichen Szenerie überfallen hätte, in diesem Augenblick beiseite gedrängt. Ihr Blick hielt immer noch Ausschau nach dem Fremden. Irgendetwas sagte ihr, dass er möglicherweise diesen alten Pfad genommen hatte, um ihr zu entfliehen.

Als sie tatsächlich die Schneise zwischen den Bäumen fand, wäre sie fast über die rostigen Überreste einer zertrümmerten Kinderwippe gestolpert. Sie erinnerte sich an das blau angestrichene Gerät gleich neben dem Sandkasten, auf dem vor langer, langer Zeit die Kinder der Gäste gespielt und gejauchzt hatten. Vom Sandkasten war nichts mehr übrig geblieben.

Der Pfad war kaum noch als solcher zu erkennen. Auch hier hatte sich die Natur schleichend ausgebreitet. Das Gras stand fast meterhoch und Äste lagen quer. Trotzdem war deutlich eine Spur inmitten des Gestrüpps zu erkennen. Eine frische Spur, die ein Mensch oder ein Tier gerade erst hinterlassen hatte.

Clara war sich sicher, dass dies der Unbekannte gewesen sein musste. Wer immer dieser Mann mit der roten Kappe auch sein mochte, er hatte genau den Weg genommen, den sie erahnt hatte.

Sie tastete sich voran. Um sie herum knisterte es. Ihre Beine pflügten durch die dichten Grasbüschel. Immer der Spur nach, die der Mann hinter sich hergezogen hatte.

Die Krähen schrien wieder. Ein plötzlicher Windstoß brauste über ihr gewaltig durch die Bäume.

Clara blieb stehen. Plötzlich packte sie die Angst.

Gregor und Fried waren im Haus, nur miteinander beschäftigt, vermutlich längst verwickelt in einen handfesten Streit.

Sie war völlig allein.

Um sie herum nur diffuse Wände aus sterbendem Grün und irgendwo dort vor ihr war ein Fremder, der sie beobachtete. Sie fühlte sich plötzlich beängstigend schutzlos und ausgeliefert.

Langsam tastete sie sich wieder zurück in Richtung Hotel. Ihre Blicke ließ sie wieder nervös herumgehen. Bei jedem Geräusch, das irgendwo aus dem Unterholz kam, fuhr sie zusammen.

Als sie die Lichtung erreicht hatte und erneut das rostbraune Gestell der Wippe sah, nahm sie ein paar Meter weiter einen großen, schwarzen Fleck wahr, an dem der Boden geebnet war und an dem kein Halm mehr stand. Sie erkannte eine Feuerstelle.

Neugierig trat sie näher. Ihre Knöchel schmerzten. Als sie sich bückte, um sich zu kratzen, erkannte sie am Rand des Feuerplatzes halb verkohlte Holzstücke und angeschmorten Plastikmüll. Sie sah halb verschmorte Elektrokabel, verrußte Blechdosen und Scherben von Blumentöpfen.

Dies war keine Feuerstelle, an der man noch vor kurzem in gemütlicher Runde zur Klampfe gesungen und in den Sommerabend hineingefeiert hatte. Da lagen Bruchstücke von Gipskartonplatten und zersplitterte Glasscheiben. Dies schien Michaels private Müllverbrennungsstelle zu sein, und offenbar war es noch gar nicht so lange her, dass sie benutzt worden war. Das Gras wuchs noch nicht wieder durch. Der bittere Geruch verbrannter Gegenstände stieg zu ihr auf.

Sie sah kleine Packen verkohlten Papiers und griff nach einem angekokelten Zweig, um darin zu stochern. Es waren Zeitschriften. Magazine, deren Seiten so fest zusammengepappt waren, dass das Feuer einen Teil von ihnen verschont hatte. Clara fischte mit der Spitze des Stocks nach einem der kleinen Bündel und schob es durch die schwarzen Brocken hindurch, bis es schließlich vor ihren Füßen lag. Als sie mit einem Finger daran herumstupste, bis die ersten geschwärzten Blätter auseinander bröckelten und das Innere zu Tage trat, erschrak sie.

Sie beugte sich tiefer hinunter, weil sie ihren Augen nicht traute. Umkränzt von einer schwarzen Kruste erkannte sie nackte Körper. Männer. Kein Zweifel, das waren Männer mit erigierten Geschlechtsteilen.

Jemand hatte hier Pornoheftchen verbrannt.

Ihr Atem stockte. Etwas war dazwischen, zwischen diesen Männern. Auf dem einen Bild erkannte man es nur undeutlich. Sie griff mit beiden Händen zu. Begierig, nervös, panisch, weil sie einfach nicht glauben konnte, was sie da sah, weil sie hoffte, ihre Augen würden ihr einen Streich spielen. Sie hätte ihre Lesebrille dabei haben müssen, um ganz sicher sein zu können.

Die nächste Seite zeigte es ganz deutlich. Sie irrte sich keineswegs. Inmitten der nackten Männerleiber war ein kleiner Körper zu sehen. Er war zerbrechlich und mager. Die Rippen waren deutlich zu erkennen. Dunkle Haut, schwarzes Haar. Ein ängstliches Gesicht. Die Hände der Männer waren überall an dem kleinen Körper. An den Schultern, an seiner Brust, am kleinen Glied des Jungen.

Clara hielt den Atem an.

Sie starrte auf das Fragment in ihrer Hand und ließ den Blick zu den anderen Bündeln hinüberwandern. Es waren einige. Wie kam das hierher? Wer hatte versucht, diesen Dreck zu vernichten, Spuren zu verwischen?

Es rauschte in ihren Ohren.

Da war plötzlich ein leises Knacken direkt hinter ihr. Dann hörte sie ein Atmen. Bevor Clara herumfahren konnte, legte sich plötzlich eine Hand auf ihre linke Schulter. Sie stieß einen schrillen Schrei aus. Als sie sich mit einem Ruck umwandte, das Gleichgewicht verlor und rücklings auf dem feuchten Moosboden landete, erkannte sie Fried.

Er blickte gänzlich verstört auf sie hinunter, und als er erkannte, was er ihr angetan hatte, formten seine Lippen tonlose Silben.

Als sie sich mühsam wieder aufrappelte, griff er nach ihrer Hand, um ihr zu helfen. »Clara, entschuldige bitte, das habe ich nicht gewollt«, beeilte er sich zu sagen. »Weißt du, wir dachten schon, du ...«

Sie schnitt ihm mit einer raschen Bewegung der Rechten das Wort ab. Stumm beugte sie sich nach unten und griff nach ihrem halb verkohlten Fund. Mit zitternden Händen reichte sie ihn zu Fried hinüber. »Sieh dir das an«, sagte sie matt. »Sieh dir an, was hier herumliegt, und dann sag mir bitte, was so etwas hier zu suchen hat!«

14. Ausgang

Roja hatte natürlich nicht angerufen. Wahrscheinlich war ihr Date positiv verlaufen, und wie das häufig passierte, war sie dann mit dem Typen in der Kiste gelandet. Da interessierten sie dann Soheyla und ihre Probleme nur wenig.

Am Morgen erwachte Soheyla nach einer außergewöhnlich ruhigen Nacht. Sie hatte ohne Unterbrechung durchgeschlafen und keine Albträume gehabt. Aber mit dem Tagesanbruch kamen wieder die quälenden Fragen des Vorabends. Als sie sich wusch, sah sie in den Spiegel. Sie sah ausgeruhter aus, schöner, frischer, und dennoch sagten ihr ihre Augen: *doruqgu!* – Lügnerin!

Sie musste sich beherrschen, nicht mit der Bürste in den Spiegel zu schlagen.

Sie aß einen Schokoriegel und roch an ihrem T-Shirt vom Vortag. Das mit dem Waschen war schwierig. Die Chefin hatte ihr zwar angeboten, ihre Klamotten mitzuwaschen, aber das hatte sie nur einmal in Anspruch genommen. Als sie damals die kleine Wanne mit der schmutzigen Wäsche im Büro abgestellt hatte, hatte einer der Fahrer, Bert, der ekligste von allen, einen Slip von ihr rausgefischt und wie ein Propeller um den Finger kreisen lassen. »Riecht fast so wie 'n deutscher«, hatte er mit geblähten Nasenlöchern gesagt. Er hatte erst aufgehört, sie zu demütigen, als die Chefin reinkam. Seither wusch sie ihre Sachen im Handwaschbecken.

Soheyla guckte an diesem Morgen immer wieder nach ihrem Handy. Noch immer keine Nachricht von Roja.

Schließlich versuchte sie noch einmal Franz anzurufen und diesmal glückte es. Er klang verschlafen.

»Hallo, Franz, hier ist Soheyla«, sagte sie.

»Wer?«

»Soheyla. Wir kennen uns aus der Bikerklause.«

»Hm.« Einen Moment lang herrschte nachdenkliches Schweigen. Dann erkannte er sie wieder: »Ach, du bist es. Hotel Ahrfels. Du bist die ... die ...«

»Genau. Ich bin die Ausländerin.«

»Soheyla. Soso. Das ist ja 'n Ding.«

»Du, Franz, ich rufe dich an, weil du der Einzige bist, den ich in Ahrhoven kenne.«

»Hm. Klar.«

»Ich habe da was gehört. Etwas, das ich kaum glauben kann.«

Er wusste gleich, worum es sich handelte: »Micha. Du hast gehört, dass er tot ist, stimmt's?«

»Genau.«

»Schöne Scheiße ist das.«

»Ich muss dauernd dran denken.«

»Ich auch. Schlimme Sache.«

»Weißt du, ich habe hier keinen, mit dem ich reden kann. Das ist schlimm.« Sie zögerte. »Hast du vielleicht mal eine halbe Stunde oder so?«

»Klar«, sagte Franz eifrig. »Kein Problem, komm her. Ich mache uns einen Kaffee und wir quatschen. Sowieso schade, dass wir uns nie mehr wieder gesehen haben, seit ...«

»Das geht nicht«, sagte sie schnell. »Ich kann hier nur mit dem Bus weg, weil ich kein Auto habe. Bis Ahrhoven, das wird schwierig. Vielleicht könnten wir uns auf halber Strecke treffen. Ich bin hier in der Nähe von Daun.«

Franz zögerte. »Halbe Strecke?«

»Ja, mit dem Bus ist das blöd genug. Wir könnten uns irgendwo treffen. Was hältst du von Hillesheim?«

Nach einem weiteren Zögern sagte Franz: »Gut, okay. Ich kann heute Mittag mal für ein, zwei Stündchen dicht machen. Ist im Moment sowieso nicht so viel los.«

Sie verabredeten sich für die Mittagszeit in einem Lokal in Hillesheim, und als sie das Gespräch beendet hatten, fühlte sich Soheyla schon etwas wohler. Sie konnte reden. Das war gut. Das fehlte ihr sehr.

Sie schickte Roja eine SMS mit einer wüsten Beschimpfung. Die konnte sie mal, diese Kuh. Sie wusste genau, dass sie, Soheyla, hier in diesem Loch am Stadtrand von Daun hockte und sich kaum vor die Tür traute. Roja war eine Landsmännin von ihr, aber eine gute Freundin war sie nicht.

Als sie in das Büro ging, war die Chefin schon da. Sie blickte kaum von ihren Papieren auf, als Soheyla eintrat und leise einen guten Morgen wünschte. Sie guckte ernst und gequält. Die Zahlen, die sie vor sich hatte, schienen eine unangenehme Sprache zu sprechen.

Soheyla füllte Kaffeepulver in den Filter. In der gläsernen Kanne stand noch ein pechschwarzer Rest vom Vortag. Sie spülte sie und wischte die Kaffeespritzer vom Kühlschrank, auf dem die Maschine stand.

»Kann ich heute Mittag mal weg?«, fragte Soheyla zaghaft.

Die Chefin guckte auf. »Weg?«

»Ja, ich treffe mich mit einem alten Bekannten.«

Über das Gesicht der Frau huschte ein flüchtiges Lächeln. »Klar, kein Problem. Putz nur vorher noch das Treppenhaus zur Wohnung hoch.«

Als Soheyla ihr einen Kaffee mit vier Stück Zucker auf den Schreibtisch stellte, lächelte sie erneut und sagte mit ihrer rauen Stimme: »Aber pass auf, Mädchen. Den Kerlen ist nicht zu trauen. Die wollen nichts weiter als ein bisschen Fickerei und dann sind sie auf Nimmerwiedersehen verschwunden.«

Soheyla hätte am liebsten etwas erwidert. Sie hätte gerne gesagt, dass Franz sich viel eher für Damen ihres Semesters interessiere, aber sie schluckte es herunter. Die Chefin hatte von Anfang an gesagt, dass sie nichts wissen wolle über sie. Nichts vom Iran, nichts von ihrer Einreise und auch nichts von Davar, der für zwei Jahre im Knast saß. Sie wollte hören, wann der Würfelzucker alle war und wann Klopapier gekauft werden musste, mehr nicht.

Nachdem Soheyla ihre Arbeit erledigt hatte, zog sie ihre Stiefel und ihr Stirnband an und verabschiedete sich von der Chefin. Der dicke Bert mit den vielen Pickeln grinste sie breit an und sagte: »Ich kann dich mitnehmen. Dann sparste Fahrtgeld.«

Soheyla zeigte ihm den Stinkefinger, so, dass die Chefin es nicht sehen konnte und ging.

Auf dem Weg zur Bushaltestelle schalt sie sich für diese Entgleisung. Eine solch unbedachte Dummheit konnte sie in Teufels Küche bringen, das wusste sie. Sie durfte das nicht riskieren.

Es war kalt. Sie zog den Reißverschluss ihrer Daunenjacke bis zum Kinn zu. Hier war es immer kalt.

15. Schmutziges Papier

Fried ließ die Beute auf den Tisch pladdern, während Clara erzählte, wie sie dem Fremden gefolgt und schließlich auf dies hier gestoßen sei. Feucht und verkohlt klatschten die Überreste der Hefte auf die graue Oberfläche. Fried griff ohne Scheu hinein und schob das brüchige Papier auseinander.

Gregor hatte die Augen geweitet. »Ach, du Scheiße«, flüsterte er und rieb sich mit beiden Händen durch das Gesicht.

Fried nickte. »›Ach, du Scheiße‹, genau. Du sagst es. Hättest du mit so was gerechnet?«

Natürlich hatte niemand von ihnen so etwas vermutet. Sie hatten wohl gewusst, dass hier etwas schief gelaufen war, aber dass diese unselige Geschichte solche Ausmaße annehmen würde, damit hatten sie tatsächlich nicht gerechnet.

»Ich will das nicht glauben. Ich will nicht glauben, dass unser Micha sich so was angeschaut hat.« Clara schüttelte verbittert den Kopf.

»Das zeigt uns nur eins: Wir kannten ihn nicht«, sagte Fried traurig.

»Das sind alles Magazine, stimmt's?«, fragte Gregor und konnte den Blick nicht von der Scheußlichkeit der Darstellungen abwenden. »Keine Privatfotos?«

Fried zuckte mit den Schultern. »Keine Ahnung. Das ist das, was wir gefunden haben.«

»Es sind Magazine.«

»Seht ihr den Jungen irgendwo?«

»Welchen Jungen?«, fragte Clara, die in diesem Moment wirklich nicht begriff, was er meinte.

»Na, den Jungen. Thommy. Seinen Sohn. Seht ihr ihn?«

Fried begann wieder, zwischen den feuchten Brocken herumzukramen. Er kniff den Mund zusammen. Mit jedem Handgriff förderte er neue Abscheulichkeiten zu Tage. Es handelte sich ausnahmslos um minderjährige Jungen, die für die Kamera posierten, dem Betrachter ihr Geschlecht oder ihren Anus darboten, die von Männern angefasst wurden und denen diese Männer ihre Geschlechtsteile in Mund und Gesäß einführten. Die Gesichter der Kinder zeigten die ganze Bandbreite menschlichen Leids. Von Furcht und Unbehagen bis zu ohnmächtigem Schmerz.

Sie erkannten nirgendwo den kleinen Thomas.

»Ich meine nur«, murmelte Gregor. »Man weiß ja nicht, was hier so abgegangen ist.«

Als er die verständnislosen Gesichter der anderen bemerkte, wurde er deutlicher. »Dies ist ein leer stehendes, abgelegenes Haus mit vielen Zimmern. Solche Typen lieben diese Art von Kulisse.« Er zückte seinen Flachmann und trank.

Fried fragte bissig: »Wird der nie leer?«

»Nicht wenn man zwei Flaschen im Koffer hat, mit deren Hilfe man ihn auffüllen kann.« Gregor deutete auf die angekohlten Magazine. »So ein Dreck. Wisst ihr, in Köln kriegt man immer wieder so was angeboten. Auch bei uns in der Branche. Ich hatte mal einen Aufnahmeleiter beim WDR, der lief immer nur mit zwei Jüngelchen rum, die waren gerade mal achtzehn. Und wenn man ihn irgendwann nach dem Dreh in vertrauter Runde darauf ansprach, und er hatte genug getankt, dann erzählte er frank und frei, dass es mit den großen Jungs eigentlich nur halb soviel Spaß machte. Und er ließ keinen Zweifel daran, dass die Knaben, mit denen er sich heimlich amüsierte, gerade mal halb so alt waren wie seine ›Begleit-Buben‹.«

»So ein Dreckschwein«, zischte Clara. »Und so einer läuft noch frei rum?«

»Schon lange nicht mehr, meine Liebe.« Gregor grinste gequält.

»Eingesperrt?«

»Ich habe viele Leute an Aids sterben sehen. Tolle Kerle und liebe Freunde. Aber bei ihm habe ich keine Träne vergossen.« Gregor seufzte tief und erhob sich. »Der Mensch wird oft von seltsamen Gelüsten geplagt. Der eine liebt pralle Frauen, der andere kleine Mädchen. Wieder ein anderer liebt gestandene Mannsbilder, und dann gibt es auch noch welche, die der Anblick von kleinen Jungs erregt. Für seine Veranlagung kann man nichts. Aber man muss versuchen, sie unter Kontrolle zu bekommen.«

»Das hier gehört für mich nicht dazu. Wer so was konsumiert, hat sich nicht unter Kontrolle«, sagte Fried grimmig und deutete vor sich auf den Tisch.

Gregor schüttelte den Kopf. »Keine Frage. Das geht zu weit.«

»Ich glaube das einfach nicht«, presste Clara hervor. Sie hatte Mühe, ihre Tränen im Zaum zu halten. »Ich glaube nicht, dass Micha *so ein Typ* war. Ich glaube es nicht!«

Fried hatte noch immer den Kopf gesenkt und forschte mit seinem Blick durch die unüberschaubare Menge nackter Körper. »Ich bin mir nicht sicher, aber ich glaube, Thomas ist nicht dabei«, konstatierte er. »Was nichts heißen will.«

»Er ist sein Sohn!«, rief Clara und hob beschwörend die Hände.

Fried wiederholte mit nüchternem Ton: »Was nichts heißen will!« Er begann damit, den Unrat, den selbst das Feuer verschmäht zu haben schien, zusammenzuschieben. »Wo tun wir diese Schweinerei hin?«

»Moment.« Clara verschwand für einen Moment in Richtung Halle. Als sie zurückkam, hielt sie einen Pappkarton in der Hand. »Lass es uns erst mal da rein tun. Wenn es getrocknet ist, werden wir es endgültig verbrennen.«

Gregor nickte. »Wäre das Beste.«

»Ich will dieses Zimmer jetzt noch einmal sehen!«, sagte Fried plötzlich sehr energisch.

Seit sie Michas Leiche gefunden hatten, waren sie nicht mehr im Zimmer Nummer elf gewesen. Das Hotel war groß genug, sodass sie sich bewegen konnten, ohne fortwährend daran vorbeizulaufen. Nichts hatte sie bislang in den ersten Stock gezogen.

»Ich will nicht noch mal da rein«, brummte Gregor. »Jetzt erst recht nicht.«

»Wundert mich nicht.« Fried wischte die letzten feuchten Aschereste vom Tisch und zog dabei schwarze Schlieren über die Platte.

Clara beschwor sie: »Fangt bloß nicht schon wieder an.« Sie nahm Fried den Beutel aus der Hand. »Geh du hinauf, Fried. Wenn du das Gefühl hast, du könntest da oben etwas erfahren, was wir nicht schon wissen, dann solltest du diese Gelegenheit nicht ungenutzt verstreichen lassen. Gregor und ich werden inzwischen versuchen herauszufinden, wohin der Mann von vorhin verschwunden ist.«

»Tun wir das?« Gregor war gänzlich überrascht von ihrem Vorschlag. Am liebsten, so lasen die beiden anderen in seinem Gesicht, wäre er im Hotel geblieben und hätte mit Hilfe seines Flachmanns versucht, die ganze unselige Geschichte, in die sie von Stunde zu Stunde tiefer hineinschlitterten, zu vergessen. Aber er spürte, dass er sich der Verantwortung nicht länger entziehen konnte und allmählich auf irgendeine Art und Weise tätig werden musste. Also nickte er ergeben und sagte: »Gut, gut. Ich hole meinen Mantel.«

Als er verschwunden war, reckte sich Clara zu Fried empor und nahm sein Gesicht fest in ihre beiden Hände. »Fried, sag mir, was du denkst. War Micha so ein entsetzlicher Mensch?«, fragte sie leise. »Es fällt mir so schwer, das zu glauben.«

»Mir auch, Clara. Mir auch«, erwiderte er. »Ich wünsche mir so sehr, ich könnte irgendwo etwas finden, was uns sagt, dass er es nicht war.«

16. Idylle

Du trinkst zu viel«, konstatierte Clara wenig später, als Gregor wieder einmal den Flachmann an die Lippen setzte und einen tiefen Schluck nahm.

»Du denkst zu viel«, erwiderte er. »Hat doch jeder ein anderes Laster.«

Clara ging vorweg und folgte nun etwas forscher dem Weg, den sie vor etwa einer Stunde bereits einmal genommen hatte. »Alles ist verwildert. So ein elendes Gestrüpp. Wenn ich daran denke, wie früher dieser Park ausgesehen hat ... Gregor, weißt du noch? Die Rosenbeete, die Ruhebänke überall. Sie hatten doch einen Gärtner, nicht wahr?«

Gregor nickte nachdenklich und wich den Zweigen aus, die hinter Clara in die Schneise zurückpeitschten. »Einen Gärtner. Genau. War das nicht ein junger Luxemburger? So ein großer, gut aussehender mit einem kleinen, schwarzen Schnurrbart?«

»An den erinnerst du dich, nicht wahr?« Sie wandte sich kurz zu ihm um und schenkte ihm ein amüsiertes Lächeln.

Auch Gregor musste schmunzeln. »Unscharf. Aber das macht es umso interessanter.«

»Hast du einen ... einen ... Wie sagt man bei euch ... Freund, Lebensgefährten? Lebst du mit jemandem zusammen?«

»Nicht mehr.« Er machte eine Pause. »Schon lange nicht mehr. Es gab da mal jemanden beim WDR. Lars hieß er. Mit dem habe ich mir sehr lange eine Wohnung geteilt. Eigentlich waren wir schon so etwas wie ein richtiges Paar. Wenn wir damals schon gedurft hätten, hätten wir vielleicht sogar geheiratet, wer weiß?«

»Was ist aus ihm geworden?«

»Er hat irgendwann einen Jüngeren gehabt. Mit dem verbringt er jetzt seine letzten Jahre in der Toskana.« Seine Stimme wurde matt. »Ich glaube, die haben da eine Olivenplantage oder irgend so was. Ich nehme an, er führt ein scheiß langweiliges Leben da unten. Ich hoffe es jedenfalls.«

Sie hatten die Stelle erreicht, an der Clara vorhin völlig unverhofft auf ihren Ekel erregenden Fund gestoßen war. Clara blieb stehen und starrte auf den schwarzen Fleck im Gestrüpp. Um sie herum fielen die Zweige knisternd in ihre alte Position zurück.

Gregor stocherte mit der Spitze seines Schirms in der Asche und grunzte verächtlich. »Wirklich widerlich«, flüsterte er.

Sie griff kurz nach seiner Hand. Es war nur ein flüchtiger Druck. Sie spürten, dass keiner von ihnen allein war.

Dann gingen sie weiter.

Mit Gregor im Rücken machte es Clara nichts mehr aus, erneut den schmalen Pfad durch das unwirtliche, dichte Gesträuch zu suchen. Sie tastete sich vorwärts und spähte neugierig zwischen den Zweigen umher. Es huschte und raschelte zu beiden Seiten ihres Weges im Unterholz.

»Bist du sicher, dass wir hier richtig sind?« Gregor trug eine verkniffene Miene zur Schau. Er war ein Stadtmensch. Die ungezügelte Natur bereitete ihm einiges Unbehagen. »Weißt du, Clara, wenn alte Menschen im Wald verloren gehen, machen sie immer ein Riesentheater mit Hubschrauber und allem Tamtam. Ich lese es immer wieder in der Zeitung. Man wird uns nach Tagen mit Unterkühlung finden.«

»Wir sind richtig.« Aus ihrer Stimme klang Eifer. »Wir sind hier goldrichtig.«

Das hüfthohe Gras, in dem ihr Beobachter bei seiner Flucht deutliche Spuren hinterlassen hatte, hatte sich längst wieder zu seiner vollen Höhe aufgerichtet, aber abgeknickte Zweige rechts und links zeigten immer noch, dass sie sich auf dem richtigen Weg befanden.

»Und was ist mit dir, Mädchen? Lebst du allein?«

»Bald nicht mehr. Ich gehe in ein Wohnheim.«

»Ach, du Scheiße!«

»Nein, nein, es ist wunderschön. Es gibt dort einen Chor und einen Bridgeclub.«

»Bridgeclub.« Gregor grunzte wieder verächtlich. »Und was ist mit deinem Mann?«

»Der schreibt mir jedes Jahr Geburtstagskarten. Ich kann seine Sauklaue kaum lesen. Immer wenn ein Brief ankommt, dessen Adressierung man nicht entziffern kann, werfe ich ihn weg, weil ich weiß, dass er von ihm kommt. Er lebt allein in seinem winzigen Nest im Bayrischen Wald und hadert mit seinem Schicksal. Ich glaube, er hat es immer noch nicht verwunden, dass wir uns getrennt haben.«

»Warum habt ihr euch getrennt?«

»Es ging nicht mehr.«

Gregor lachte schrill auf. »Das sagt ihr immer! Immer derselbe Spruch: ›Es ging nicht mehr!‹ O Mann!«

Sie blieb abrupt stehen und drehte sich zu ihm um. »Er hat gesoffen.«

Gregor hatte gerade den Schraubverschluss seines Flachmanns geöffnet und starrte sie einen Moment lang ratlos an. Betreten betrachtete er den Gegenstand in seiner Hand, schraubte den Deckel wieder zu und ließ die silberne Flasche in seiner Manteltasche verschwinden.

»Nun lass mal diesen Dackelblick, Gregor. Du guckst ja wie Peter Alexander. Da wird mir schlecht.« Clara wandte sich um und ging weiter. »Er hat mich geschlagen, weißt du. Richtig verprügelt. Nicht oft. Immer nur dann, wenn er so betrunken war, dass er ein anderer wurde. Ein Tier. Richard war wirklich ein guter Mensch, wenn er nicht trank. Aber diese guten Tage wurden irgendwann dann immer seltener. Es kippte. Als er dann irgendwann begonnen hatte, auch unsere Tochter zu schlagen, habe ich die Koffer gepackt.«

Hinter ihrem Rücken stapfte Gregor mit zerfurchter Stirn durch das Gras und zog es vor zu schweigen.

Als sie den Zaun erreichten, geschah dies gänzlich unvermittelt. Clara wäre fast in die quer gespannten Stacheldrahtstrippen hineingelaufen, hinter denen sich das Weideland in schier unendlicher Weite erstreckte.

In der Ferne sahen sie die Häuser von Freilingen. Gregor trat an Claras Seite und betrachtete ihr Gesicht. Ihre Gedanken wanderten in die Vergangenheit. Freilingen war das Dorf ihrer Kindheit. Dort hatte Clara mit ihrem älteren Bruder in dem alten Backsteinhaus direkt neben der Kirche gewohnt. Soweit Gregor wusste, hatte sie heute keine Verwandten mehr dort. Ihr Bruder war vor Jahren gestorben. Gregor wollte einfach nicht einfallen, woran. Er war immer kränklich gewesen. Clara hatte die Häuser ihres Heimatdorfes schon seit langer Zeit nicht mehr gesehen und doch schien sie der Anblick enorm aufzuwühlen. Sie kaute nervös auf der Unterlippe.

»Ist es nicht komisch?«, hauchte sie. »Da ist das alles so lange her, und wenn man sich dann noch einmal hierher traut, dann ist auf einmal wieder alles so, als sei man nur mal gerade ein paar Tage weg gewesen.« Sie blickte Gregor in die Augen. »Kannst du mir erklären, warum keiner von uns je wieder hierher zurückgekommen ist? Was hat uns davon abgehalten?«

»Ich habe nie darüber nachgedacht.«

»Wir waren doch glücklich hier in der Eifel, oder?«

Gregor überlegte. War er glücklich gewesen? Sein Vater hatte sich wenig um die Familie gekümmert, die Mutter hatte keine Zeit gehabt. Er dachte an das Klo auf dem Hof und an die klirrende Kälte, die im Winter sein winziges Zimmerchen über dem Torbau des alten Bauernhofs im Ort in einen Eispalast verwandelte. Er dachte an den Pastor, der ihn dazu gebracht hatte, jeden Samstag im Beichtstuhl zu weinen, weil er ihm das Fegefeuer androhte, nur weil er anders war als die anderen Jungs. Und trotzdem hatte Clara Recht. Er war hier glücklich gewesen. Seine Freunde hatten alles aufgewogen. Fried und Clara, Jüppchen und Inge hatten ihn all die Jahre akzeptiert, so wie er war. Als dann zwei von ihnen ganz plötzlich mit einer unfassbaren Grausamkeit aus ihrer Mitte gerissen wurden, war eben nichts mehr so wie früher. Er war heimlich in die Kirche gegangen und hatte gegen den Beichtstuhl getreten, dass es nur so schallte. Er wollte nicht mehr an diesem Ort bleiben. Ein paar Jahre später hatte er es dann wahr gemacht.

»Vielleicht war es diese Nacht«, sagte er leise. »Vielleicht sind wir deshalb weg.«

»Der Unfall?«

Gregor nickte stumm.

Clara richtete den Blick wieder in die Ferne. Sie dachte zurück an die Nacht, in der sie versucht hatten, ihre Freunde aus dem Autowrack zu befreien. Das Metall hatte sich um die beiden Menschen gekrümmt und das Blut war in solchen Mengen umhergespritzt, dass man kaum noch hatte erkennen können, wo die Körper endeten und wo die Karosserie des VW anfing. Inge hatte noch ein paar Minuten gelebt, hatte geflüstert und die Lippen bewegt. Sie hatte so schöne Lippen gehabt. Voll und weich, so wie die von der Bardot, die immer ihr großes Idol gewesen war. Clara hatte ihre

Hand gehalten, bis die Polizei und der Krankenwagen kamen. Sie hatte gar nicht gespürt, wann sie gestorben war, hatte den Augenblick verpasst, in dem ganz still und voller Heimlichkeit das Leben aus ihrem Körper entwichen war. Als die Polizei den schrecklichen Ort wenig später in kaltes, weißes Licht tauchte, hatte Inge den Blick ihrer wunderschönen, braunen Augen nur noch starr geradeaus gerichtet. Ihre vollen Lippen hatte sie halb geöffnet, so, als hinge ihr letztes Wort immer noch in der Luft.

Gregor schnäuzte sich in ein weißes Stofftaschentuch. »Ja, ja, Mädchen, möglicherweise hast du Recht. Weiter weg war es irgendwie besser auszuhalten.«

»Inge war meine beste Freundin«, flüsterte Clara.

»Ich weiß.«

»Jüppchen hätte sie bestimmt nie geschlagen.«

»Bestimmt nicht.«

Sie blickten noch eine Weile nach Freilingen hinüber und Clara sagte: »Alles, was man gemeinhin Vergangenheit nennt, ist im Grunde nur eine leiser und dunkler gewordene Art der Gegenwart. Ich glaube, das ist von Gertrud von Le Fort.«

»Du denkst zu viel *und* du liest zu viel.« Gregor setzte ein schiefes Grinsen auf.

Dann rieb er sich die Hände. »Mir wird kalt. Glaubst du, das hat noch einen Sinn? Dein ominöser Spanner kann sich hier schließlich in alle möglichen Richtungen verdrückt haben. Den finden wir nicht.«

Clara fasste ihn in diesem Moment fest am Arm. »Der alte Reichartzhof!«

»Was meinst du?«

Sie deutete auf den Waldrand zu seiner Linken, der von einem schmalen Feldweg gesäumt wurde. »Dahinten! Gleich hinter der Wegkehre lag ein uralter Hof. Erinnerst du dich nicht mehr? Der gehörte zwei Schwestern. Diese beiden komischen Alten, die uns Kindern immer Walnüsse von ihrem großen Baum geschenkt haben!«

Durch Gregors Gesicht huschte ein Schatten der Erinnerung. »Ich glaube, ich weiß, was du meinst.«

»Es ist nicht weit. Fünf Minuten, vielleicht zehn.«

»Aber was willst du da? Wieso soll ausgerechnet das die richtige Richtung sein? Er könnte nach Freilingen sein, oder rechts runter am Waldrand vorbei in Richtung Ahrhütte, oder wer weiß wohin.« Er wies mit dem ausgestreckten Zeigefinger mal in die eine, mal in die andere Richtung.

»Ach, bitte«, sagte Clara. »Möchtest du nicht wissen, wie er heute aussieht? Die Schwestern müssen beide tot sein. Wahrscheinlich ist er längst verfallen.«

Sie richtete einen geradezu mädchenhaft flehentlichen Blick auf ihn und er verdrehte die Augen, seufzte tief, spießte schließlich seinen Regenschirm in die Erde und bückte sich, um zwei Stränge des Stacheldrahts so weit auseinander zu ziehen, dass Clara mühelos hindurchschlüpfen konnte. Als auch er auf der anderen Seite war, seufzte er. »Früher wäre ich drüber gesprungen.« Dann presste er eine Hand ins Kreuz.

»Ob der Nussbaum noch steht?«, fragte sie.

Gregor lachte trocken. »Hier ist alles verändert. Den werden sie längst zu zweiunddreißig Vogelhäuschen und zwölf Gartenbänken zerfräst haben.«

Wenig später erreichten sie den Feldweg und schickten sich an, den Ausläufer des Waldes zu umrunden, hinter dem ihrer Erinnerung nach das Gehöft der beiden sicher längst verstorbenen Schwestern Reichartz liegen musste.

Clara hatte Recht behalten. Das Haus lag in einer Senke, etwas unterhalb des Schotterweges.

Der Walnussbaum war immer noch da. Riesig und mit weit ausladendem Geäst presste er sich an die westliche Seite des Hauses, dessen weiß lackierte Fenster mit dem typischen rötlichen Sandstein eingefasst waren.

Als sie das Haus von ihrer erhöhten Position aus betrachteten, empfanden sie beide das Gleiche. Die Jahrzehnte, die es gedauert hatte, bis das Hotel Ahrfels sich zu einer regelrechten Ruine entwickelt hatte, waren auch an diesem Anwesen nicht spurlos vorübergegangen, doch hier hatte sich inzwischen das genaue Gegenteil entwickelt. Das alte, massive Bauernhaus mit den lang gestreckten Stallungen, in denen schon zu Zeiten der alten Schwestern Reichartz kein Vieh mehr gestanden hatte, war regelrecht erblüht. Man hatte es herausgeputzt, der Hof war gepflastert worden und die Gartenanlagen rings herum waren mit Stauden und Sträuchern bepflanzt und von kundiger Hand in ein kleines Paradies verwandelt worden.

Als sich in diesem Augenblick ein vereinzelter Sonnenstrahl durch die Wolkendecke kämpfte und über die rötlichen Dächer der Gebäude und das satte Grün der hölzernen Schlagläden huschte, präsentierte sich ihnen mit einem Mal eine nahezu perfekte Idylle.

Ein groß gewachsener, junger Mann mit dichtem, dunklem Bart und ein kleines Mädchen mit glänzendem, blondem Haar – beide dick verpackt mit Mantel und Schal – umrundeten lachend die Hausecke, liefen in den hinteren Garten und begannen damit, Walnüsse aufzuklauben und in einen Korb zu werfen. Neben dem Eingang stand ein silberfarbener Kombi.

Clara, deren Augen die besseren waren, erkannte ein Düsseldorfer Kennzeichen.

»Ist das etwa dein heimlicher Beobachter? Wohl kaum.«

Clara konnte ihre Enttäuschung nur schwer verbergen. »Meiner hatte keinen Bart. Er war auch älter und nicht so groß. Es hätte ja immerhin sein können.« Sie wandte sich um und sagte: »Lass uns gehen. Wenn es hier noch so ein Idyll gibt, sollten wir es nicht mit unseren blöden Fragen zerstören.«

Sie schickten sich an, am Waldrand entlang wieder zurück zum Hotel zu gehen.

Clara hatte die Hoffnung aufgegeben, den Mann mit der roten Mütze ausfindig zu machen. »Wir sollten Fried helfen«, sagte sie.

»Wir sollten nach Hause fahren«, brummte Gregor. »Aber so was wollt ihr ja nicht hören.«

Die Wolkendecke riss auf. Das herbstliche Sonnenlicht ließ die umherwirbelnden Blätter in gelben und roten Farben aufleuchten.

»Ich muss an meine Enkelkinder denken. Sie nennen mich Oma Clärchen.«

»Ist Oma Clärchen eine liebe Oma?«

»Frag mal die Kinder, die sie vergöttern. Oma Clärchen ist ihre Königin. Ich muss Fried unbedingt bitten, mir das Handy zu leihen. Seit gestern habe ich noch kein einziges Mal bei meiner Tochter angerufen. Sie wird sich Sorgen machen.« Gerade wollte sie fragen, ob sich bei Gregor möglicherweise auch jemand Sorgen mache, wenn er nichts von sich hören ließ, aber sie verkniff sich das.

Als sie an der Stelle ankamen, an der sie nach ihrem Querfeldeinmarsch über die Weide auf den Weg gelangt waren, überlegten sie kurz, ob es sinnvoll sei, nicht über Weide und Zaun und durch das Dickicht zum Hotel zurückzugehen, sondern dem Weg in den Wald hinein zu folgen. Wenn sie sich nicht täuschten, führte der Weg sie parallel zur

Zufahrt des Hotels ins Ahrtal hinunter. Dies erschien ihnen jedoch ein unnötiger Umweg zu sein.

Anschwellendes Motorengeräusch kündigte in diesem Moment vom Wald her das Kommen eines Fahrzeugs an. Es war das Geräusch eines knatternden Dieselmotors, das von einer Sekunde zur nächsten mächtig anschwoll. Wenige Augenblicke später kam ihnen ein Traktor auf dem Weg entgegen. Es war ein großes, rot lackiertes Gerät neuerer Herkunft, das seine Fahrt verlangsamte, als der Fahrer ihrer ansichtig wurde.

Gregor hob seinen Regenschirm zum Gruß, während sie sich an den Wegesrand drückten, um Platz zu machen.

Der Traktor hielt an. Aus dem metallenen Auspuffrohr, das kerzengerade in den Herbsthimmel ragte, quoll unter trillernden Geräuschen blasser Dieselqualm.

Auf der ihnen abgewandten Seite schwang sich jemand aus der geöffneten Tür des Führerhauses und umrundete das Fahrzeug. Als der kräftige Mann mit den eisgrauen Haaren sich mit kraftvollem Tritt und leicht gespreizten Beinen vor ihnen aufbaute, funkelten seine Augen vor Aufregung. Sein grau melierter Bart und die dichten, schwarzen Augenbrauen machten ihn noch immer zu einer imposanten Erscheinung. So war er schon in Jugendtagen gewesen. Immer einen Hauch verwegener, immer eine Spur kühner als die anderen.

»Clärchen«, sagte Rudi Diefenthal mit einer wohltönenden, dunklen Stimme. »Und unser Gregor, der alte Schwerenöter.«

»Guck mal einer an«, sagte Gregor und man konnte nicht gleich heraushören, ob er erfreut war oder nicht. »Wenn das nicht der Zigeuner ist.«

17. Espresso

Sie saßen Seite an Seite auf einer kleinen, etwas erhöhten Bank, gleich neben der Theke. Draußen, vor dem Restaurant »Teller« rauschte der Durchgangsverkehr von der Eifel in Richtung Köln und umgekehrt, und drinnen dudelte Schlagermusik aus den Lautsprechern. Aus der angrenzenden Küche drang der verführerische Duft deftiger Eifeler Kost herüber. Soheyla hatte einen Moment lang gehofft, Franz würde sie vielleicht zum Essen einladen, aber schon als sie sich begrüßt hatten, hatte er auf die Uhr gesehen und gesagt, dass er spätestens um zwei wieder in seinem Laden sein müsse. Sie beschloss, sich das Mittagessen zu sparen. Jetzt, da Davar im Knast saß, hatte sie zwar ihren ganzen Verdienst für sich, aber in der Spedition bekam sie nicht viel. Sie konnte froh sein, dass die Chefin sie so günstig wohnen ließ.

Franz musterte sie unverhohlen, während sie an ihrem Espresso trank. Eigentlich mochte sie es nicht, so beobachtet zu werden, aber er machte es auf eine unaufdringliche Art und Weise. Der kleine Kerl mit den roten Bäckchen schien sich wirklich über ihr Wiedersehen zu freuen.

»Wo lebst du jetzt?«

Sie antwortete ausweichend. »In der Nähe von Daun. Ist ganz okay da.«

»Hast du 'nen Job?«

»Ja. Auch ganz in Ordnung.«

»Das klingt ja fabelhaft«, sagte er spöttisch.

»Man kann sich das nicht immer aussuchen.«

Franz lehnte sich auf seiner Sitzbank zurück und verschränkte die Arme. »Im Ahrfels war's besser, oder?«

»Klar. Viel besser.«

Er grinste sie unverschämt an. »Da saß man nicht so auf dem Präsentierteller, stimmt's?«

»Wie meinst du das?«

»Na ja, das ist schön abgeschieden, da schnüffelt nicht jeder hinter dir her.«

Sie spielte nervös mit ihrem Zuckertütchen. »Wovon redest du denn da?« Ihn anzusehen traute sie sich in diesem Moment nicht. Sie hatte Angst, er könne die Wahrheit aus ihrem Blick herauslesen.

»Ellen und Michael waren ziemlich zufrieden mit dir. Sie haben's mir mal erzählt.«

»Die zwei waren ja auch cool.«

»Die hätten dich nie verpfiffen.«

Jäh fuhr sie herum und ihre schwarzen Augen funkelten ihn an. »Was redest du für eine Scheiße, Mann?«

»Schschsch.« Er legte den Zeigefinger auf die gespitzten Lippen. »Ich würde dich auch nicht verpfeifen. Reg dich also nicht auf.«

Sie schluckte. »Woher weißt du Bescheid? Hat Ellen was erzählt?«

»Kein Mensch hat mir was erzählt. Ich mache mir nur so meine Gedanken, weißt du?« Er tippte sich an die Stirn.

»Mir geht's richtig scheiße«, flüsterte sie und starrte wieder vor sich hin. »Ich traue mich kaum raus, weil ich Angst hab, dass sie mich finden. Davar ist im Knast in Wittlich und ...«

»Davar?«

»Davar ist der Typ, der mich hier in Deutschland in Empfang genommen hat.« Sie betrachtete ihn plötzlich sehr intensiv und überlegte, ob sie ihm wirklich trauen konnte. Sie schaute nach den Ohrläppchen. Nicht angewachsen. Man hatte ihr mal gesagt, dass man bei angewachsenen Ohrläppchen vorsichtig sein müsse. Das war zu einer Zeit gewesen, zu der sie noch alle Tipps und Ratschläge, die ihr neues Heimatland betrafen, begierig aufgesogen hatte wie ein Schwamm.

Franz war in Ordnung. Sie war sich plötzlich sicher. »Davar ist der Bruder von Masood. Masood lebt in Teheran und hat alles eingefädelt. Die beiden bekommen noch eine Menge Kohle von mir.«

»Wie lange bist du schon hier?«

»Vier Jahre. Ich will hier bleiben.«

»Stell einen Asylantrag.«

Sie schüttelte den Kopf. »Da werd ich gelinkt.«

Franz strich sich aufgeregt über seine stoppeligen Haare. »Unsinn! Ich habe kürzlich erst gelesen ...«

Soheyla hob jäh die flache Hand und unterbrach ihn. »Spar dir das. Das ist kein Thema für mich.«

»Aber ...«

Sie griff blitzschnell nach ihrer Daunenjacke und sprang auf. »Ich hätte dir nichts erzählen sollen.«

Die Kellnerin warf einen aufmerksamen Blick von der Theke herüber. Franz packte sie am Arm, bevor sie die Jacke überziehen konnte. »Warte! Bleib hier. Ist ja schon gut.«

Zögernd ließ Soheyla sich wieder auf die Bank sinken und voller Sorge beobachtete Franz, wie ihre Augen sich mit Tränen füllten. Er legte linkisch seinen Arm um sie. »Wenn ich dir helfen kann, dann sag's mir.«

Sie kramte ein Taschentuch aus ihrer engen Jeans und schnäuzte sich geräuschvoll. »Ich bin so allein. Davar ist zwar ein übler Typ, dem ich immer meine ganze Kohle abdrücken musste, damit dieses gefälschte Visum irgendwann bezahlt ist.«

»Ist so was teuer?«

Sie blies verächtlich die Luft aus den Backen. »Na, was glaubst du denn?«

»Wie teuer?«

Sie druckste herum. »'ne Menge Geld jedenfalls.«

»Tausend? ... Zweitausend? ... Fünftausend?«

»Siebentausend.«

»Scheiße.« Er schüttelte den Kopf. »Für ein gefälschtes Stück Papier. Woher hast du so viel Geld?«

»Meine Großmutter hat mir geholfen. Sie hat gesagt, sie hätte nichts mehr zu verlieren. Meine Eltern wussten bis zum Schluss nichts davon.«

»Und wie viel kriegt dieser Davar noch von dir?«

»Knapp dreitausend. Er hatte mir gleich einen Job bei einem Teppichhändler in Köln besorgt, bei dem ich im Haushalt helfen sollte. Das war der Deal. Aber das ist gründlich danebengegangen. Dann bin ich in die Eifel.«

»Siebentausend. Mannomann, was für Verbrecher.«

»Wenigstens war Davar für mich da. Er hat mich zwar abgezockt, aber er wusste immer, was zu tun war. Und er hat mich nicht auf den Strich geschickt, so wie andere das mit den Mädchen tun. Und jetzt ist er weg. Sie haben ihn bei irgendeiner schrägen Sache in Gerolstein erwischt. Er hatte Stoff bei sich und jetzt sitzt er für zwei Jahre in Wittlich. Davar hat meinen Pass, weil er sagte, dass man mich nicht ausweisen kann, wenn ich keinen Pass habe. Ich brauche Geld, damit ich hier weg kann und irgendwo in einer anderen Ecke von Deutschland einen Job kriege, mit dem ich Kohle verdiene.«

»Na ja ... Geld hab ich auch keins.« Franz war vorsichtiger geworden. Früher hatte er kleinere Beträge verliehen, wenn er glaubte, helfen zu können. Heute, da er selbst sehen musste, wo die Kohle herkam, kam so etwas nicht mehr in Frage.

Sie lächelte ihn schwach an. »Deshalb wollte ich dich doch auch gar nicht treffen.«

»Und über einen Asylantrag willst du nicht doch noch mal ...«

Er verstummte mitten im Satz, als er sah, dass sie schon wieder wütend wurde.

»Du bist nicht der Erste, der mir das sagt! Roja redet auch dauernd davon. Ich will einfach nicht, verstehst du? Ich habe Angst vor denen. Wenn die erst mal wissen, wo ich bin, kann ich einpacken!«

»Aber ...«

»Nie im Leben kriege ich Asyl.« Sie winkte resignierend ab.

»Okay, okay. Bin schon still.«

Sie lauschten eine Weile der Musik und sagten nichts.

»Was ist mit Michael?«, fragte Soheyla schließlich und war froh, auf den eigentlichen Grund ihres Treffens zu sprechen kommen zu können. »Wie hat er's gemacht? Er hatte doch keine Waffe oder so was.«

»Wer das will, findet schon was.«

Sie nickte zustimmend. »Und? Was war's?«

»Badewanne«, murmelte Franz. »Pulsadern.«

»Scheiße«

Er nickte.

»Er muss ziemlich am Ende gewesen sein, was?«

»Na ja. Micha war ja schon lange am Ende. Du weißt doch, dass er nichts auf die Reihe gekriegt hat. Der Suff und diese dauernde Geldnot. Ellen hat auch früher schon genug unter ihm gelitten. Er war eben ein Verlierer.«

»Und wie steckt Ellen das weg?«

Franz zuckte mit den Schultern und machte eine vage Bewegung mit den Händen. »Ach, weißt du, es sieht ganz so aus, als hätte sie jetzt was mit Uli. Sie war froh, von Micha wegzukommen. Kann man ja auch verstehen.«

Soheyla kniff stumm die Lippen zusammen. Ellen würde bestimmt nicht trauern, das konnte sie sich lebhaft vorstellen.

»Thommy? Was ist mit dem Kleinen?«, fragte sie leise. Sie sah vor ihrem geistigen Auge den Jungen vor sich. Ein bildhübsches Kerlchen. Sie sah ihn, wie er im Sandkasten spielte. Er war viel allein. Heute machte sie sich Vorwürfe, dass sie sich nicht mehr um ihn gekümmert hatte, als sie noch im Ahrfels gewesen war. Er war ihr eigentlich immer nur auf die Nerven gegangen, weil er immer mit ihr spielen wollte und tausend Fragen hatte. Jetzt war es zu spät.

»Ich will gar nicht daran denken, was der Junge jetzt durchmacht«, sagte Franz matt. »Ich habe mitgekriegt, dass Michael ihn heimlich am Schulbus abgepasst hat, um ihn zu sehen. Wenn das rausgekommen wäre, hätten sie Micha die Fresse poliert.«

Die Bedienung kam und fragte, ob sie noch etwas bringen dürfe. Franz guckte auf die Uhr und sagte: »Na ja, mir noch einen Espresso.«

Soheyla winkte ab. Möglicherweise musste sie ihre Getränke selbst bezahlen. Franz schien kein geübter Gentleman zu sein.

Eine Gruppe schnatternder Verkäuferinnen kam herein und nahm im mittleren Teil des Lokals Platz. Soheyla zuckte unwillkürlich zusammen. Sie zuckte immer zusammen, wenn sich jemand näherte. Als Franz das registrierte, zog er sorgenvoll die Stirn kraus.

»In dieser Nacht, da ...«

Franz fragte sehr schnell: »Welche Nacht meinst du?« Als sie ihn strafend ansah, nickte er betreten. »Okay, in dieser Nacht also.«

»In dieser Nacht, da hat keiner was gehört und gesehen, stimmt's?«

»Stimmt. So heißt es jedenfalls.«

»Kaum zu glauben.«

»Ach, weißt du, wir hatten alle so viel getankt. Micha hat diese ganzen Obstbrände ausgeschenkt. Wir waren alle total breit.«

Soheyla nickte nachdenklich. Sie hatte nichts getrunken in jener Nacht. Sie war ihrer Tätigkeit als Hotelhilfe nachgegangen. Und sie hatte ihren Job sehr gewissenhaft erledigt. Nüchtern. Aufmerksam. Sie hatte erzählt, dass sie etwas beobachtet habe. Sie hatte es erzählen müssen.

Sie hatte gelogen.

Sie hatte lügen müssen.

Mit einem Mal hatte sie den Eindruck, dass sie den Espresso gleich wieder auskotzen müsste.

Eine halbe Stunde später verließen sie das Lokal und traten auf die Straße hinaus. Franz hatte bezahlt. Ein paar Sonnenstrahlen drangen durch die Wolkendecke und gleich sahen die umliegenden, alten Fassaden viel freundlicher aus. Als sie sich voneinander verabschiedeten, reichte ihr Franz nur die Hand, obwohl er sie viel lieber freundschaftlich umarmt hätte.

Soheyla tat ihm Leid. Er hatte ihr mehrfach versichert, dass er kein Sterbenswörtchen über ihre missliche Situation weitererzählen würde.

Soheyla richtete mit bemühtem Lächeln Grüße an seine Zipfelmützenbande und an die Witwe aus Bonn aus. Als sie die Straße überquert hatte, drehte sie sich noch einmal um und winkte ihm zu.

Franz winkte zurück. Irgendwann war sie dann hinter der Hausecke verschwunden.

»Du bewegst dich auf dünnem Eis, Mädchen«, murmelte er nachdenklich, als er seinen Autoschlüssel hervorkramte.

Als er vor der Kreissparkasse in sein Auto einstieg, bemerkte er den Golf, der gleich nebenan parkte. Er kannte den Wagen und er wusste, wem er gehörte. Franz blickte sich nach allen Seiten um, aber da er niemanden sah, startete er und fuhr los.

18. Die Sonne Montezumas

Als sich der Bruder von Bridget, seiner Angestellten, vor ein paar Jahren hatte scheiden lassen, unternahm dessen Frau einen unbeholfenen, erfolglosen Selbstmordversuch. Fried erinnerte sich plötzlich an Bridgets Erzählung, als er vor der Badewanne stand, in der der hartnäckige dunkle Rand so lange von der Höhe des von Michael eingelassenen Wassers künden würde, bis sich in irgendeiner fernen Zukunft jemand erbarmen und ihn wegschrubben würde. Bridget hatte damals berichtet, dass ihre Schwägerin eine hysterische Kuh sei, die ihren Bruder jahrelang drangsaliert habe, und dass die Trennung das Beste war, was ihrem Bruder überhaupt passieren konnte. Dass diese Frau in ihrer Verzweiflung dann tatsächlich Tabletten geschluckt hatte, schien sie kaum zu berühren. Bridget war eine sehr oberflächliche Person. Sicherlich war sie eine erstklassige Bauzeichnerin, aber sie hatte keinerlei Gespür für Menschen. In ihrer Welt gab es zu jeder Katastrophe den passenden Witz. Auf einer Betriebsfeier war sie die unbezahlbare Lachnummer. Sie nannten sie *rubberface*, Gummigesicht, weil sie Grimassen schneiden konnte, dass es einem die Lachtränen in die Augen trieb, aber wenn man ein ernstes Gespräch führen wollte, wenn es um echte Themen ging, dann war man bei ihr an der völlig falschen Adresse.

Bridget schwor Stein und Bein, dass dieser Selbstmord, wenn er denn geklappt hätte, eine Art Bestrafung für ihren Bruder hätte sein sollen. Dies kam Fried jetzt in den Sinn, als er in dem Badezimmer stand.

Er schaltete das Licht ein, um das Szenario besser in Augenschein nehmen zu können. Er krempelte sich die Ärmel hoch, als wisse er genau, wo anzufangen war.

Die Theorie der Bestrafung hatte er später noch öfter gehört, dies schien psychologisches Allgemeingut zu sein. Bislang hatte er sich nie näher mit diesem Gedanken auseinander gesetzt, aber jetzt, wo er da zwischen den Trümmern einer zerstörten Existenz herumging und nach Antworten auf Fragen suchte, die er nicht mal kannte, gewann diese Überlegung nach und nach an Konturen: Hatte Michael sich umgebracht, um Ellen zu bestrafen?

Ellen hatte ihn verlassen, ohne dass sie genau wussten, warum. Sie hatte ihm seinen geliebten Sohn entzogen. Dass es bei beiden Dingen auch um diese grässlichen pornografischen Dinge ging, war reine Spekulation. Man musste das nüchtern sehen.

War dieser Tod also tatsächlich als Strafe gedacht?

Als er die Dinge betrachtete, die um die Wanne verstreut lagen, die Kerzenstummel, die Weinflaschen, versuchte er angestrengt, sich den Wortlaut des Abschiedsbriefes in Erinnerung zu rufen.

Ich habe keine Kraft mehr. Das klang eigentlich nicht nach Strafe. Da war keinerlei Beschuldigung in diesen wenigen Worten auf dem Zettel, keine Anklage ...

Ich kann nicht mehr ... Nein, nein, es hatte da anders geheißen. Nur eine Nuance zwar, aber der Sinn veränderte sich dabei:

Ich kann nicht mehr weitermachen.

War das der übliche Ausdruck in dieser Situation?

Weitermachen kann man nur etwas, was man angefangen hat. Die Renovierung des Hotels?

Fried schob mit dem Zeigefinger die wenigen Kosmetikartikel auf dem Porzellanbord über dem Waschbecken hin und her. Deo. Rasierschaum. Rasierwasser. Zahnputzbecher samt Bürste. Fast normal. Bis auf die Tatsache, dass die Behältnisse so gut wie leer waren.

Weitermachen.

Er ging in den Nebenraum.

Man konnte kaum erkennen, dass die Sanitäter und die Polizei hier drin gewesen waren. Das Chaos hatte sich kaum verändert. Es sah nicht weniger trostlos oder weniger unordentlich aus als am Vortag.

Er betrachtete die Fotografien des Jungen neben der Tür. Sie hingen da wie versteckt. Sie selbst hatten sie erst entdeckt, als sie die Tür geschlossen hatten. Es hatte den bitteren Beigeschmack von etwas Heimlichem, Verbotenem, wie sie da so in der Nähe der Tür, in der Ecke des Zimmers zusammengeklebt hingen.

Bitte erzählt Thommy nichts Schlechtes von mir.

Was sollten sie Thommy denn erzählen? Was erzählte man sich denn so von Michael? Fried blickte suchend durch den Raum und knetete angespannt seine Fingerknöchel. Er klatschte in die Hände. Wieder und wieder. Eine Geste, um sich selbst in Schwung zu bringen. Mehrfach legte er den Kopf in den Nacken, während er im Kreis wanderte und sich das Hirn zermarterte.

Diese Hinterlassenschaft war so kryptisch, so voller Andeutungen – und doch so ohne Aussage. Es machte fast den Eindruck, als hätte Michael gerne mehr erzählt, aber dann doch davon Abstand genommen, weil er der Person nicht traute, die als Erste ihn und den Brief finden würde.

Er dachte an Michaels Anruf in jener Nacht. Er hatte es versucht. Sicherlich hätte er etwas erzählt, hätte ihn eingeweiht. Warum hatte er nicht geschrieben?

Vor seinem geistigen Auge entstand das Bild eines völlig verzweifelten Mannes, dem unweigerlich die Kräfte ausgehen, obwohl er etwas *weitermachen* muss. Es übermannt ihn. Er ist allein. Er gibt auf. Diejenigen, die ihn finden werden, stehen nicht auf seiner Seite. *Niemand glaubt mir mehr.*

Fried nickte vor sich hin. Er ließ sich auf dem Bett nieder und rieb sich angestrengt die Schläfen. Er musste sich zwingen nachzudenken.

Dieser Raum sagte ihm etwas. Die Fotowand, der Karton mit den Schallplatten, all die leeren Flaschen und Pizzakartons. Von seiner Position aus ließ er den Blick über die wenigen Dinge gleiten, die in diesem Zimmer verteilt waren.

»Sprich zu mir, Junge!«

Niemand glaubt mir mehr.

»Nein, mein Junge, das stimmt nicht. Wir sind für dich da! Clara, ich und auch Gregor. Wir werden dir Glauben schenken!«

Aber ihr seid weit weg!

»Aber wir kommen zu dir.«

So lange reicht meine Kraft nicht mehr.

»Dann lass uns etwas da, das uns hilft, alles zu verstehen. Schreib es für uns auf, leg es uns zurecht. Tu es dahin, wo es die anderen nicht finden!«

Seine Stimme wurde immer lauter.

Er sprang auf und ging zum Schallplattenspieler. Er drückte einen Knopf und mit geradezu antiquierter Gemütlichkeit und nostalgisch anmutenden mechanischen Geräuschen setzte sich der Tonarm in Bewegung und schwang auf die Schallplatte hinüber. *Hotel California.* Er senkte sich herab auf die rotierende schwarze Scheibe und es begann zu knistern.

On a dark desert highway, cool wind in my hair ...

Dies hier war nicht das *Hotel California,* dies hier nur war ein verlassenes Hotel mitten in der Eifel, aber die Parallelen waren eindeutig: Hier wie dort spielte sich eine haarsträubende Geschichte ab und hier wie dort spielte sie am Arsch der Welt.

Während die Rhythmen dünn und kratzend aus dem kleinen Lautsprecher des Geräts tönten, ging Fried weiter durch den Raum. Er strich das Tesafilm an der Pappe am Fenster fest, das sich schon wieder gelöst hatte. Ungelenk kniete er sich auf den Boden, um einen Blick unter das Bett werfen zu können, aber dort entdeckte er nichts außer einem Paar ausgetretener Schuhe, einem leeren Joghurtbecher und einer ebenfalls leeren Weinflasche. Billiger Aldiwein.

Fried war verzweifelt. Er sah, dass er dieses Rätsel, das sich ihm stellte, nicht lösen konnte.

Welcome to the Hotel California ...

Dann schaltete er den Fernseher ein. Das Geplapper einer Nachmittagstalkshow, wie er sie auch aus dem australischen Fernsehen kannte, mischte sich unter die Musik.

Fried drehte den Ton lauter.

Dann schob er den Lautstärkeregler am Plattenspieler bis zum Anschlag hinauf.

Es dröhnte in seinen Ohren. Plötzlich war er wie im Rausch. Er wollte Krach machen. So etwas hatte er noch nie getan. Er brauchte Lärm, um seine Gedanken einmal ordentlich durcheinander zu rütteln, damit er nicht die ganze Zeit in dieser verfluchten Einbahnstraße dachte, damit er den Raum endlich zu sich sprechen lassen konnte, sich packen lassen konnte, ohne sofort rational abzuwägen und zu separieren.

... such a lovely place ...

Das Publikum im Fernsehstudio grölte.

... but they just can't kill the beast ...

Die Moderatorin schrie.

Und plötzlich entdeckte er etwas inmitten des Unrats auf dem kleinen Tisch, das ihm bisher entgangen war.

Es war wie ein Schlag, der ihn betäubte, der ihn mit enormer Kraft in seine eigene Jugend zurückkatapultierte, sodass der Lärm um ihn herum zu einer diffusen Masse verzerrter Töne verschmolz.

Die alten Besitzer des Hotels hatten ein Barometer gehabt, ein Mitbringsel aus einer Ferienreise in die Alpen. Es hing gleich neben dem kleinen Büro an der Wand der Eingangshalle, direkt über den Blättern eines fetten Gummibaums, dessen Topf auf einer hölzernen Blumensäule stand. Der alte Pennigs tippte jeden Morgen, den Gott geschaffen hatte, während er wegen seines kranken Magens noch vor dem Frühstück eine Tasse Kamillentee in kleinen Schlucken trank, mit dem Zeigefinger gegen das gewölbte Glas und beobachtete, ob der Zeiger stieg oder fiel. Dann drehte er ein kleines, goldfarbenes Zeigerchen auf die gleiche Position, um sie für den nächsten Tag zu markieren.

Als die Wände der Eingangshalle eines Tages mit brusthohen Holzpaneelen verkleidet wurden, fiel das Barometer herunter und das Glas zersplitterte. Die hölzerne Einfassung zerbrach dabei in drei Teile, die man nicht mehr zusammenfügen konnte, und unter großem Bedauern überantwortete man die Überreste des lieb gewonnenen Erinnerungsstücks der Mülltonne.

Sie waren damals noch ungezügelte Jungs, in deren Freizeit die raue Eifellandschaft zum Wilden Westen der Karl-May-Romane wurde, in deren Träumen das Ufer der träge dahinplätschernden Ahr sich in südländische Gestade verwandelte, in die Urwälder unerforschter Eilande, wo man auf Schatzsuche ging und gegen dunkelhäutige Wilde und skrupellose Freibeuter zu kämpfen hatte.

Sie hatten hier nicht enden wollende Tage im Sonnenschein verbracht, hatten in einem alten Blechtopf auf einem kleinen Lagerfeuer Zucker und Sahne zu Kamellen gekocht und hatten ihre ersten Zigaretten geraucht.

Ein einziger Teil dieses zerstörten Barometers überlebte. Jüppchen hatte es wieder aus der Mülltonne gefischt. Ein kleines, rundes, hölzernes Medaillon, das am oberen Teil zwischen die beiden bräunlichen Kordeln gespannt war. Hinter dem winzigen, runden Glas ruhte die Blüte eines getrockneten Edelweiß.

Sie nannten es die *Sonne Montezumas* und es war fortan das Prunkstück ihres Schatzes, der ansonsten vornehmlich aus Glasmurmeln und Holzperlen bestand und aus den Kronkorken, die noch sehr selten gewesen waren und die sie auf den Pflastersteinen der Terrasse hinter dem Hotel mit einem dicken Hammer platt geklopft hatten, sodass sie ihnen als Münzen dienten.

Sie hatten ihren Schatz gehütet und gegen die feindlichen Übergriffe der Banden aus Ahrhütte und Freilingen verteidigt und einander geschworen, bis aufs Blut für ihn zu kämpfen.

Fried hielt die *Sonne Montezumas* in der Hand und strich mit dem zitternden rechten Zeigefinger ganz behutsam über die gewölbte, staubige Glasfläche, der all die Jahrzehnte nichts hatten anhaben können. Das Edelweiß ruhte, grau und verschrumpelt, immer noch in seiner hölzernen Umrahmung.

Auf der flachen Rückseite konnte er undeutlich ihre Initialen lesen, die sie dort, kreisförmig angeordnet, mit Bleistift verewigt hatten. *F. S.* für Friedrich Söntgens, *G. T.* für Gregor Theisen und *J. H.* für Josef Honscha.

Wann immer es einen Schwur zu tun gegeben hatte, hatten sie ihre Hände auf diesem Fetisch übereinander gelegt. Ihre *Sonne Montezumas* – kein Zweifel, das kostbarste Stück ihres

Schatzes, der irgendwann in Vergessenheit geraten war, als andere Dinge in ihrem Leben wichtiger geworden waren. Sie hatten ihn an einer Stelle aufbewahrt, von der sie geglaubt hatten, niemand könne sie je entdecken. Michael schien sie entdeckt zu haben. Womöglich war er im Zuge der Renovierung darüber gestolpert.

War der Rest wohl noch dort? Die Kronkorken von den Colaflaschen? Die Murmeln? Die Einer und Zweier aus Ton, die großen Zehner aus Glas und die kostbaren kleinen Metallkugeln aus den alten Kugellagern? Und was war noch dort? Etwas, das Michael verbergen wollte?

Hast du das für mich hierhin gelegt, Junge?

Fried traute kaum, sich Hoffnungen zu machen. Er schaltete den Plattenspieler aus, dessen Nadel am Ende der Schallplatte angelangt war und ein rhythmisches Knastern durch den Lautsprecher schickte. Dann machte er auch den Fernseher aus und knisternde Stille trat ein.

Er sah auf seine Uhr. Clara und Gregor würden bald wiederkommen. So lange würde er nicht warten. Er ließ das Medaillon in seiner Hosentasche verschwinden und ging auf den Flur hinaus.

19. Der Zigeuner

»Wisst ihr, was er gemacht hat? Er hat gespielt.«

»Gespielt?« Clara sah Diefenthal verständnislos an.

Sie saßen zu dritt auf einer Bank am Waldweg, unweit des Traktors, den Diefenthal an den Wegesrand gefahren und ausgemacht hatte.

»Er fuhr nach Bad Neuenahr. Jede Woche mindestens zweimal. Am Anfang hat er es so dargestellt, als sei das ein Spaß. Ein Hobby, bei dem man mit ein wenig Geschick noch ein paar Mark machen könne. Später dann, als es eng wurde, ist er immer öfter gefahren und hat versucht, Ellen klar zu machen, dass dies eine prima Möglichkeit sei, die Kasse aufzubessern. Sie hatten es wirklich nötig, wisst ihr. Sie hatten begonnen zu renovieren und da waren diese elend hohen Verpflichtungen bei den Banken und so. Na ja, und Michael dachte, er könne im Spielcasino richtiges Geld verdienen. Er hielt sich für einen begnadeten Black-Jack-Spieler.« Diefenthal holte ein Etui aus seiner olivefarbenen Cordweste und öffnete es. Vier Zigarren steckten im Innern. Als er es Gregor hinhielt, lehnte dieser dankend ab.

Während Diefenthal weitersprach, machte er Pausen, in denen er schmatzend die Zigarre entzündete. »Wir haben ihm am Anfang ... versucht gut zuzureden, aber er ... er hat immer nur gelacht und gesagt ... er würde es uns allen schon noch zeigen.« Er blies den Qualm in die Luft und lachte gehässig. »Oh, Mann, dieser kleine Idiot.«

»Sprich bitte nicht so von ihm, Rudi«, sagte Clara leise. »Michael ist tot.«

»Tschuldigung. Aber er hat wirklich alles falsch gemacht. Er hatte beste Voraussetzungen. Ein solides, gut eingeführtes Haus in einer der schönsten Landschaften, die man sich vorstellen kann, eine fleißige Ehefrau, ein festes, kleines Einkommen ...« Er ließ den Blick nach rechts und links zu den beiden gehen, um aus ihren Gesichtern Zustimmung herauszulesen. »Ihr habt ihn ja von Anfang an unterstützt, nicht wahr? Na ja, eigentlich konnte da doch nichts schief gehen. Aber dann kam das Jahr, in dem er zu renovieren beschloss. Und das war der gravierende Fehler.«

Gregor blickte ihn skeptisch an. »Was soll daran ein Fehler sein? Guck dir doch mal die Ahr und ihre Hotels an. Die meisten dämmern seit den Siebzigern im immerwährenden Dornröschenschlaf vor sich hin. Da ist der Zug doch längst abgefahren.«

»Blödsinn. Wellness, was?«, brummte Diefenthal verächtlich und senkte die schwarzen Augenbrauen. »Braucht kein Mensch. Die Leute wollen was Solides, Volkstümliches. Wenn ich Wellness und all den Quatsch will, dann fahr ich in den Süden. Hierzulande im Hotel zählen nur Sauberkeit und eine gute Küche. Ach Mann, was soll das, darum geht's ja gar nicht. Ihr habt ja keine Ahnung, so lange wie ihr fort wart!« Er beugte sich vor und stützte die Ellenbogen auf den Knien ab.

Keiner von ihnen widersprach. Der Versuch, ihn von seiner jahrelang gereiften Überzeugung abzubringen, erschien ihnen sinnlos.

Als ihm der Qualm in die Augen stieg, verengte er diese zu kleinen Schlitzen. Er sprach bedächtig und leise, so, als wolle er sich den Fahrplan des Scheiterns, den er vor ihnen ausbreitete, noch einmal sehr ausführlich ins Gedächtnis zurückrufen. »Wisst ihr, er hatte damit begonnen, eine komplette Etage auf einmal zu renovieren. Das war der Fehler. Zehn Zimmer weniger. Auf einen Schlag! Was für eine

Idiotie! Eine ganze Saison lang Lärm, Radau und halbe Gästezahl. Wenn der ein echter Kerl gewesen wäre, hätte er das in ein oder zwei Monaten durchgezogen. Aber das wuchs ihm alles über den Kopf. Er konnte kaum was selber machen. Für jeden kleinen Driss musste er Handwerker anrufen. Als dieser Sommer vorbei war, war die Kasse natürlich leer. Es gab auch Stammgäste, die schon zu Zeiten der Pennigs ihre Ferien hier verbracht haben. Camillo Felgen hat mal hier übernachtet!«

»Vor hundert Jahren auf der Durchreise«, maulte Gregor, dem Diefenthals Lamento auf die Nerven ging.

»Die Stammgäste reisen jetzt in den Harz, weil sie sich so sehr über diese Umbauerei geärgert haben. Und dann wurde das Geld knapp und er fing wieder diesen Scheißdreck mit Bad Neuenahr an.« Er sah mit einem süffisanten Lächeln zu Clara hinüber. »Das musst du dir mal vorstellen, Clärchen! Euer gutes Geld hat dieser Versager am Spieltisch verbraten! Monat für Monat.«

Dann ließ er einen Augenblick lang diese niederschmetternde Erkenntnis und die danach eintretende Stille auf sie wirken. Sie hörten nichts außer dem Wind, der die kahlen Äste gegeneinander trieb und die Rufe der Krähen in der Ferne auf dem Feld.

»Letztes Jahr war dann Zappenduster. Da konnten sie dann keinen Gast mehr ins Haus lassen. Jungejunge, war das ein Elend.« Er schnippte die Asche von der Zigarre und blickte ernst in die Ferne. »Ellen ist ja nicht meine Tochter. Sie ist nur meine Nichte. Wisst ihr, ich habe mich immer sehr darum bemüht, mich da rauszuhalten, mich nicht zu sehr einzumischen. Das war Aufgabe meiner Schwester. Käthe. Die kennt ihr ja. Aber gewurmt hat es mich doch immer, das könnt ihr mir glauben. Als sie irgendwann vor unserer Tür stand, mit dem Kleinen an der Hand, da habe ich ein Kreuzzeichen geschlagen und ein Dankgebet gesprochen. Da hatte sie endlich die richtige Entscheidung getroffen.«

»Und dann hatte sie ihre Ruhe?«, fragte Gregor.

Diefenthal grunzte. »Ein paar Mal hat er vor unserem Tor rumkrakeelt. Sternhagelvoll. Und auch in dieser Bikerkneipe, in der Ellen arbeitet. Da haben sie ihn rausgeworfen. Wenn ihr mich fragt, hat er Glück gehabt. Diese Motorradtypen hätten ihn richtig vermöbelt, wenn sie in Stimmung gewesen wären. Als er vor ein paar Wochen bei uns vor dem Haus rumgegrölt hat, haben wir die Polizei gerufen. Die haben ihn eine Nacht lang eingesperrt und dann wieder laufen lassen.«

»Was wollte er denn von euch?«

Diefenthal verstummte. Nach einer Weile sagte er beiläufig. »Keine Ahnung. Rumstänkern. Hat völlig unverständliches Zeug gebrüllt.«

Clara hatte in diesem Augenblick den Verdacht, dass da mehr war, aber sie beschloss, diese Äußerung auf sich beruhen zu lassen.

»Jetzt ist sie ihn endgültig los«, seufzte Diefenthal. »Jetzt kann sie endlich was Neues anfangen.«

»Aber sie hat, wenn ich das richtig sehe, doch einen Haufen Schulden«, sagte Gregor.

»Ach was, da kommen wir drüber. Mein Sohn und ich, wir helfen ihr schon. Muss euch nicht belasten. Ihr seid ja jetzt aus der Pflicht.«

»Und das Hotel?«, fragte Clara. »Was wird daraus werden?«

Er zuckte mit den Schultern. »Was weiß ich. Ich würde ihr dringend raten zu verkaufen. Was will sie denn damit? Sie wird nicht mehr viel dafür kriegen, aber eine wirkliche Wahl hat sie eigentlich gar nicht.«

»Wohl wahr«, murmelte Gregor betroffen.

»Bald wird es Winter. Es kann nicht mehr lange dauern, bis der erste Schnee fällt. Ich spüre das in meinen Knochen.« Diefenthal wies mit der ausgestreckten Zigarre in die Luft und beschrieb Kreise. »Das wird ein harter Winter. Viel Schnee. Lange. Hart. Könnt ihr mir glauben, da habe ich noch nie danebengelegen. Das Dach am Hotel ist undicht. Das geht ganz schnell, dann ist das nur noch ein Haufen Steine.«

»Wer kauft so ein Haus?«

Diefenthal grinste ihr zu. »Selbst für den allerletzten Schrott findet sich ein Käufer. Wirste sehen.« Er paffte an seiner Zigarre und bemühte sich, den Qualm so zu blasen, dass der Wind sie nicht damit einhüllte. »Und was macht das Kino, Gregor?«, fragte er dann. »Tolle Rollen in Sicht?«

Gregor setzte eine wichtige Miene auf und antwortete mit vor Sarkasmus triefendem Unterton. »Oh ja. Alles bombig. Ich habe dieser Tage drei Hauptrollen in internationalen Produktionen angeboten bekommen und kann mich noch gar nicht so richtig entscheiden.«

»Also machst du erst mal diese Werbedinger.«

»Diese Werbedinger, genau. Ich glaube, als Nächstes geht es um dritte Zähne. Eine Haftcreme, glaube ich. Ich überlege noch, wie ich diese Rolle anlegen soll.«

Der Zigeuner lachte. »Und die Jungs? Immer noch zugange mit den Jungs?«

Gregor setzte ein gequältes Lächeln auf. Rudi Diefenthal war immer einer derjenigen gewesen, die den meisten Spaß gehabt hatten, ihn mit seiner Neigung aufzuziehen. »Ach, weißt du, heute sind die Jungs eher zugange mit mir.«

»Meine Fresse, wer hätte damals gedacht, was mal aus uns allen werden würde. Ich hätte nie gedacht, dass ich euch noch mal wiedersehen würde. Aber da kann man mal sehen, dass das Schicksal einen doch irgendwann wieder zusammenführt.« Er nickte nachdenklich und wurde leiser. »Ich bin wenigstens hier geblieben. Ich habe die ganze Zeit gewusst, dass ich hierher gehöre und an keinen anderen Fleck auf der Erde. Man muss wissen, wo man hingehört.«

Gregor stand plötzlich auf, murmelte eine unverständliche Entschuldigung und verschwand im Gestrüpp hinter der Bank. Sie hörten, wie sich seine Schritte auf dem Waldboden entfernten und dann nur noch sehr leises Geraschel und dachten sich ihren Teil.

Diefenthal grinste amüsiert. »Ihr campiert jetzt bis zur Beerdigung im leeren Hotel? Du und die beiden Jungs. So hat es mir Ellen jedenfalls erzählt.«

»Sieht so aus«, sagte Clara. Sie bemerkte seinen Blick, der über ihre im Schoß gefalteten Hände glitt und sie nach einem Ring absuchte.

»Erinnerungen auffrischen, was? Ich sollte euch mal besuchen kommen da oben. Was meinst du? Ich bringe ein Fläschchen Ahrwein mit und wir erzählen von früher.«

»Tu das«, murmelte sie. Ihr war plötzlich unbehaglich zumute. Diefenthal war früher einer ihrer hartnäckigsten Verehrer gewesen. Sie hatte ihn allerdings immer für ziemlich gewöhnlich gehalten. Trinkfest und taktlos. Schon zur damaligen Zeit hatten sie Männer beeindruckt, die im Umgang mit Frauen Feingefühl an den Tag legten.

Von links umrundete in diesem Moment der Kombi mit dem Düsseldorfer Kennzeichen die Spitze des Waldes. Im Innern saß der junge Mann, den sie vorhin beobachtet hatten, und auf der Beifahrerseite erkannten sie eine junge Frau mit langem, schwarzem Haar. Im hinteren Teil des Wagens saßen zwei kleine Mädchen. Diefenthal hob lässig die Hand zum Gruß und sie winkten zurück.

»Da ist jemand, der uns zu beobachten scheint«, sagte Clara, als der Wagen auf dem Waldweg in Richtung Ahrtal verschwunden war. »Ein Mann, der dauernd vor den Fenstern des Hotels herumlungert.«

Diefenthal blickte sie skeptisch an. »Ein Mann? Einer, der euch beobachtet? Kann ich mir nicht vorstellen.«

»So ist es aber. Ich habe ihn gesehen. Er ist irgendwo hier hinten verschwunden.« Sie beschrieb mit dem ausgestreckten Arm einen vagen Kreis um den Waldrand und die ausgedehnten Felder, die sich bis Freilingen hin erstreckten. Diefenthal guckte immer noch ungläubig. Plötzlich erhellte sich sein Gesicht und er schien eine Idee zu haben, wen Clara meinen könnte.

»Alt oder jung?«

»Schon älter. Ich konnte ihn nicht genau erkennen.«

»Rote Kappe?«

Claras Augen blitzten auf. »Richtig! Eine rote Kappe! So eine mit einem Schirm vorne dran. Kennst du ihn?«

Aus Diefenthals Brust kämpfte sich ein kollerndes Lachen empor. Er tat einen kräftigen Zug an seiner Zigarre und erklärte: »Das wird Kappe-Tünn sein. Den müsstest du doch noch kennen. Er wohnt da hinten im alten Reichartzhof.«

»Aber da sind doch diese Düsseldorfer. Wir haben sie eben gesehen. Am alten Nussbaum.«

Diefenthal nickte. »Genau. Die haben den Hof gekauft und renoviert. Sie nutzen ihn als Wochenendhaus. Das tun die alle, die Kölner, die Düsseldorfer und die aus dem Ruhrpott. Die kaufen hier alles auf, reißen die Eternitverkleidung runter und verbraten ihr ganzes Geld an diesen alten Dingern.«

»Und Kappe-Tünn ...«

»Antoine Bendermacher.«

»So heißt er?« Plötzlich kam ihr eine Erinnerung. Ganz vage, völlig undeutlich.

»Ja, so heißt er. Wir nennen ihn alle Kappe-Tünn, weil er ständig diese saublöde Schumacher-Kappe trägt. Die zieht der nie aus, nicht mal im Bett, glaube ich. Früher hat der unten an der Hauptstraße gewohnt, gleich am Ortseingang von Blankenheim. Jetzt hat er seit zwei, drei Jahren eine kleine Wohnung in diesem Hof, da, wo früher der Schweinestall war. Über die Woche hält er das Haus und den Garten in Schuss, während die Düsseldorfer in Düsseldorf sind.«

»Das ist paradiesisch, rund um diesen Hof.«

»Kappe-Tünn kann ja auch was. Mit Blumen und so.« Jetzt blickte er Clara unverwandt ins Gesicht. »Den musst du kennen. Der hat doch früher im Hotel gearbeitet. Der Gärtner. Antoine.«

»Der Luxemburger!«

Diefenthal nickte energisch. »Eben. Antoine Bendermacher, der Luxemburger. Kann sein, dass er ab und zu ums Hotel rumstreicht, weil er gucken will, was aus seinem prachtvollen Garten geworden ist, jetzt, wo sich keiner mehr drum kümmert. Vorhin gerade ist er mir entgegengekommen, als ich hier hochkam. Er ist unterwegs ins Dorf. Weiß der Himmel, was er da will. Kaum einer hat was zu tun mit ihm.«

Hinter ihnen raschelte es und Gregor tauchte wieder auf. Er sah blass aus und hatte dunkle Ränder unter den Augen.

»Alles okay?«, fragte Diefenthal, und Clara fragte besorgt: »Was ist mit dir, Gregor? Geht es dir nicht gut?«

Er winkte ab. »Schon gut, schon gut. Regt euch ab. Ich bin okay.« Er holte den Flachmann heraus und trank. Dann reichte er ihn an Diefenthal weiter, der ebenfalls einen Schluck nahm. »Es sieht nach Regen aus. Wir sollten langsam gehen«, sagte Gregor, als er die Flasche wieder wegsteckte.

Tatsächlich zog jetzt von Westen her bedrohlich schnell ein dunkelgraues Wolkenband heran, das reichlich Niederschlag versprach.

»Ich muss noch nach dem Zaun sehen«, sagte Diefenthal, warf die halb gerauchte Zigarre weg und klatschte sich auf die Schenkel, bevor er sich erhob. »Irgendwelche Idioten machen die Zäune kaputt und uns läuft das Vieh weg. Wenn ich die erwische, gibt es Saures.«

»Wer tut so was?«, fragte Gregor.

»Arschlöcher. Neidische Arschlöcher. Gibt es hier in rauen Mengen.« Er nahm Claras kleine Hand in seine kräftige Pranke und sah sie mit durchdringendem Blick an. »Wo ist Fried?«

»Im Hotel«, sagte Clara. Sie überlegte, ob sie ihn auf die Hefte ansprechen sollte, die sie gefunden hatten, aber dann verwarf sie diesen Gedanken gleich wieder. Dies war nicht der richtige Zeitpunkt. Wenn er etwas darüber wusste, würde sie es schon von ihm erfahren. Sollte Michael tatsächlich etwas mit diesen Schweinereien zu tun gehabt haben, war Rudi Diefenthal doch wahrscheinlich der letzte Mensch auf der Welt, der das vor ihnen verheimlichen würde, da war sie sich sicher.

»Ich komme euch mal besuchen«, sagte er und klopfte Gregor auf die Schulter. »Grüßt Fried von mir.«

»Werden wir tun.« Gregor nickte missmutig und spannte den Schirm auf.

Als die ersten Tropfen fielen, war Diefenthal bereits wieder in das Führerhaus geklettert und hatte den Motor gestartet.

»Der Zigeuner«, murmelte Gregor. »Er hat sich kaum verändert.«

Die ersten Tropfen fielen. Clara drückte sich an seiner Seite unter das schützende Dach des Regenschirms und ergriff seine Hand. Sie war eiskalt.

20. Im Keller

Der Eingang zum Keller lag rechts hinter der Garderobe, zwischen Privatwohnung und Kücheneingang. Als Fried nach rechts zum Lichtschalter griff, wunderte er sich darüber, wie selbstverständlich er dies tat. Häuserbauer in aller Welt planen diese Lichtschalter so, dass sie leicht zu erreichen sind, dass man sie ertastet, ohne lange nach ihnen suchen zu müssen. Die richtige Höhe, die günstigste Entfernung vom Türrahmen. Kein Trick, kein doppelter Boden, keine tiefere Bedeutung. Dies erklärte sich Fried in seiner Eigenschaft als Architekt. Aber als er den fensterlosen Schlauch hinunterstieg, an dessen unterem Ende das Licht einer Neonröhre aufflackerte, wusste er, dass es auch eine andere Erklärung gab: Er war eigentlich nie weg gewesen. Was waren vierzig oder fünfzig Jahre im großen Weltgefüge?

Sie waren oft hier unten gewesen.

Es war ein alter Keller, gemauert aus Bruchstein, feucht und schmutzig. Später einmal war eine Bodenplatte aus Beton hineingegossen worden, aber Fried konnte sich noch deutlich an die Zeiten erinnern, in denen sie nur den schieren Lehmboden unter den Füßen gehabt hatten, als sie in einer Ecke hinter der Kartoffelkiste ihr Piratenlager errichteten. Bei Kerzenschein hatten sie hier unten gesessen und sich Gruselgeschichten erzählt. Die alten Kissen, die sie auf dem Boden ausgebreitet hatten, rochen immer muffig und fühlten sich klamm an. Irgendwann hatte Gregor ein Transistorradio angeschleppt und die Zusammenkünfte wurden immer gemütlicher. Jüppchen erzählte abenteuerliche Geschichten von weiblichen Hotelgästen, die er mal in Unterwäsche gesehen hatte. In diesem Zusammenhang entwickelten sie zu jener Zeit eine wahrhaft blühende Fantasie. Eine vollbusige, junge Kölnerin namens Mariechen, die mit ihren Eltern jedes Jahr hierher in Ferien kam, hatte es ihnen besonders angetan. Sogar Gregor schwärmte damals ein bisschen mit. Im Nachhinein glaubte Fried allerdings, er habe das nur getan, um nicht zu sehr aufzufallen. Mariechen war schon über zwanzig, mithin mehr als ein halbes Jahrzehnt älter als sie, und sie fand allem Anschein nach die Ferien mit ihren Eltern, einem Schuhfabrikanten, der aussah wie Heinz Erhard, und mit seiner Frau, die den Jungs bei ihrer Ankunft immer ein paar Tafeln Schokolade mitbrachte, allem Anschein nach mächtig langweilig. Sie lag den lieben langen Tag gelangweilt in der Sonne hinter dem Haus und trank Coca Cola mit Eis, während ihre Eltern bei ausgedehnten Spaziergängen den Mischwald durchstreiften.

Fried stand inmitten des Kellers, dessen raue Betondecke er an verschiedenen Stellen an den Spitzen seiner Haare spüren konnte, so niedrig war der Raum.

Zur Linken standen alte hölzerne Gartenklappstühle an die Wand gestapelt. An der rechten Seite führte hinter einem Holzregal, in dem alte Farbtöpfe, Blumenschalen und rostige Gebinde mit Dünger, Pflanzenschutzmitteln und Ähnlichem lagen, ein Durchgang in den nächsten Raum, das wusste er noch sehr gut. Die kaputte Neonröhre warf ihm ein nervös flackerndes Licht vor die Füße.

In den Durchgang war inzwischen eine Metalltür eingesetzt worden. Fried vermutete, dass dies aus Gründen des Feuerschutzes geschehen war. Als er sie öffnete, schlug ihm dumpfige, warme Luft, durchmischt mit dem Geruch von

Heizöl entgegen. An diesen Raum schloss sich weiter hinten der Heizungskeller an.

Aber da wollte Fried nicht hin. Hier in diesem Raum war er schon am Ziel.

Wieder fand seine Hand den Lichtschalter. Ein neueres Modell. Früher hatte da ein Drehschalter aus Bakelit gesessen.

In diesem Raum hing eine alte Glaslampe an der Decke. Eine längliche, mit einem Schutzgitter aus Metall. Das Licht war gelb und warm. Es reichte kaum bis in die Ecke, in der einst ihre Kartoffelkiste gestanden hatte. Die beiden senkrechten Kanthölzer, die zwischen Boden und Betondecke eingekeilt und an denen die Seitenwände festgemacht gewesen waren, standen noch. Der Rest fehlte.

Unter den Heizölgeruch mischte sich etwas Modriges. Der Boden war feucht und glitschig.

Fried ging langsam weiter. Dort, an der langen Seite des Raumes, hatte das kleine vergitterte Fenster zum Garten gesessen. Als die Terrasse damals neu angelegt und das Gelände hinter dem Haus aufgeschüttet wurde, hatte man es zugemauert.

Fried erinnerte sich noch ganz genau an den Tag, an dem Mariechen mitbekommen hatte, dass die drei Halbwüchsigen sich in ihrem Keller um den besten Platz an eben diesem kleinen Kellerfenster balgten, das einen Blick auf die hintere Wiese gestattete. Jetzt, als er hier unten stand und den modrigen Geruch einatmete, der immer noch der gleiche war wie damals, spürte er plötzlich wieder den unglaublichen Schrecken, der sie in dem Moment übermannte, als sie plötzlich von ihrer hölzernen Liege aufstand, sich betont langsam reckte und dann mit lässigen Schritt zu ihnen herüberschlenderte, genau auf sie zu.

Die drei erstarrten in ihrem Ausguck augenblicklich zu Stein. Sie wagten nicht einmal zu atmen, so sehr fürchteten sie entdeckt zu werden. Dabei hatte Mariechen sie doch längst bemerkt.

Sie stellte sich geradewegs vor dem Kellerfenster in Positur, hatte die schlanken Beine leicht gespreizt und ließ den hübschen Kopf mit den hochgesteckten, blonden Haaren langsam hin und her gehen. Ihre Augen waren hinter einer dunkelbraunen Sonnenbrille versteckt. Als sie sich ganz sicher schien, dass niemand sie beobachtete, außer den drei Zuschauern im Keller, beugte sie sich ganz rasch vor, griff mit beiden Händen nach dem Oberteil ihres Badeanzugs und zog daran. Für einen wunderbaren Moment leuchtete das unschuldige Weiß ihrer großen Brüste auf. Es ging so schnell, dass sie kaum im Stande waren, all das zu speichern, was sich ihnen da bot. Die zarte Gänsehaut, die beiden dunklen Brustspitzen, ein wenig erregt, die schlanken Finger, die den Stoff gespreizt hielten. Dies alles war nur eine Armlänge von ihnen entfernt, jedoch unerreichbar durch das rostige Lochgitter der Kellerfensterabdeckung.

Und im nächsten Moment waren diese beiden herrlichen Objekte ihrer Träume und Sehnsüchte auch schon wieder verschwunden unter einem weinroten Badeanzug mit cremefarben abgesetzten Kräuselbündchen.

Bevor Mariechen ins Haus ging, schenkte sie ihnen noch ein frivoles Lächeln. Sie hörten sie leise lachen, als sie aus ihrem Blickfeld verschwunden war.

Dies war der letzte Sommer, in dem Mariechen ihre Eltern begleitet hatte.

Fried starrte auf die Schwärze vor sich. Nichts war zu erkennen. Behutsam machte er ein paar Schritte vorwärts, wobei er jeweils einen Fuß über den leicht unebenen Boden nach vorne schob, dass es knirschte, und dann den anderen nachzog.

Da lag etwas am Boden. Etwas Kleines, Metallenes, das er mit dem Fuß zur Seite geschoben hatte. Als er sich bückte und mit der Hand über den Boden fuhr, fand er es wieder. Während er sich aufrichtete, ließ er es zwischen den Fingern hin und her wandern und lächelte still in die Dunkelheit hinein. Ein platt geklopfter Kronkorken. Er ließ ihn in die Hosentasche gleiten.

Dann trat er weiter nach vorn.

Plötzlich stieß er mit dem Kopf an. Es tat nicht weh. Er hatte sich nur erschrocken. Das große Kunststoffrohr, das er über sich fühlte, war neu. Ein Abflussrohr, das vor nicht allzu langer Zeit hier angebracht worden sein musste. Fried tippte auf ein Fallrohr aus dem Garten, das hier entlang zur Kanalisation führte.

Seine Hand ertastete jetzt die Mauer. Er glaubte schemenhaft die Umrisse einzelner Steine zu erkennen.

Hier musste es sein.

Am oberen Rand der Wand aus gerundeten Bruchsteinen war ein Feld aus Ziegelsteinen, etwa ein halber Meter in der Breite und zwei Handbreit in der Höhe. Dort hatten sie zu dritt gestanden. Auf einer umgedrehten Waschschüssel aus Zinkblech.

Da waren die Ziegelsteine. Fried konnte sie jetzt sehen. Er fühlte ihre kalte, raue Oberfläche unter seinen Händen. Sie waren eisig kalt. Der Mörtel, der sie verband, war grob dazwischengefügt worden und herausgequollen. Es war eine schnelle Arbeit gewesen, die Heimanns Dures, der Maurer aus dem Dorf, in wenigen Minuten erledigt hatte. Jüppchen war dabei gewesen. Er hatte die Steine und den Mörtel hinuntergeschleppt.

Er war es auch gewesen, der gleich nachdem Dures diese Arbeit vollendet hatte und sich in der Küche ein Bier genehmigte, einen genialen Plan entwickelte. Und er setzte ihn sofort in die Tat um.

Mit diesem Stückchen Mauer war ein kleiner Hohlraum verschlossen worden, der nach der Aufschüttung der Terrasse entstanden war. Jüppchen löste einen der Steine, solange der Mörtel noch frisch war, und zog ihn heraus. Dann wischte er ihn sorgfältig sauber, und als er Fried und Gregor am nächsten Tag in den Keller führte, präsentierte er seinen staunenden Freunden das perfekte Versteck für ihren Schatz, indem er den Stein wieder herauszog, den er, nachdem der Mörtel abgebunden war, zuvor wieder in die Öffnung hineingeschoben hatte.

Der Stein steckte an der für ihn vorgesehenen Stelle. Der dritte von links in der oberen Reihe. Als Fried ihn herauszog, machte es ein leises, knirschendes Geräusch.

Er krempelte den linken Ärmel seines Hemds hoch. In diesem Moment empfand er keinerlei Ekel. Die Neugier trieb ihn voran. Und die Erinnerung.

Das Loch war fast zu eng für seine Männerhand. Als er sich auf die Zehenspitze stellte, gelang es ihm dennoch sie hindurch zu schieben. Seine Finger ertasteten die rohen Wände der Höhlung. Es bröckelte, wo immer er anstieß. Und er hörte leise Geräusche. Es knisterte. Auf dem Boden fühlte er runde Gegenstände. Gläserne, kalte Murmeln. Seit fünfzig Jahren begraben. Er spürte, wie sich seine Augen mit Tränen füllten.

Sie waren plötzlich alle wieder zusammen.

Gregor, Jüppchen und er. Er hörte die beiden anderen lachen. Er roch den Rauch der NIL-Zigaretten, er hörte Bill

Haley aus dem kleinen Radio, schmeckte das Königsbacher und vernahm das Plopp des Bügelverschlusses der Bitburger-Flaschen, die sie sich oben im Hotel stibitzten.

Und er zog nun etwas aus dem Versteck heraus, das sie im Angedenken an einen unvergesslichen Sommertag im August *Die Grotte der göttlichen Maria* genannt hatten.

Sie sangen *Rock around the clock.*

Er hielt eine orangefarbene Plastiktüte in der Hand. Eine Alditüte.

Fried taumelte zurück unter das Licht der Deckenlampe. Seine Linke schmerzte. Tiefrote Kratzer zogen sich längs über seinen Handrücken.

Hastig griff er in die Tüte hinein, holte ein paar beschriebene Zettel heraus, fand vergilbte Zeitungsschnipsel und bedruckte DIN-A4-Blätter. Ein Foto einer einzelnen Person, deren Gesicht im schwachen Licht ohne Brille nicht zu erkennen war. Er verstand nichts von dem, was er da in Händen hielt.

»Junge, Junge, was gibst du uns da für ein Rätsel auf?«, murmelte er und ließ die Dinge rasch wieder in der Tüte verschwinden.

Dann tastete er sich zurück zur Wand, hob den Stein vom Boden auf und wollte ihn in das Loch zurückschieben. Das Versteck musste verschlossen werden. Das hatten sie immer so gemacht. Warum sollte es heute anders sein?

Plötzlich besann er sich eines Besseren und griff noch einmal in das Loch. Es dauerte, bis er drei der Murmeln zu packen bekam und herausholen konnte. Seine Hand schmerzte jetzt sehr. Dann verschloss er das Versteck wieder und ging. Ein Blick zurück zeigte nichts als Schwärze.

Fried war aufgeregt. Seine Ahnung hatte sich bestätigt. Er hatte die ganze Zeit gewusst, dass Michael nicht gegangen war, ohne ihnen etwas zu erklären. Er wünschte sich so sehr eine letzte Chance, dem Jungen zu helfen. Selbst jetzt, wo er tot war.

Er schaltete das Licht aus und zog die Metalltür hinter sich ins Schloss.

Unter den Hall seiner schnellen Schritte mischte sich das plinkernde Geräusch der defekten Neonröhre. Er ging auf die Treppe zu und presste die Plastiktüte fest gegen seine Brust, als er die Stufen hinaufeilte.

Als er bereits die Hälfte der Treppe hinter sich gelassen hatte, wurde es plötzlich schwarz um ihn herum. Das Licht war ausgegangen. Die Lampe hatte ihren Geist aufgegeben. Vor ihm lag das hellgraue Rechteck der offenen Tür.

Sein Fuß verfehlte den nächsten Tritt.

Er geriet aus dem Gleichgewicht, das Rechteck begann zu tanzen, er spürte, wie die Tiefe ihn anzog, wie er vom Schwarz verschluckt wurde.

Dann fühlte er einen heftigen Schmerz am Rücken, einen Schlag gegen den Kopf und dann nichts mehr.

21. Besuch im Zwergenhaus

Mein Gott, ist der süß!«, sagte die Dame im gelben Kostüm. Ihr schnauzbärtiger Begleiter kräuselte die Lippen. Er wagte es offensichtlich nicht, ihr zu widersprechen, aber in seinem Gesicht konnte man lesen wie in einem Buch. Er rückte immer wieder nervös die Brille zurecht und nickte nachdenklich.

Seine Frau hockte zu seinen Füßen und himmelte einen kleinen Pekinesen aus Ton an, dessen rosa lackierte Zunge grell leuchtete. »Genau wie unser kleiner Buffy. Aber ganz genau, findest du nicht?«

»Er ist handbemalt«, erklärte Franz und verdrängte jeden Gedanken an die geknechteten Frauen und Kinder, die in den Billiglohnländern tagein, tagaus Hunderte von diesen Figuren bemalten. Ein Leben lang nichts als Rosa-Zunge-Malen ... das mochte man sich im Traum nicht vorstellen.

»Wir nehmen ihn doch mit, was, Schatz?« Sie guckte von unten zu ihrem Mann hinauf und machte Augen wie eine Kuh.

Er nickte eifrig. »Natürlich, Häschen, natürlich.« Schon hatte er das Portemonnaie aus der Gesäßtasche geholt. Die beiden waren um die dreißig und hatten einen Ruhrpottakzent. Sie hatten Kohle. Das sah man auch an dem silberfarbenen Z3, der vor dem Haupteingang parkte.

»Können Sie ihn ein bisschen hübsch einpacken? Schön bunt.«

Franz nickte beflissen, während der Mann ihm das Geld auf die flache Hand zählte. »Wollen Sie ihn verschenken?«

»Ja, an unseren Buffy«, jubilierte die Frau in Grellgelb und richtete sich auf. Sie war einen Kopf größer als ihr Mann.

»Dann hat er einen Spielkameraden. Nein, was wird er sich freuen! Glaubst du nicht auch, Schatz?«

Das Nicken ihres Begleiters war nicht überzeugender geworden. Er stammelte etwas Unverständliches.

Franz trug den Pekinesen mit beiden Händen vor sich her. Im Nebenraum hatte er sein kleines Büro. Eigentlich war es nur der Durchgang zum Klo, in dem er einen alten Schreibtisch und ein paar andere ausrangierte Möbel aufgestellt hatte. Dementsprechend roch es dort auch.

Als Franz eintrat, schrak er zusammen. Beinahe hätte er die Hundefigur fallen lassen.

Auf einem alten, ausgebauten Autositz saß Bernhard Diefenthal. Er hatte die Beine lässig übereinander geschlagen und sagte: »Hi, Fränzchen!«

Als Franz sich wieder gefasst hatte, stellte er den Hund auf den Schreibtisch und kramte in einem Regalfach in einem Wust von Kartons und Papier herum, bis er eine alte Rolle Geschenkpapier gefunden hatte.

»Mann, Bernhard, du hast vielleicht Nerven«, sagte er, während er sich daran machte, das Tier einzuwickeln. »Mich so zu erschrecken.«

Bernhard lachte. Er strich sich eine seiner hellblonden Strähnen aus dem Gesicht. »Du bist zu schreckhaft, Fränzchen, zu ängstlich. Das kommt davon, dass du immer nur bei deinen Zwergen bist. Du wirst noch mal selber so 'n Zwerg.«

Franz schnaufte verächtlich. »Wie bist du reingekommen?«

Bernhard zeigte auf die Stahltür, die hinter das Gebäude führte. »War offen. Du musst besser aufpassen.« Er grinste. »Sonst entführt dich einer deiner Zwerge.«

Franz drehte sich halb zu ihm um, während er Tesafilm von der Rolle schnitt. »Pass du besser auf, dass sie dir nicht die Kühe klauen.«

Er mochte Bernhard nicht. Das ging schon seit der Schulzeit so, in der er als Kleinster der Klasse immer drangsaliert worden war. Er hatte Kakaogeld abgeben müssen, um nicht vertrimmt zu werden. Bernhard war immer bei den Jungs dabei gewesen, die ihn ausnahmen. Sie hatten ihm nie Gewalt zugefügt. Er hatte einen Weg gefunden, sie milde zu stimmen, indem er den Clown spielte. Sie lachten über ihn, kassierten ab und ließen ihn darüber hinaus in Ruhe.

»Die Arschgeigen machen immer den Zaun kaputt. Das nervt. Ständig muss ich mit meinem Alten raus, die Zäune flicken.«

»Meine Zwerge laufen wenigstens nicht weg, wenn die Tür aufsteht.« Franz klebte zitternd das Papier zusammen. Bernhards Anwesenheit machte ihn nervös. Eine Weile raschelte es nur und Franz spürte im Rücken den Blick seines Besuchers, der fest auf ihn gerichtet war.

»Und was macht die Witwe Bolte?«, fragte Bernhard.

»So heißt sie nicht.«

»Was macht sie? Verwöhnt sie den kleinen Franzemann noch ordentlich?«

Franz antwortete nicht. Er betrachtete mit schief gelegtem Kopf das unförmige Paket vor sich und nickte zufrieden.

»Reife Frauen bringen's richtig, oder?«

Es knisterte, als Franz das Paket in die Arme nahm. Er sagte: »Ich muss das wegbringen und dann komme ich wieder. Und dann wäre ich froh, wenn du mir sagen würdest, was du willst.« Daraufhin verließ er den Raum.

Er überreichte das Paket und wurde Zeuge einer nahezu abstoßenden Knutscherei des Ehepaares. Die Frau in Gelb überschlug sich beinahe vor Dank, weil ihr Mann ihr diesen Wunsch erfüllt hatte. Sie winkten Franz beim Hinausgehen jovial zu und kurze Zeit später hörte er das Türenschlagen und den Motor des Z3.

Als er zurück in sein Büro ging, sagte er bereits beim Eintreten: »Du bist doch wohl kaum hier, weil du Langeweile hast, oder?«

Bernhard war aufgestanden und bummelte um den Schreibtisch herum. Er richtete seine schwarzen, kleinen Äugelchen auf Franz und grinste. »Ich hab euch gesehen.«

»Wen?«

»Du weißt schon.«

»Euch? Mich und ... wen denn?«

»Diese Ausländertussi.«

»Soheyla?«

»Kann sein, dass die so heißt. Die, die bei meiner Cousine im Hotel gejobbt hat. Heute Mittag, in Hillesheim.«

»Ich kann mir ihren Namen auch kaum merken. Ja, stimmt, wir waren zusammen Kaffee trinken.«

»Soso.«

Franz setzte sich hinter seinen Schreibtisch. Hier fühlte er sich sicherer. »Was meinst du mit ›soso‹? Wir haben Kaffee getrunken. Ist da was nicht in Ordnung mit?«

Bernhard machte eine beschwichtigende Handbewegung. »Keine Sorge, kleiner Franz. Alles paletti. Ihr trefft euch zum Kaffee – Was ist dabei?«

»Genau. Da ist nichts dabei.«

»Gar nichts.« Bernhard kam um den Schreibtisch herum, schob einen Stapel Papiere zur Seite und setzte sich auf die Holzplatte. »Ich habe sie nur so lange nicht gesehen. Eigentlich dachte ich schon, sie wäre wieder verschwunden. Einfach weg, weißt du, dahin zurück, von wo sie gekommen ist.«

»Ich weiß nicht, wo sie wohnt. Irgendwo bei Daun.«

Bernhards Miene wurde plötzlich sehr ernst. Er starrte vor sich auf den schmutzigen Betonboden und sagte leise: »Sie war dabei, als diese Feier stattgefunden hat. Sie hat gesehen, was passiert ist.«

Franz nickte stumm. Er erinnerte sich nur zu gut.

»Ach ja, die Feier«, sagte Bernhard bitter.

Franz nickte immer weiter. Er musste seit dem gestrigen Tag immer wieder an diesen Abend denken. An diese Nacht, die ihnen allen die Augen geöffnet hatte.

»Wir alle wissen, was Soheyla gesagt hat«, flüsterte er.

»Jetzt ist diese Drecksau tot. Ich hoffe, sie macht sich nicht allzu große Vorwürfe deswegen. Ich meine, wo doch sie es war, die alles beobachtet hat.«

»Wir haben kaum drüber gesprochen«, sagte Franz mit einem Schulterzucken. »Schien mir fast so, als habe sie genügend andere Sorgen.«

»Das schien mir auch so. Ellen hat da mal was angedeutet.«

»Muss schlimm sein, sich so verstecken zu müssen.«

Bernhard legte ihm die Hand auf die Schulter, was Franz Unbehagen bereitete. »Grüß sie von mir.«

»Mach ich.«

Aber Bernhard ließ nicht locker. Er fasste ihn am Kinn und drehte sein Gesicht zu sich. »Im Ernst, kleiner Franzemann. Bestell ihr viele Grüße. Ich bin mir fast sicher, dass sie sich an mich erinnert. Sag ihr, dass ich ihr helfen kann, wenn sie Probleme hat.«

Sein Gesicht war ernst und seine Konturen schienen an Schärfe zugenommen zu haben. Franz überlegte angestrengt, was ihn so an diesem ausländischen Mädchen interessieren mochte. Hatte er einen Narren an ihr gefressen? Er überlegte, dass er Bernhard selten mit Mädchen aus der Gegend herumziehen sah. Als Franz noch regelmäßig in den Gasthof Leuwer im Ort eingekehrt war, auf ein Bier und einen Korn, oder vielleicht auch ein paar mehr, da hatte er mal gehört, wie Bernhard großspurig hatte verlauten lassen, die Weiber aus der Eifel seien ja nun wirklich nicht die Krone der Schöpfung. Er ließ auch durchblicken, dass er oft in der Stadt unterwegs sei. In Köln, Bonn oder Koblenz, da gäbe es ganz andere Kaliber.

»Mein Gott, was ist denn mit dem kleinen Kerl hier passiert?«, fragte Bernhard und zeigte auf den zerbrochenen Zwerg vom Vortag, dessen Bruchstücke noch immer auf dem Kehrblech lagen.

»Kaputt«, brummte Franz mürrisch. »Passiert schon mal.«

Aus der Halle kam plötzlich ein gedämpftes Rufen: »Hallo. Irgendjemand hier?«

»Ich muss jetzt«, sagte Franz, und war froh sich von seinem Besucher entfernen zu können. »Kundschaft.«

Bernhard hob die Hand zum Abschiedsgruß. Als Franz durch die Tür nach nebenan verschwand, rief er: »Bis die Tage, alter Zwergenbändiger.«

22. Die Botschaft

Fried!« Es schallte durch die leere Halle und die Treppe hinauf. Gregor kam aus dem oberen Stockwerk. »Wo ist er nur?«

Sie hatten in der Privatwohnung nachgeschaut und im Erdgeschoss. Gregor war in den ersten Stock gegangen, weil er sich daran erinnert hatte, dass Fried vor ihrem Spaziergang den Wunsch geäußert hatte, noch einmal Zimmer elf in Augenschein zu nehmen.

Als Gregor die Treppe hinunterstieg und Clara betrachtete, wie sie so dastand, sich langsam um die eigene Achse drehte und ängstliche Blicke in das Halbdunkel rings umher warf, da erkannte er, dass ihr die Geschehnisse der letzten Tage arg zusetzten. Sie war verletzt und verängstigt. Es wurde Zeit, dass sie hier wegkamen.

»Genau wie früher«, knurrte Gregor. »Gleich kommt er um die Ecke und ruft ›Buh‹. Es kümmert ihn gar nicht, dass man sich um ihn sorgt. Er ist ein Kind.«

Clara legte ihm ganz unverwandt einen Finger auf die Lippen. »Leise«, flüsterte sie und lauschte mit weit aufgerissenen Augen in die Stille.

Jetzt hörte es auch Gregor.

Ein leises Stöhnen, das aus der Richtung der Küche kam, jagte ihnen einen kalten Schauer über den Rücken.

Sie fanden die halb offen stehende Kellertür, an der sie beide bereits achtlos vorbeigelaufen waren. Als Gregor nach der Klinke griff und die Tür weiter aufschob, wurde das Stöhnen lauter. Im Halbdunkel am Fuße der Treppe erkannte er schemenhaft eine Gestalt und wusste gleich, dass es sich um Fried handelte.

»Oh, mein Gott«, schrie Clara und presste sich sogleich die Faust vor den Mund. »Gib Acht! Fall du nicht auch noch!«, rief sie, als Gregor die Stufen hinuntereilte. Mit zaghaften Schritten folgte sie ihm in die Tiefe.

Fried lag auf dem Rücken. Offensichtlich war er bei Bewusstsein. Sein linkes Bein hatte er angewinkelt und aufgerichtet. Mit der Rechten rieb er sich das Gesicht. Sein Stöhnen war herzzerreißend.

Clara fiel sofort an seiner Seite auf die Knie und Gregor griff nach Frieds linker Hand, die er weit vom Körper weggespreizt hatte. Sie fühlte sich kühl an, aber nicht leblos.

»Bist du klar, Fried?«, fragte er tonlos. Die Sorge um seinen Freund verschlug ihm nahezu die Sprache. Als Antwort kam nichts als ein weiteres lang gezogenes Stöhnen.

Clara flüsterte die ganze Zeit unverständliche Silben vor sich hin und tastete nach Frieds Gesicht. Ihre Finger glitten über seine Stirn, liebkosend, tröstend, fuhren sanft über das struppige, graue Haar an seiner Schläfe, strichen es zurück in den Nacken. Sie flatterten nervös wie kleine, weiße Vögel durch die Dunkelheit.

Fried nahm seine Hand vom Gesicht und sie sahen, dass er die Augen geöffnet hatte. Er zwinkerte. Dann wandte er langsam den Kopf zu Clara. Ein Schmerz zwang ihn für einen Moment, die Augen zuzukneifen. Als er sie wieder öffnete, sah er Clara, die sich ganz nah zu seinem Gesicht hinuntergebeugt hatte und den Atem anhielt.

»Kannst du uns hören, Fried? Oh Gott, Gregor, ich glaube, er kann uns nicht hören ...«

Für ein paar Sekunden herrschte völlige Stille und Frieds Augen tasteten sich unruhig durch Claras Gesicht. Sein Mund öffnete sich und seiner Kehle entrang sich eine krächzende Stimme.

»*Bloody stairs*«, fluchte Fried, und als Gregor in diesem Moment begann, schnarrend zu kichern, wandte er sich ihm zu. »Was gibt es da zu lachen, du Pfeife? Diese Stufen sind mordsgefährlich.«

Nachdem die Anspannung aus seinem Körper gewichen war, konnte Gregor plötzlich das Lachen nicht mehr zurückhalten. Laut und rasselnd verlor es sich im Dunkel des Kellers. Auch Claras Brust entrang sich eine erlöste Mischung aus Schluchzen und Kichern. Tränen liefen ihre Wangen hinab. Fried richtete sich langsam auf und stützte sich auf den Ellenbogen ab. Die beiden anderen legten ihm helfend die Hand in den Rücken.

Gregor kicherte immer noch und fuhr sich mit dem Handrücken unter der Nase her. »Entschuldige, mein Junge, aber ich hatte gerade dieses Bild im Kopf. Der Blick von oben, weißt du. Drei Rentner mit morschen Knochen tummeln sich auf dem feuchten Betonboden. Auf Knien und Rücken im dunklen Keller. Ich habe nur noch gedacht: Jetzt sind wir aber auf der Talsohle angekommen.« Er lachte wieder laut auf, während er seine Hand unter Frieds Achsel schob und ihm half, sich aufzurappeln. »Auf der Talsohle, verstehst du? Oh Mann, auf der Talsohle!«

»Ja ja«, knurrte Fried, als er sanft schwankend wieder auf den Beinen war. »Ich versteh schon. Au!« Mit einem Ruck fuhr er sich mit der Hand an den Hinterkopf und verzog, vom Schmerz gepeinigt, das Gesicht.

»Du hast dich sicher verletzt«, rief Clara. »Du musst zum Arzt! Ins Krankenhaus.«

»Blut«, raunte Gregor, als Fried die Hand ausbreitete.

»Nicht viel. Nicht der Rede wert.«

Clara holte mit zitternden Fingern ein Papiertaschentuch aus einer Packung, die sie in der Tasche ihrer Strickjacke verwahrte.

Fried nahm es mit dankbarem Nicken entgegen und presste es auf die Wunde.

»Was wolltest du hier unten?«, fragte Gregor und versuchte, in der Finsternis hinter ihnen etwas zu erkennen. »Gibt es hier kein Licht?«

»Die Leuchtröhre ... es war plötzlich dunkel ...« Fried stammelte und verstummte plötzlich. Es war, als habe er die Erinnerung verloren an das, was sich vor seinem Sturz ereignet hatte. »Die Tüte! Die Plastiktüte!« Er begann sich suchend im Kreis zu drehen und senkte den Kopf.

»Vorsicht, Fried«, rief Clara. »Dir wird schwindlig!«

»Da!«

Er deutete auf einen Punkt zu Gregors Füßen, und als dieser begriff, was sein Freund meinte, erkannte auch er die Tüte auf dem Boden, bückte sich umständlich und hob sie auf.

Fried taumelte und Clara fasste ihn um die Hüfte. »Du musst dich setzen. Glaubst du, du schaffst es die Treppe hinauf? Wir müssen dich zu einem Arzt bringen.« Fried nickte langsam und sagte matt: »Schon okay. Ich schaffe das. Hauptsache, Gregor hat die Tüte.«

Im schwachen Licht, das vom Erdgeschoss her zu ihnen hinunterdrang, konnte Gregor nicht erkennen, was sich in der Plastiktüte befand, die er in den Händen hielt. Er bemühte sich, so gut es ging, Fried zu stützen, um ihm die Treppe hinaufzuhelfen.

Fried stützte sich während des Aufstiegs schwer auf den Handlauf und sie brauchten eine halbe Ewigkeit, bis sie schließlich oben angekommen waren.

»Ich bin schweißnass«, fluchte Gregor, als er das Handy entgegennahm, das ihm Fried auf Claras Drängen hin in die Hand gedrückt hatte. »Ich werde draußen einen Doktor herbeitelefonieren, und dann kann er mich auch gleich mitnehmen, weil ich mir jetzt eine Lungenentzündung zuziehen werde!«

Als er wenig später ins Haus zurückkehrte und mit einem bedeutungsvollen Nicken signalisierte, dass Hilfe im Anmarsch sei, fand er Clara und Fried im Speiseraum vor.

»Ich habe gleich ein Taxi gerufen. Wir fahren ins Krankenhaus.«

Fried wollte protestieren, aber Clara winkte ab.

»Was ist in dieser Tüte?«, wollte Gregor jetzt wissen.

»Die Tüte. Hm, wir werden sehen.« Fried griff hinein und holte die Papiere hervor, die er bereits im Keller kurz betrachtet hatte, ohne zu erkennen, um was es sich im Einzelnen handelte.

Er zog Briefumschläge ans Tageslicht. »Adressiert an Michael Honscha, samt kompletter Anschrift des Hotels. Soso.«

Es waren fünf Stück. Im DIN-A4-Format, bräunlich, ohne Absender, an einer Seite jeweils unsauber aufgerissen. Der Poststempel wies bei allen auf einen Münchner Versender hin. Das Absenderdatum bei zweien war unleserlich, die anderen drei waren in den vergangenen fünf Monaten aufgegeben worden. Das letzte Datum lag nur drei Wochen zurück. Sie waren allesamt mit einem identischen Zettel gefüllt. Computerschrift, keine Signatur, kein Datum:

Geld heute Morgen mit der Post angekommen. Danke für Ihre Bestellung. Wir haben noch reichlich Auswahl an anderen Magazinen.

Wer immer die Umschläge samt ihrem spärlichen Inhalt in die Tüte gesteckt hatte, hatte sie vorher einmal in der Mitte geknickt.

Fried runzelte die Stirn und sah die anderen an. Auch in ihren Gesichtern las er Ratlosigkeit.

Das Nächste, was er zu Tage förderte, war eine Fotografie. Sie zeigte Michael an einem Strand. Es war kein sommerliches Urlaubsfoto. Er war in eine unförmige Daunenjacke gehüllt und trug eine schwarze Pudelmütze. Der Wind blies die Strähnen seines Haares, die darunter herausguckten, zur Seite. Er winkte mit einer behandschuhten Rechten.

Im Hintergrund sah man einen Leuchtturm, der sich undeutlich gegen den grauen Himmel abzeichnete.

Auf der Rückseite des Fotos stand *Langeoog 23.9.2001*.

»Hatte Ellen nicht gesagt, sie seien nie in Urlaub gefahren?«, fragte Clara und betrachtete das Foto eingehend. Ein rundes, freundliches Gesicht mit einem offenen Lachen. So hatte sie ihn all die Jahre immer vor ihrem geistigen Auge gesehen.

»Ein Schuldschein«, sagte Fried und wedelte mit einem Blatt Papier. »Dreitausend Euro von einem Herrn Franz-Georg Lessenich aus Ahrhoven.«

Das Schriftstück war formlos und handschriftlich aufgesetzt. Immerhin hatte Michael den Stempel des Hotels darunter gesetzt, was dem Dokument wenigstens vom äußeren Anschein her eine gewisse Legitimation verlieh.

»Ist so was wirklich gültig?«, fragte Gregor, aber Fried bemerkte seine Frage gar nicht. Sein Blick hatte sich verdüstert und er rieb sich nachdenklich das Kinn.

»Seht euch das an«, sagte er matt und reichte ihnen einen Ausschnitt einer Zeitung über den Tisch.

Der Artikel war schon reichlich vergilbt. Es ging offensichtlich um eine Lehrlingsverabschiedung in Euskirchen. Clara hatte gerade begonnen, den Text unter dem nur noch mühsam erkennbaren Foto zu lesen, als Gregor sagte: »Da fehlt ja die Hälfte.«

»Andere Seite«, sagte Fried. Sie wendeten das Stück Papier und fanden eine komplette, kleine Notiz auf der Rückseite.

Kleiner Junge aus Keldenich sexuell belästigt.

Sie erschauderten, als sie die schrecklichen Details der Tat lasen. Ein Unbekannter hatte das Kind, das sich beim Spielen auf dem alten Gelände der Metallhütte von seinen Kameraden entfernt hatte, gepackt und in ein Gebüsch gezerrt. Dann hatte der maskierte Mann den Jungen mit einem Klebeband am Schreien gehindert und sich an ihm vergangen. Details der Tat hatte das Blatt seinen Lesern offensichtlich nicht zumuten wollen. Den völlig verstörten Jungen hatte der Mann nach der Tat einfach im Gebüsch liegen lassen und konnte dann unerkannt entkommen. Die anderen Kinder, die in der Nähe spielten, glaubten, ein Motorrad wegfahren gehört zu haben, und man vermutete, dass es sich bei der Maskierung des Täters um eine Sturmhaube gehandelt haben könnte.

»Das Nächste ist fotokopiert worden«, sagte Fried und reichte ihnen ein Blatt mit einem weiteren Artikel.

Auch hierbei handelte es sich um ein Sexualdelikt, diesmal im beschaulichen Weinörtchen Rech, etliche Kilometer weiter die Ahr hinunter.

Das Schema war dasselbe: Der Sohn einer holländischen Urlauberfamilie, der sich beim Spielen in der Nähe des Campingplatzes von seinen Freunden entfernt hatte, war bei dem alten Eisenbahntunnel, durch den jetzt ein Radweg führte, von einem vermummten Mann vom Weg gezerrt und sexuell belästigt worden. Die Zeitung, die diese Nachricht abgedruckt hatte, tröstete sich und die Leser mit dem scheinheiligen Hinweis darauf, dass dem Jungen *kein körperlicher*

Schaden in Form irgendwelcher Verletzungen zugefügt worden sei. *Der Täter hatte den Jungen zwar zu sexuellen Handlungen gezwungen, ihn aber nicht penetriert,* hieß es und Clara griff sich an den Hals vor Empörung.

»Hast du da drin etwa noch mehr von diesen fürchterlichen Sachen?«, fragte sie atemlos und Fried antwortete, während er die weiteren Schnipsel und Zettel betrachtete. »Ja, leider. Kaum zu glauben, aber hier sind tatsächlich noch drei andere. Ein Junge in Euenheim bei Euskirchen, einer in Jünkerath und einer in Lommersdorf.«

»Lommersdorf!« Gregor blickte auf. »Gar nicht weit weg.«

Fried wedelte mit einem Schnipsel. »Und das hier ist noch viel näher. Aber irgendwie ganz was anderes.«

Der Zeitungsartikel, den Fried meinte, berichtete von einem tragischen Verkehrsunglück in Ahrhoven. Ein siebenjähriger Junge, dessen Name nur mit Kevin L. angegeben wurde, war ohne auf den Verkehr zu achten, mitten im Feierabendverkehr des 12. November am Ortsausgang auf die Hauptverkehrsstraße gelaufen und von einem Auto erfasst worden. Das Kind war auf der Stelle tot und die vierunddreißigjährige Autofahrerin aus Krekel, die sich auf der Heimfahrt befand, erlitt einen Schock.

»Voriges Jahr«, sagte Gregor, nachdem er auf der anderen Seite des Ausschnitts die Bruchstücke eines Berichts über das bevorstehende Weihnachtsgeschäft 2003 entdeckt hatte.

Gregor schob den letzten Artikel zur Seite und drapierte die anderen nebeneinander auf dem Tisch. »Ein und derselbe Täter. Sieht jedenfalls ganz danach aus, oder?«

»Oh ja, das tut es«, sagte Fried düster. »Das ist schrecklich. So schrecklich.«

Clara betrachtete die Zeitungsartikel und schüttelte den Kopf. »Ich würde hier gerne irgendwo lesen, dass sie den

Täter gefasst haben, dass er eingesperrt wurde und dass er nichts mehr tun kann ...«

»Er kann jetzt nichts mehr tun«, warf Gregor ein.

Sie blickte ihn verzweifelt an. »Du meinst ...«

Gregor nickte bitter, ohne den Blick von den Fundstücken auf dem Tisch abzuwenden, und auch Fried traute sich mittlerweile nicht mehr zu widersprechen.

»Ich glaube, ich verstehe jetzt, was Michael der Nachwelt mitteilen wollte, als er in seinen letzten Zeilen darum bat, man möge Thommy nichts Schlechtes von ihm erzählen.«

Von draußen hörten sie ein Hupen.

»Das Taxi!«, sagte Clara. Als sich Fried erhob, rieb er sich über den Hinterkopf.

»Geht's?«

Er nickte. »Schon in Ordnung. So ein Schlag auf die Birne ist nichts im Vergleich zu dem hier.« Mit gemächlichen Bewegungen schob er die Papiere wieder in die Plastiktüte hinein. »Ich hatte gehofft, etwas zu finden, was uns das Gegenteil beweist. Leider ist es anders gekommen.«

Clara holte seinen Mantel aus der Halle und half ihm hinein. »Wir müssen uns damit abfinden, dass wir den Jungen nicht gekannt haben.«

23. Bittere Erkenntnis

Er war geröntgt worden, und weil man bei älteren Menschen gerne auf Nummer sicher ging, hatte man auch noch eine Computertomographie vorgenommen. Doch außer einer kleinen Schwellung am Hinterkopf hatte man nichts gefunden. Seine Bewusstlosigkeit hatte den behandelnden Arzt zunächst in Sorge versetzt, aber am Ende hatte man ihn ziehen lassen.

»Ich hätte aber auch sonst einen Aufstand gemacht!«, versicherte Fried im Brustton der Überzeugung, als sie wenig später aus dem Gebäude traten.

»Beeindruckendes Pflaster«, sagte Gregor spöttisch. »Du solltest so was öfter tragen.«

Sie passierten den Parkplatz des Krankenhauses. Keine hundert Meter entfernt von ihnen fuhr ein Zug durch Mechernich.

»Der fährt nach Köln«, sagte Gregor beinahe wehmütig. »Eins von diesen Plastikdingern. Jetzt sehne ich mich fast danach.«

Die beiden anderen schwiegen. Nach den Dingen, die sich ereignet hatten, und die Michas Freitod plötzlich in ein völlig anderes Licht gerückt hatten, dachten sie jetzt nicht viel anders als er.

Fried hielt immer noch die Plastiktüte in der Hand, das unheilvolle Fundstück, das sie ihrer letzten tröstlichen Zweifel beraubt hatte. Auf der Fahrt hierher hatte Fried sich pausenlos mit ihrem Inhalt beschäftigt, trotz seiner Schmerzen.

Clara hauchte in ihre kalten Hände. »Ich mache jetzt einen Vorschlag: Wir werden den Zug zurück nehmen, packen in aller Ruhe unsere Koffer, suchen uns eine ordentliche

Unterkunft und warten die paar Tage ab, die es noch dauern kann, bis zur Beerdigung. Das ist das Mindeste, was wir tun können.«

Keiner äußerte Kritik an ihrem Vorhaben. Sie gingen schweigsam nebeneinander her, in Richtung des Bahnhofs, und jeder hing seinen eigenen Gedanken nach.

»Die Überweisungen«, sagte Fried plötzlich. »Wir sollten die Überweisungen auf das Konto des Jungen weiterlaufen lassen.«

»Welches Jungen?«, fragte Gregor verständnislos.

»Thommy. Das Konto von Michaels Jungen.«

»Warum?«

»Es würde uns helfen. Mir jedenfalls. Ich fühle mich schuldig an dem, was passiert ist. Du nicht?«

Gregor zuckte mit den Schultern. Sie überquerten die Straße und erreichten den Bahnhof. Eine Lautsprecherstimme kündigte eine fünfminütige Verspätung des Zuges an, der sie nach Blankenheim bringen sollte.

»Warum fühlst du dich schuldig? Was kannst du dafür, dass Micha sich an kleinen Jungs vergriffen hat, kannst du mir das mal sagen?«, platzte es plötzlich aus Gregor heraus. Die anderen hatten gemerkt, dass es während der letzten Minuten in seinem Inneren gearbeitet hatte.

»Du musst nicht«, sagte Fried gleichgültig und holte sein Portemonnaie hervor. Sie betraten das Gebäude, in dem etwa eine Handvoll Menschen auf den verspäteten Zug wartete.

Drei Kinder einer afrikanischen Familie spielten Fangen. Sie waren in dicke Wollpullover und Schals gehüllt, und Clara dachte daran, wie unbeschwert sie sich wohl in ihrer Heimat bewegen mochten, wo es warm und trocken war. Sie sagte: »Ich verstehe, was Fried meint. Mich würde es auch beruhigen. Du musst wirklich nicht, wenn du nicht willst.«

Gregor schwieg. Clara beobachtete in diesem Moment zum ersten Mal, wie er seine Hand auf den Magen presste und wie sich die Finger verkrampft in seinen Pulli gruben. Er hatte das Gesicht abgewandt.

Da sie der Hunger quälte, weil sie seit dem Frühstück am Morgen nichts mehr gegessen hatten, zogen sie an einem Automaten in der Schalterhalle ein paar Schokoriegel.

»Ich bezahle«, sagte Fried und warf Münzen ein.

»Wieso immer du?«, wandte Clara ein, aber Fried ging nicht darauf ein.

Während sie auf den Zug warteten, schwiegen sie. Gregor trank wieder aus dem Flachmann. Diesmal bot er ihnen keinen Schluck an, wie er es sonst zu tun pflegte.

Die anschließende Zugfahrt verlief unangenehm still. Die fröhlichen Schreie der farbigen Kinder drangen ab und zu aus dem angrenzenden Abteil zu ihnen herüber. Niemand sonst saß in ihrer Nähe.

Sie starrten aus dem Fenster und betrachteten die Landschaft.

Diefenthal hatte gesagt, dass es schon bald Schnee geben würde. Clara wünschte sich so sehr, dies noch sehen zu dürfen. Sie liebte dieses Land, wenn der Winter es geschmückt hatte. Der Schnee deckte alles zu.

Aber jetzt war es anders. Es waren Dinge geschehen, die auch der Schnee nicht zu verhüllen vermochte.

In Blankenheimerdorf stiegen sie aus, wie schon bei der Ankunft am Vortag. Es schien ihnen, als seien seither Wochen und Monate vergangen.

Diesmal warteten zwei Taxis vor dem Bahnhof und Gregor machte eilige Schritte auf das am nächsten stehende Gefährt zu.

Es war der dicke Fahrer vom Vortag. Als er die Scheibe herunterkurbelte, drang eine miefige Duftwolke aus dem

Inneren des Fahrzeugs. »Tach, wennsen Taxi wollen, müssense dat da vorne nehmen. Immer der Reihe nach, verstehense«, sagte er, ohne die Zigarette aus dem Mund zu nehmen. Langsam ersterbende Countrymusik erklang, während er die Scheibe wieder hoch kurbelte.

Im vorderen Taxi saß eine Frau mittleren Alters, die ein Buch weglegte, als sie an den Wagen traten.

»Können Sie uns bitte nach Ahrhoven bringen?«, fragte Fried durch die geöffnete Beifahrertür. Und als sie bereits ihre Tür öffnete, um auszusteigen und ihnen zur Hilfe zu eilen, schickte er hinterher: »Wir haben kein Gepäck.«

Sie stiegen ein und die Frau drehte die Musik leiser. Es war ruhige Entspannungsmusik fernöstlicher Prägung.

Das Buch, das sie im Handschuhfach verwahrte, handelte von Heilsteinen – soviel konnte Fried erkennen. Er wandte sich mit einem versteckten Lächeln zu Gregor um und glaubte, in diesem Augenblick zu wissen, was er dachte. Noch ein paar dieser Fahrten würden das Panoptikum bald komplettieren. Der Taxifahrer, der sie vor ein paar Stunden nach Mechernich gefahren hatte, war ein junger Mann mit schlechten Zähnen und unglaublicher Akne gewesen, der unentwegt nervös mit den Augen zwinkerte und dessen Scheibenwischer während der gesamten zwanzigminütigen Fahrt quietschend über eine fast trockene Scheibe schrubbten. Soviel hatte er trotz seiner starken Kopfschmerzen noch wahrgenommen. An Gregors spöttischen Kommentar nach ihrer Ankunft beim Krankenhaus konnte er sich jedoch nicht mehr erinnern.

Er betrachtete Gregor im kleinen Spiegel seiner heruntergeklappten Sonnenblende. Er saß stumm neben Clara und hatte den Kopf auf die Brust gesenkt. Fried tat sein alter Freund mit einem Mal aufrichtig Leid. Sie hatten keine

Ahnung, wie sein Leben verlaufen war. Womöglich hatte er Tiefschläge und Enttäuschungen erlebt, von denen sie nichts ahnten. In ihrer Jugend war Gregor ein Seelchen gewesen. Zart und ängstlich, ausgestattet mit einem geradezu nervtötenden Hang zur Rücksichtnahme. Diese Attitüde schien er weitgehend abgelegt zu haben. Unter seinem dichten Schnurrbart hing bleistiftstrichdünn ein verkniffener Mund, die Augen starrten unbeweglich auf einen Fleck im Fußraum. Fried verspürte in diesem Moment eine warme Welle tiefer Sympathie für seinen Freund und er trauerte um all die Jahre, die sie getrennt voneinander verbracht hatten.

Die Fahrerin, der die spannungsgeladene Stimmung, in der ihre Fahrgäste offensichtlich gefangen zu sein schienen, nicht entgangen war, warf ebenfalls immer wieder unsichere Blicke in den Rückspiegel und sprach kein Wort. Ein esoterisch anmutendes, kleines Schmuckstück aus Federn und Metallringen, das am Rückspiegel baumelte, gab fortwährend leise klimpernde Geräusche von sich. Außer dem Motorengeräusch war dies das einzige, was zu hören war, bis sie das Ahrtal erreichten.

»Wohin denn genau?«, fragte die Frau mit dünner Stimme.

Zur Überraschung seiner Freunde fragte Fried: »Können Sie uns sagen, wo wir im Ort eine Firma für Dekorationsartikel finden?«

»Dekorationsartikel?« Die Frau warf ihm einen ratlosen Seitenblick zu.

Fried kramte eines der Papiere aus der Plastiktüte hervor und fuhr mit dem Finger suchend über die Zeilen. »Franz-Josef Lessenich, Dekorationsartikel, Ahrweiler Straße 42.«

Das Gesicht der Frau hellte sich auf. »Ahrweiler Straße ist die Durchfahrtsstraße. 42 ... Das könnte dieser Laden sein, in dem man die Zwerge kaufen kann.«

»Zwerge?«, fragte Clara ungläubig.

Aber auch Fried wusste jetzt Bescheid: »Zwerge! Genau. Diese Verkaufshalle gegenüber von der Bikerklause. Können Sie uns dahin bringen?«

»Was willst du denn da?«, fragte Clara verblüfft. »Ich dachte, wir wollten ...«

»Ich will nur nachhören, ob diese Schuld beglichen ist.« Fried hielt das Blatt Papier hoch. »Wenn nicht, möchte ich das übernehmen.«

Gregor ließ nur ein leises Schnaufen vernehmen, das seine Geringschätzung ahnen ließ.

Sie passierten den alten Eisenbahnviadukt und die Einfahrt zum Hotel Ahrfels und erreichten Ahrhoven.

Vor der Verkaufshalle auf der linken Seite der Durchfahrtsstraße war eine Schar rotbemützter Zwerge, mehrere Hunde und Enten und ein paar bunt lackierte Hexen in verschiedenen Größen aufgestellt worden.

Die Fahrerin lenkte nach rechts an den Straßenrand. »Soll ich wenden oder wollen Sie rübergehen?«, fragte sie.

Fried machte eine beschwichtigende Bewegung mit der Hand. »Warten Sie bitte hier. Ich gehe rasch rüber.«

Er stieg aus und wollte gerade die Tür wieder zuwerfen, als er etwas hörte, was ihn zusammenfahren ließ: »Meine Tochter hat sich übrigens sehr über das Autogramm gefreut, das Sie mir gegeben haben. Biggi, Sie erinnern sich? Sie kennt Sie aus der Jogurtwerbung und aus diesem Kinderfilm, in dem Sie den alten Kapitän gespielt haben. Ich hätte nicht gedacht, dass ich Sie so schnell noch mal fahre.«

Niemand von ihnen sagte etwas. Fried wechselte einen fragenden Blick mit Clara.

»Schön ... na fein ... hm«, kam Gregors Stimme tonlos von der Rückbank.

»Das letzte Mal hatten wir aber besseres Wetter. Kommen Sie jetzt öfter in die Eifel?«

Anstelle einer Antwort stieß Gregor die Autotür auf und stieg hastig aus. Ein vorbeifahrendes Auto wich im letzten Moment aus und hupte.

»Fahren Sie!«, herrschte Gregor die verwirrte Taxifahrerin an. Er riss sein Portemonnaie aus der Gesäßtasche, griff einen Zwanzig-Euro-Schein heraus und warf ihn in den vorderen Teil des Taxis. »Fahren Sie, fahren Sie!« Er lief rot an und schnappte nach Luft.

Clara stieg aus und warf einen Hilfe suchenden Blick zu Fried, der mit offenem Mund beobachtete, was sich abspielte.

Das Taxi fuhr ab und Gregor stand halb auf der Straße und starrte Fried und Clara an, die neben der Einfahrt zur Bikerklause standen. Er breitete die Arme aus und schrie: »Was guckt ihr so? Ich war hier! Na und?« Er vermied es, näher zu ihnen zu treten.

»Ich habe mich wohl verhört!«, sagte Fried ungewöhnlich scharf. »Du warst hier?«

»Ja! Was ist dabei?«

»Warst du etwa auch bei Michael?«, schrie Fried jetzt.

»Ja, wir haben uns getroffen!

Fried ging mit schnellen Schritten auf ihn zu. Man konnte deutlich sehen, dass er seine Wut kaum im Zaum halten konnte. »Das hättest du uns sagen können!«

»Was hätte das geändert? Kannst du mir das verraten?«

Fried warf wütend die Plastiktüte auf die Erde, packte Gregor mit beiden Händen am Revers seines Mantels und schüttelte ihn. »Du verlogenes Stück Scheiße!«, schrie er. »Spielst uns hier die ganze Zeit was vor. Eine deiner scheiß Fernsehklamotten, was? Belügst uns nach Strich und Faden.«

Er schüttelte ihn unentwegt. Gregor hatte die Augen geschlossen, seine Arme schlenkerten mit jedem Ruck von Frieds Fäusten kraftlos an seiner Seite. Clara drängte sich zwischen sie. »Hört auf!«, schrie sie. »Fried, um Himmels Willen, lass ihn los!«

Als ein Lastwagen mit lauter Hupe auf sie zugedonnert kam, ließ Fried von ihm ab und sie stolperten auf den Gehweg.

Gregor lehnte sich schwer atmend an eine Hauswand und presste die Hand in den Magen.

»Es war wegen des Geldes«, keuchte er. »Dieses Scheißgeld. Ich hab's einfach nicht mehr. Ich kann nicht mehr, versteht ihr. Ist das denn so schwer zu begreifen?« Er griff in die Innentasche seines Mantels und zog den Flachmann heraus. Gerade als er ihn an die Lippen setzte, holte Fried mit einem Aufschrei aus und schlug ihn ihm aus der Hand. Die flache, silbern glänzende Flasche flog mit einem scheppernden Geräusch auf die Straße und blieb dort auf dem Asphalt liegen.

Langsam hob Gregor den Kopf. Er warf ihnen einen verängstigten Blick zu und sie sahen, dass sich Tränen über seine faltigen Wangen den Weg nach unten bahnten.

»Der Arzt gibt mir noch ein paar Monate«, sagte er leise.

24. Geständnisse

In der Bikerklause bekamen sie endlich einen Happen zu essen. Lustlos kauten sie steinhart gebackene Tiefkühlbaguettes und tranken dazu Kaffee. Sie sprachen kaum ein Wort.

Später sammelte Uli an ihrem Tisch die Teller ein. Ellen arbeite an diesem Tag nicht, so erklärte er. Vermutlich würde sie jetzt den Rest der Woche überhaupt nicht zur Arbeit kommen.

Clara fragte unverblümt: »Passen Sie auf sie auf?« Und als er nickte, hakte sie nach: »Sie sind ein Paar, stimmt's?«

»Irgendwie schon, ja.«

»Es ist gut, dass sie jemanden hat.« Clara schenkte ihm ein Lächeln.

Uli wendete verlegen das Tablett in den Händen. Er war wie ein großer Bär.

»Thommy mag mich auch ganz gerne.«

»Haben Sie eigene Kinder? Von früher?«

»Nein. Bis jetzt bin ich drum herumgekommen. Da muss man sich erst dran gewöhnen, so 'n Kurzer im Haus.«

»Das machen Sie schon.« Clara bedachte ihn mit einem mütterlichen Lächeln, wie es nur eine Frau mit der wechselhaften Erfahrung eines langen Familienlebens glaubhaft zu Stande bringt.

Als Uli sie mit ihren Getränken allein ließ und sich hinter dem Tresen zu schaffen machte, wandten sich Fried und Clara Gregor zu, der wie ein Delinquent auf der anderen Seite des kleinen Tisches saß und den Blick starr geradeaus gerichtet hatte. Ihr Freund war regelrecht in sich zusammengefallen. In seine Wangen hatten sich innerhalb der letzten

Minuten tiefe Furchen gezogen und jede Farbe war aus seinem Gesicht gewichen.

Er rang mit den Worten, die er ihnen als Erklärung für seinen Verrat anbieten konnte. »Zuerst sah alles ganz gut aus«, begann er gedämpft, fast flüsternd. »Der Doktor hat mir zuerst große Hoffnungen gemacht. Alles halb so schlimm ... Gott sei Dank noch rechtzeitig ... all so was. Ich weiß gar nicht, ob das Taktik ist von diesen Ärzten, oder ob er wirklich geglaubt hat, es wäre noch was zu retten. Man wird so argwöhnisch mit der Zeit. Ihr könnt euch das vielleicht vorstellen. Sie haben mir dann ein bisschen am Darm rumgeschnippelt und ihn wieder zusammengeflickt, und das war es dann erst mal. Der Krebs saß Gott sei Dank nicht am Ende, sondern weiter oben. Daher brauchte ich keinen künstlichen Ausgang. Mann, was war ich froh. Ich hab danach noch zwei kleine Rollen gespielt. Mit so 'nem Beutel voll Kacke hätte ich die Dreherei gleich abschreiben können.«

Er beugte sich vor und schlürfte an seinem Kaffee. Dann seufzte er schwer. »Aber dann kam es wieder. Und zwar volles Programm. Leber befallen, Lunge auch schon. Der Arzt sagte mir, es ist jetzt nicht mehr aufzuhalten.«

Sein dünnes Lächeln war unter seinem Schnurrbart zu erahnen. »Die Zeit läuft ab, Leute. Letzter Dreh.«

»Du warst wegen des Geldes bei Michael?«, fragte Fried. Er sprach ruhig und bedacht. Seine Wut darüber, hintergangen worden zu sein, hatte sich längst wieder gelegt. Er spürte, wie an seine Stelle die Verzweiflung trat, die Gregors Erzählung auslöste.

»Ja, ich war hier. Das heißt, hier in der Eifel. Ich habe ihn angerufen und wir haben uns in einem Café in Blankenheim getroffen. Und da habe ich ihm erklärt, dass ich selbst reichlich knapp bei Kasse sei und dass ich ihn nicht länger unterstützen könne.«

»Warum dort und nicht im Hotel?«

Gregor lachte. »Na hört mal. Ihr habt doch gesehen, wie es da aussieht. Michael hat mir vorgelogen, er habe die Handwerker im Haus. Bei der Lautstärke, die die mit dem Presslufthammer erreichen, könne man kein vernünftiges Gespräch führen, so hat er gesagt.«

»Vielleicht stimmte das ja sogar«, warf Clara ein, aber die beiden Männer schüttelten gleichermaßen ungläubig den Kopf.

»Sicher nicht«, sagte Fried trübe. »Worüber habt ihr gesprochen?«

Gregors Hände wirbelten unschlüssig durch die Luft. »Belangloses. Was man so erzählt, wenn man sich nach all den Jahren wiedersieht und merkt, dass man sich überhaupt nicht kennt. Lauter Dinge, die sich im Nachhinein als Lüge herausgestellt haben. Ich habe ihm vorgelogen, dass ich mich bei bester Gesundheit befinde, dass ich eine Menge guter Drehs in Aussicht habe, und er hat mir im Gegenzug erzählt, dass Ellen und Thommy sein Ein und Alles sind, dass das Hotel blüht und gedeiht ... die ganze Palette platter, sinnloser Lügen.«

»Sonst nichts?«

»Was hätte er denn erzählen sollen? ›Ach, ich bin übrigens inzwischen ein ganz tüchtiger Kinderschänder geworden!‹ So was in etwa?«

»Wie hat er es aufgenommen, dass du dich mit den Finanzen in Zukunft zurückzuhalten gedachtest?«

»Der Junge hat uns alle nach Strich und Faden belogen, das müssen wir endlich kapieren. Er konnte das tatsächlich ohne rot zu werden. Auch von dem Mallorca-Urlaub hat er mir erzählt. Ihr wisst ja, was Ellen uns zu diesem Thema gesagt hat.« Gregor hatte sich richtig in Rage geredet. »Wir sitzen in diesem Café und essen Kuchen, den ich übrigens bezahlt habe, und der guckt mich freundlich an und sagt: ›Mach dir mal keine Sorgen Gregor, das klappt schon bei uns. Jetzt, wo das Hotel so prima läuft, muss das mit eurem Geld eigentlich sowieso nicht mehr sein. Vielen Dank ... all die Jahre ... große Hilfe ...‹ Blabla Mannomann, und zu Hause frisst er den Kitt von den Fenstern.«

»Aber das Geld ... wieso bist denn du so knapp? Was ist denn passiert?«, fragte Clara.

»Kein Job, kostspielige Wohnung, gutes Essen, nicht ganz billige Hobbys. Ganz einfach. Eine Rechnung, die nicht aufgeht.« Er senkte verlegen den Kopf. »Und der Wunsch, mir den Rest, die paar Takte Leben, die mir noch bleiben, so angenehm wie möglich zu machen.«

»Teure Jungs?«, fragte Fried betont teilnahmsvoll.

Gregor nickte beschämt. »Bin ja allein.«

»Hast du dir denn nichts zurückgelegt?«

»Kann man gar nicht als Kleindarsteller. Was meinst du, wie viele von uns stempeln gehen. In dem Beruf werden nur ganz wenige wirklich reich.«

»In den Illustrierten sieht das aber immer anders aus«, murmelte Clara.

»Kannst du denn jetzt wenigstens ein bisschen Verständnis dafür aufbringen, dass mich das wahnsinnig macht, dass du hier pausenlos den Krösus raushängen lässt, Fried?«

Fried nickte.

»Du tust so, als hättest du in Australien die Wände mit dem Zeug tapeziert.«

Clara winkte ab. »Nun übertreib aber nicht, Gregor.«

»Ich habe eine gut gehende Firma. Ein renommiertes Architekturbüro. Das habe ich gegründet und nach vorne gebracht. Es war eine schöne Zeit, von Anfang an. Ich kam da unten an und hatte nichts als meine Muskeln und meinen Kopf. Als Maurer habe ich gearbeitet und als Fahrer für eine Baufirma, richtige Knochenarbeit. Und jetzt gucke ich zurück und bin stolz. Mann, das klingt wie die Abschiedsrede vor dem Ruhestand, aber das ist genau das, was ich empfinde. Ich habe Geld gemacht, und warum soll ich das nicht ausgeben? Wisst ihr, heute kommen die Leute aus Deutschland und gründen da unten mal so im Handumdrehen eine Nussfarm.«

»Nussfarm?«

»Macadamianüsse. Der Renner. Oder sie verdienen ein Schweinegeld mit der Touristik. Geführte Touren ins Outback. Action und Abenteuer für Europäer. Roter Sand, Didgeridoos, Surfbretter. Damit kann man heute ganz schnell Geld verdienen.« Fried runzelte die Stirn, richtete den Blick nachdenklich durch die schmutzige Fensterscheibe hinaus auf die Straße und schlug mit der Hand auf die Tischplatte. »Ich will euch was sagen: Sobald ich zurückreise, werde ich das Büro abgeben.«

»Aber warum?«, fragte Clara verblüfft.

»Weil man schon darauf wartet. Und zwar ungeduldig. Ich möchte es nicht so lange hinauszögern, bis man mich irgendwann totschlägt, um auf meinen Stuhl zu kommen. Tot sind wir noch lange genug. Ich will noch was vom Leben hab...« Er hielt inne und starrte Gregor an. »Sorry.«

Aber Gregor schmunzelte nur. »Schon gut. Ich werde in Köln noch mal so richtig auf die Sahne hauen. So lange, bis ich nicht mehr kann vor Schmerzen.«

»Aber musst du dich nicht schonen?«, fragte Clara sorgenvoll.

»Oh nein. Ich soll es mir im Gegenteil richtig nett machen. Ich soll tüchtig essen, soll rauchen ... aber wieso sollte ich jetzt noch das Rauchen anfangen?« Er richtete den Blick auf Fried. »Und ordentlich einen heben soll ich auch ruhig gelegentlich. Aber dann kommt plötzlich irgendein Idiot und haut mir den wertvollen Flachmann zu Klump.«

»Entschuldigung«, murmelte Fried.

»Schon gut.«

»Zwei Monate? Ich kann das nicht glauben.« Clara rieb sich die Schläfen.

»Vielleicht auch drei. Mein Doktor wollte mir keine unnötigen Hoffnungen machen. Jetzt bekomme ich langsam Angst. Ein Freund von mir ist vor ein paar Jahren an Darmkrebs krepiert. Ich habe ihn oft besucht in den letzten Wochen. Das war fürchterlich.«

Sie schwiegen. Im Hintergrund war nur leises Geklapper und das Plätschern von Ulis Arbeit an der Theke zu hören.

»Vorhin im Krankenhaus hat man mir gesagt, es könne vielleicht nächste Woche eine Hirnblutung eintreten. Das wäre extrem gefährlich«, sagte Fried nachdenklich.

Gregor lachte laut auf. »Vergiss es. Du wirst hundert, du alter Idiot.« Er berührte Fried an der Hand, die dieser noch immer auf dem Tisch liegen hatte. Clara legte ihre darüber. Sie richteten ihre Blicke fest auf das Stillleben, bestehend aus drei faltigen Händen und einer metallenen Tischplatte.

»Wir alten Narren«, sagte Clara.

»Ich möchte hier jetzt raus.« Fried richtete sich auf und tastete nach seinem Pflaster.

»Auf der anderen Straßenseite Lottofee spielen, was?«, vermutete Gregor, aber Fried winkte ab. »Nein, nein. Später.«

Als er Uli herbeigewinkt hatte um zu bezahlen, folgte er einer plötzlichen Eingebung, sah auf seine Armbanduhr und fragte: »Gleich halb fünf. Kann man hier wohl irgendwo ein

Auto leihen? Ich bin es Leid, ständig mit dem Taxi durch die Gegend zu fahren.«

Uli runzelte die Stirn. »An der Tankstelle in Richtung Ahrhütte können Sie mal fragen. Die haben 'ne Leihwagenvertretung, glaube ich.«

»Das ist mal 'ne gute Idee«, sagte Gregor. »Wisst ihr, ich will nie wieder Taxi fahren.«

Als sie aufstanden, sagte er nachdenklich. »Was mich wirklich traurig macht, ist die Tatsache, dass ich jetzt jeden Tag überlege, welche Dinge ich heute zum letzten Mal tue.« Und als sie hinausgingen, fragte er: »Könnt ihr mir verzeihen?«

»*Shut up*«, sagte Fried und legte den Arm um seine Schulter.

25. Dünnes Eis

Sie betrachtete sich im Spiegel der Umkleidekabine. Die Gestalt, die sie dort sah, konnte man nicht mehr als schlank bezeichnen. »Du bist dünn«, flüsterte sie und steckte die Hand zwischen Bauch und Hosenbund. Das hatte sie früher nicht gekonnt. Sie brauchte dringend Klamotten. Das, was in ihrem Kleiderschrank hing, fiel fast auseinander.

Frustriert schlüpfte sie aus der Jeans und sah dabei mit halbem Auge ihr Gesäß im Spiegel. Der Stringtanga schlotterte lose. Das ist kein Arsch mehr, dachte sie und zog sich wütend ihre ausgeleierten alten Baggypants an.

Sie riss den Vorhang auf, schleuderte die Hose achtlos über den nächstbesten Kleiderständer und steuerte auf den Ausgang zu. Da hörte sie ihren Namen.

»Soheyla?«

Sie schrak zusammen. Wie immer, wenn man sie rief.

Bei den Pullovern stand Roja mit zwei anderen Mädels. Roja war groß und kräftig. Sie trug die Haare sehr kurz geschoren und hatte ein silbern glänzendes Piercing in der Unterlippe. Mit großen Schritten kam sie zwischen den Kleiderständern des Geschäfts auf sie zugeeilt. Sie machte ein ernstes Gesicht und hielt den Tragegurt ihrer Umhängetasche mit beiden Händen fest umklammert.

»Spinnst du? Am helllichten Tag hier in Daun rumzulaufen?« Roja sah sich nach ihren Freundinnen um, die Pullover aussuchten. Es waren Deutsche.

»Wieso, was ist?«, fragte Soheyla unsicher. »Ich versuche schon die ganze Zeit dich zu erreichen. Warum rufst du nicht zurück?«

Roja drängte sie zu den Umkleidekabinen.

»Was soll das? Willst du mir Angst machen?«

»Es gibt Ärger.«

»Was für Ärger?« Soheyla spürte, wie ihr Herz schneller schlug. »Was für Ärger, verdammt?«

»Da waren zwei Bullen bei mir auf der Arbeit. Ganz schön unangenehm war das, das kannst du mir glauben.«

»Die Bullen? Scheiße!« Sie riss die Augen weit auf. »Was wollten die? Nun red schon!«

»Zwei Mann. Die haben nach dir gefragt. Sehr freundlich und sehr nett, aber denen traue ich keine fünf Meter weit.«

Soheyla sank rückwärts auf einen Metallstuhl. »Wie kommen die darauf, bei dir zu fragen?«, stammelte sie. »Woher wissen die bloß, dass wir beide ...« Mit einem Mal verengten sich ihre Augen zu Schlitzen und nahmen Roja ins Visier. »Du drehst da was«, sagte sie plötzlich lauernd. »Verdammte Scheiße, du drehst da irgendeine schräge Nummer mit mir. Du lässt mich tagelang hängen, meldest dich nicht bei mir, und auf einmal ...«

»Spinnst du?« Roja war außer sich vor Entsetzen. »Ich? Nie im Leben. Da stecken die Typen hinter, deren Bruder mit Davar das Ding in Gerolstein durchgezogen hat. Die sind der Überzeugung, dass du hinter der Festnahme steckst!«

»Woher weißt du das?«

»Die Typen von der Bullerei haben so 'ne Andeutung gemacht. Frag mich nicht, aber scheint mir völlig einleuchtend. Wissen die Kerle, wo du pennst?«

Soheylas Gedanken fuhren Achterbahn. Sie dachte an Davar, an ihren Pass, sie dachte an die drei Typen, die im Auto gesessen und gewartet hatten, als er sich mit ihr abends im Imbiss am Reinekeplatz getroffen hatte. Einer von diesen Typen war Sirius, ein wirklich mieses Stück Scheiße. Und der saß jetzt mit Davar zusammen in Wittlich. Wie kamen diese anderen Idioten nur auf den Gedanken, sie könne die beiden verpfiffen haben?

»Du solltest dich in deiner Bude nicht blicken lassen. Jedenfalls vorerst nicht.«

»Aber was soll ich denn tun?«

Eine junge Verkäuferin warf von der Verkaufstheke prüfende Blicke zu ihnen herüber.

Soheyla erhob sich unsicher und bewegte sich rückwärts zurück in die Umkleide, in der sie noch vor wenigen Minuten der große Frust gepackt hatte. Nackte Panik hatte sie jetzt im Griff. »Wo soll ich denn hin?«, fragte sie leise, fast wimmernd. »Kann ich vielleicht bei dir? Nur für ...«

»Bist du noch ganz tüv?«, fuhr Roja sie an.

Sie sahen einander tief in die Augen. Sie hatten dieselbe Farbe, ihre Haut hatte denselben Ton. Mehr Gemeinsamkeiten gab es nicht mehr. Roja war vor langer Zeit in Deutschland angekommen. Soheyla war hereingeschlichen. Ihr Los war ein anderes.

Sie stieß ihre Freundin zur Seite und lief auf den Ausgang zu. Sie spürte die Blicke der anwesenden Kundinnen und sie hörte noch Rojas Stimme: »Stell dich. Beantrage endlich Asyl! Mach Schluss mit dem Scheiß!« Dann stolperte sie auch schon in die kalte Herbstluft. Bald würde es dunkel werden. Sie durfte bei Tageslicht nicht mehr ins Freie. Wenn diese Typen wirklich glaubten, dass sie was mit der Verhaftung zu tun hatte, musste sie sich höllisch in Acht nehmen.

Unwillkürlich drückte sie sich an den Häuserfassaden entlang.

Asyl, Asyl ... Die stellten sich das alle so einfach vor. Sie hatte Angst. Nackte Angst. Sie war allein. Die würden sie zurückschicken und keiner würde ihr helfen!

Sie war eine Verfolgte!

Das Herz schlug ihr bis zum Hals und ihr Kopf ging hin und her. Für die Bullen war sie eine Ausländerin wie jede andere, aber die Typen würden sie erkennen, wenn sie ihr begegneten.

In der Dauner Innenstadt war viel Betrieb. Sie konnten überall sein. Überall waren Menschen. Aus der Post heraus stand die Schlange der Wartenden bis auf den Vorplatz, vor der kleinen Kneipe war Betrieb, bei der Bank strömten Menschen ein und aus. Sie musste zur Bushaltestelle am Reinekeplatz, aber auf der großen, freien Fläche würde sie gut sichtbar für sie stehen. Wie auf dem Präsentierteller. Sie musste irgendwo im Versteck bleiben, so lange, bis der Bus kam und sie ... Wohin sollte sie der Bus überhaupt bringen? Mit einem Mal wurde ihr klar, dass es kein Fleckchen gab, wo sie sich verstecken konnte.

Sie holte mit zitternden Händen das Handy heraus und tippte die Nummer der Spedition ein.

Es dauerte nicht lange, bis die Chefin sich meldete. »Ach, du bist es«, sagte sie. Ihre Stimme klang ungewöhnlich reserviert. »Ich habe gerade Besuch. Kannst du später noch mal anrufen?«

Das Gespräch wurde ohne Abschiedsgruß unterbrochen.

Soheyla begriff sofort. Es war, als tue sich der Erdboden unter ihr auf. Ihre Klamotten, die paar persönlichen Dinge, die ihr überhaupt geblieben waren, das alles konnte sie abschreiben. Sie hatte das Gefühl, jeder der vorbeikommenden Passanten mustere sie argwöhnisch. Tausend Blicke auf ihrer Haut, im Gesicht, im Rücken, von vorne und von hinten. Tausend kleine Pfeile, die sie durchbohrten.

Soheyla zwang sich mühsam, nicht zu schreien.

26. Zärtliche Erinnerungen

Es war ein Opel Astra. Gregor spottete über die Klimaanlage und bezweifelte, dass die in der Eifel jemals zum Einsatz käme.

Während Fried im Kassenhäuschen der Tankstelle für drei Tage im Voraus bezahlte und Clara ein paar völlig überteuerte Lebensmittel aus den Kühlregalen aussuchte, hatte er draußen gestanden, ans Auto gelehnt und sich sehr intensiv mit seinem demolierten Flachmann beschäftigt.

Im Auto stellte Fried den Fahrersitz ein und griff unternehmungslustig um das Lenkrad. »Ich hätte Lust noch etwas zu fahren«, sagte er. »Noch ist es hell genug, was meint ihr?«

Gregor, der im Fond Platz genommen hatte, winkte ab. »Seid so gut und bringt mich ins Hotel zurück, dann könnt ihr getrost noch ein bisschen um die Häuser streichen.«

»Wieso? Was hast du?« Clara drehte sich auf dem Beifahrersitz nach ihm um.

Gregor lächelte sie milde an: »Es war ein langer Tag. Ich bin nicht so durchtrainiert wie unser Australier und ich habe nicht so eine unverwüstliche Natur wie du, mein Herzchen. Ich werde mich stattdessen um unser leibliches Wohl kümmern. Wenigstens des Kochens bin ich mächtig.« Er warf einen Blick in die Tüte mit Claras Einkäufen. »Jogurt, Fertigfrikadellen, Käse und eine Flasche Wein ... Hm ... nun gut. Wenn ihr zu vorgerückter Stunde mit hungrigem Magen heimkehrt, wird euch ein kaltes Büffet erwarten, das sich gewaschen hat.«

»Wirst du keine Angst haben, so ganz allein?«, fragte Fried.

»Ach was, ich werde mal gucken, ob der Cognac aus der Flasche genauso gut schmeckt wie aus meinem schönen Flachmann.«

Sie luden ihn vor dem Hotel ab, so wie er es sich gewünscht hatte, und als sie weiterfuhren, beschlich sie beide ein Gefühl der Beklemmung, als sie ihn vor dem finsteren, alten Haus zurückließen. Er winkte ihnen hinterher, bis sie ihn nicht mehr sahen.

»Wohin fahren wir?«

»Weißt du, Clara, jetzt, wo all unsere Hoffnungen den Bach hinuntergegangen sind, sollten wir versuchen, die zwei oder drei Tage, die wir noch hier verbringen werden, mit schönen Dingen zu füllen.«

»Einverstanden.«

Fried bog im Tal links ab, zurück in Richtung Ahrhoven. »Wir werden ein paar Plätze aufsuchen, die uns wichtig waren.«

»Wieder einverstanden.« Clara spürte, wie sie ruhiger wurde, wie die schlimmen Geschehnisse der vergangenen Stunde und des gestrigen Abends langsam verblassten und in den Hintergrund rückten. Es würde nicht lange dauern, bis sie sich wieder manifestieren würden, das wusste sie. Aber bis dahin wollte sie sich einfach wohl fühlen. Und das begann jetzt mit einer Spritztour ins Grüne an Frieds Seite.

Sie hatte das selbst genähte rote Kleid mit den großen weißen Punkten an, sie hatte die braunen Haare auftoupiert und den kräftigen Lippenstift aufgelegt. Ihr Herz schlug Purzelbäume.

Fried schaltete das Autoradio ein und suchte eine Weile vergeblich nach einem Sender, der Musik spielte, die ihm gefiel.

Sie fuhren durch Ahrhoven und durch Ahrhütte und später bog er rechts ab und schaltete das Radio aus. Dann summte er eine Melodie. Seine hellblauen Augen strahlten, als er leise den Rhythmus auf dem Lenkrad mittrommelte.

»*Delicado*«, flüsterte sie ergriffen.

Sie hörte plötzlich wieder die Rumbarasseln und Trompeten. Sie war in diesem Moment wieder mitten drin. Percy Faith und sein Orchester. Eine bunte, sich im Takt einer einzigen Melodie drehende Welt herumwirbelnder Pärchen. Es war der Silvesterball im Hotel Ahrfels. Sie hatten getanzt bis in den Morgen hinein.

Irgendwann hielt Fried an und schaltete den Motor ab. Die Melodie erstarb auf seinen Lippen.

»Da oben«, sagte er, beugte sich vor und deutete mit dem ausgestreckten Finger über sie hinweg in den Wald. »Da oben muss es sein.«

»Was denn, Fried?« Sie hatte keine Orientierungsgabe. Wo immer er mit ihr hinwollte, seine Augen leuchteten vor lauter Vorfreude.

Sie stiegen aus und er reichte ihr die Hand.

»Wohin gehen wir?«

Er hob den Zeigefinger vor die gespitzten Lippen. »Psssst.«

»Gut, dann summ wenigstens weiter *Delicado* für mich.«

Während er zielstrebig voranging, summte er. Sie folgten ein paar Meter der Straße zurück, und dann spähte er durch das Geäst den steilen Berg hinauf.

»Es ist alles so sehr gewachsen. Die Bäume, die Sträucher. Traust du dir das zu?«

Clara nickte. Sie ahnte jetzt endlich, was er suchte. »Wenn du es versuchen willst, will ich es auch.«

Sie kletterten zwischen umgestürzten Bäumen hindurch den Hang hinauf, bückten sich unter buschigen Kiefernzweigen her, ihre Mäntel verfingen sich in dornigem Gestrüpp und sie gerieten immer wieder ins Rutschen.

Es dauerte nicht sehr lange, bis sie sie sahen.

Trotzig und unerbittlich ragten die Mauerreste über ihnen in die Höhe, wie seit Jahrhunderten. Man hatte sie angegriffen, zerstört und ihr die Steine tonnenweise aus den Flanken gerissen. Jahre und Jahrhunderte hatten sie mürbe gemacht, aber nicht zu Fall bringen können. Die Burgruine Neublankenheim hatte sich in all ihrer Verwüstung Würde bewahrt. Stolz reckte sich der letzte Turm in den Himmel, und je näher sie kamen, desto weiter schien sich die Ruine von ihnen zu entfernen.

»Früher war es eindeutig leichter«, keuchte Fried.

»Womöglich ist hier alles einfach angehoben worden in den letzten Jahren.« Clara war trotz ihrer Erschöpfung übermütig. »Wir schaffen es, Fried. Wir schaffen es.«

Und sie schafften es tatsächlich.

Als sie durch eines der riesigen Löcher traten, die in die Mauern gerissen worden waren, gelangten sie in das Innere des Gebäudes, dessen mehrere Stockwerke hohen Überreste erahnen ließen, welch monumentaler Bau dies einmal gewesen sein musste.

Claras Hand fuhr über die Rinde einer der Buchen, die hier in den letzten Jahrzehnten im Schutze der Mauern in die Höhe geschossen waren. Es waren Buchstaben eingeritzt und Jahreszahlen.

Wer mochte sich hier in all den Jahren zum ersten Kuss getroffen haben? War es heute überhaupt noch romantisch, wenn so etwas passierte? Oder geschah das fahrlässig, so zwischendurch, so zwischen zwei Schluck Bier? Sie dachte an ihre Tochter, die glücklich war mit ihrem Sven, und sie dachte auch an ihre eigene Ehe, die so schrecklich unnötig den Bach runtergegangen war.

Dann erinnerte sie sich an den Tag, an dem es ihr zum aller ersten Mal passiert war. Ein Kuss und alles war plötzlich anders. Sie waren von Altenahr gekommen, vom Tanzen. Eine ganze Horde. Mit Frieds Fiat 500 und mit Rudis schickem Renault Dauphine. Sie hatte ihr Kleid mit den rosé-weißen Karos getragen und ihre weißen Pumps mit den Pfennigabsätzen, die sie natürlich hatte ausziehen müssen, als sie hinaufstiegen. Die waren neu und aus Ziegenleder, und man durfte nicht zu nah mit der Nase rangehen, so sehr stanken sie. Hier oben war es gewesen, im Schatten der Ruine, eine Sommernacht mit einem Himmel wie aus dunkelblauem Samt. Rundherum waren die Bergrücken kahler gewesen, als sie es heute waren. So viel hatte sich hier verändert. Nur der Ruine hatten die letzten Jahrzehnte nichts mehr anhaben können. Clara hätte jeden haben können, so dachte sie jedenfalls damals. Aber sie wollte Fried. Und sie bekam ihn.

Clara betrachtete ihn, wie er den Arm ausstreckte, die Hand flach auf einen der Steine legte und den Kopf senkte. Sein kräftiges Kinn ruhte auf der Brust und er schloss die Augen. So glaubte sie es jedenfalls im Zwielicht erkennen zu können. Über ihnen zogen krächzend ein paar Krähen ihre Kreise über den Wipfeln der Bäume. Clara wagte kaum zu atmen. Sie hatte Angst, ihn aus seiner Versunkenheit herauszureißen.

Als er sich nach einer Weile zu ihr umdrehte, schürzte er die Lippen und deutete ein nachdenkliches Nicken an. »Früher habe ich das auch immer getan, und dann habe ich immer daran gedacht, dass der Atem der Jahrhunderte durch die Poren dieser Steine gegangen ist. Ich konnte das immer richtig fühlen. Und ich habe dann immer gedacht, ich stünde am Ende der Zeit. Heute denke ich das auch wieder. Nur seither sind vierzig Jahre vergangen. Unser Atem ist auch da drin. Schon lange.«

Er nahm Claras Hand und sie dachte nervös an Altersflecken, Runzeln und Schwielen ... und wie gnädig die Dunkelheit doch sein konnte. Dann führte er ihre Hand sanft auf den Stein zu und legte sie darauf. Sie glaubte, die Wärme zu spüren, die er dort zurückgelassen hatte.

»Fühlst du es?«

Sie nickte. Und sie dachte daran, wie sie sich hier an dieser Stelle zum ersten Mal geküsst hatten. Vor vielen, vielen Jahren. Und sie flüsterte: »Ich fühle alles wieder.«

Sie sehnte seinen Kuss herbei. So lange hatte sie das nicht mehr gespürt.

Aber Fried legte den Kopf in den Nacken und starrte in den Abendhimmel und seufzte.

Als sie die Rückfahrt antraten, wählte Fried die Strecke, die an Üxheim vorbeiführte. Hinter Nollendorf bog er rechts in Richtung Flesten ab. Clara wunderte sich, mit welcher Souveränität er diese Strecke fuhr, deren Verlauf sich sicherlich in den letzten vierzig Jahren stark verändert hatte.

Als könne er ihre Gedanken lesen, sagte er heiter: »Jetzt, wo es dunkel wird, ist es fast wie damals. Nur die Straßen und die Schilder sind anders. Besser. Ich habe irgendwie noch die Karte von früher im Kopf. Wir müssen uns grob in Richtung Hillesheim orientieren und dann wieder nördlich zur Ahr.«

Zwischen Flesten und Wiesbaum fuhren sie durch tiefschwarzen Nadelwald. Das Abendlicht, in das sie hineinfuhren, wurde schwächer und schwächer.

»Warum bist du nicht den gleichen Weg zurückgefahren?«, fragte Clara leise.

»Du weißt es doch«, sagte er. Sie sah, dass er die Lippen zusammenkniff. »Ich möchte nicht hier gewesen sein, ohne wenigstens einmal dort vorbeizufahren.«

»Wirst du anhalten?«

»Nein. Da gibt es nichts mehr zu sehen.«

Als sie Dollendorf durchfahren hatten, führte ihr Weg geradeaus über die Ebene auf Ahrhütte zu. Die Straße war nahezu unverändert. Eine neue Teerdecke, ein wenig breiter vielleicht, aber ihr Verlauf war derselbe wie damals.

An der Stelle, von der sie beide wussten, was sich vor über vierzig Jahren zugetragen hatte, hielt Fried nicht an. Er verlangsamte die Fahrt nur ein wenig.

»Das Auto fährt sich wunderbar«, sagte Fried, um überhaupt irgendwas zu sagen. Im Zwielicht der Abenddämmerung sahen sie zur Rechten in einem Gehege Damwild äsen. Alles war friedlich. Kein Kreuz erinnerte an das, was hier geschehen war.

Es war für sie der schrecklichste Ort auf Erden.

Als sie am Hotel ankamen, bemerkten sie gleich das warme Licht, das im Erdgeschoss durch die Fenster nach draußen in den Abend drang.

»Es ist fast ein bisschen wie heimkommen, findest du nicht?«, sagte Clara beim Aussteigen.

»Mal sehen, was unsere Küchenfee gezaubert hat. Ich habe Hunger.«

Sie traten lärmend ein und riefen Gregors Namen.

Er saß im Speiseraum in einem alten Sessel, den er sich in die Nähe des Durchgangs gerückt hatte, und schlief tief und fest.

Sie näherten sich sehr leise und lächelten, weil er aussah, wie ein freundlicher Opa, der den lieben langen Tag für eine Horde wilder Enkelkinder Puppenhäuser und Flugdrachen gebastelt hat. Clara glaubte sogar, ihn einmal in einer solchen Rolle im Fernsehen gesehen zu haben.

Den Tisch neben sich hatte er liebevoll eingedeckt. Mit weißem Damast, Geschirr und Besteck. Die Frikadellen waren in Stücke zerteilt und gemeinsam mit kleinen Gürkchen auf Zahnstocher gespießt worden. Sie fragten sich, wo er die aufgetrieben hatte. Vermutlich hatte er bei einem Streifzug durch die Küche, der sie bislang noch nicht allzu viel Beachtung geschenkt hatten, ein Konservendepot entdeckt. Es gab schwarze Oliven, und die restlichen Brötchen vom Morgen hatte er in kleine Scheiben geschnitten und auf irgendeine Art geröstet.

Auf einem anderen Tisch hatte Gregor den kleinen Schallplattenspieler aus Zimmer elf aufgebaut. Der Karton mit den Schallplatten stand gleich daneben.

Ein paar Platten hatte er herausgeholt. *Schöner fremder Mann*, *Va bene* von Peter Kraus, ein paar Scheiben von Gus Backus, Peggy March und Elvis. Auf dem Plattenteller lag *Jailhouse Rock*.

Die Kerzen, die Gregor an mehreren Stellen im Raum aufgestellt hatte, waren fast heruntergebrannt.

»Gut, dass wir heimgekommen sind. Womöglich hätte er sich sonst gleich mit dem ganzen alten Kasten abgefackelt.«

»Ich liebe ihn«, sagte Clara und betrachtete den Schlafenden versonnen, der in diesem Moment ein Schnarchen vernehmen ließ.

Plötzlich entdeckte Fried etwas, das von Gregors Schoß an seine Seite zwischen die Sesselpolster gerutscht war: ein brauner Umschlag. Er griff nach einem Zipfel und zog daran.

»Kein Absender.«

»Genauso einer wie die aus der Tüte«, murmelte Clara.

Der Umschlag war aufgerissen. Als Fried hineingriff, förderte er ein Magazin der Art zu Tage, die sie bislang nur in halb verkohltem Zustand vorgefunden hatten. Hinter der ersten Seite, auf der schon so viele grässliche Darstellungen abgedruckt waren, dass Fried direkt wieder in Rage geriet, steckte der obligatorische Zettel mit den spärlichen Angaben: Rechts oben stand der Absender des gestrigen Tages zu lesen und darunter standen in gängiger Computerschrift die Worte: *Geld heute Morgen mit der Post angekommen. Danke für Ihre Bestellung. Wir haben noch reichlich Auswahl an anderen Magazinen.*

»*Damned!*«, zischte Fried. »Wie viel von diesem Dreck ist denn noch in diesem Haus versteckt?« Er schleuderte das Heft auf den Boden, sodass Gregor zusammenzuckte.

Im diffusen Licht der Deckenleuchte versuchte Clara die Ziffern des Datumsstempels zu erkennen.

»Was ... Bin ich etwa ... Da seid ihr ja schon«, brabbelte Gregor und kratzte sich am Kopf.

»Der Stempel ist von gestern!«, hauchte Clara in diesem Moment.

Sie sahen einander überrascht an.

»Wo hast du das her, Gregor?«

Gregor erhob sich schwerfällig aus dem Sessel und sah sie ernst an. »Tja, das ist eine reichlich komische Sache.« Als ich hier ankam, hatte das jemand durch den Briefschlitz neben der Eingangstür geworfen.«

27. Bitterer Kaffee

Fried wälzte sich in dieser Nacht stundenlang im Bett, ohne in einen tiefen Schlaf hineingleiten zu können, so wie es ihm in den letzten Nächten vergönnt gewesen war.

Gegen Morgen kroch das Dämmerlicht durch die halb blinden Fensterscheiben in sein Zimmer, und er stand auf. Es war sieben Uhr. Er fühlte sich geschwächt und ihn quälten fürchterliche Kopfschmerzen. Im Badezimmer versuchte er erfolglos, den Kopf so zu drehen, dass er einen Blick auf das Pflaster an seinem Hinterkopf werfen konnte. Für einen Augenblick dachte er daran, bei Clara anzuklopfen und sie um eine Kopfschmerztablette zu bitten, aber dann beschloss er ins Dorf zu fahren, um etwas zum Frühstück zu besorgen.

Er wusste, dass der Edekaladen schon früh geöffnet war, weil viele Leute aus der Umgebung sich dort mit frischen Brötchen versorgten und die Berufspendler hier vor dem Arbeitstag das Nötigste einkauften.

Als er diesmal an der Kasse bezahlte, hatte er mehr Schwierigkeiten als sonst, mit den neuen deutschen Münzen zurechtzukommen, und heute entwickelte sich auch kein hilfreiches Gespräch zwischen ihm und der dicken Kassiererin. Es ging ihm nicht gut. Er legte nicht allzu viel Hoffnung in den vor ihm liegenden Tag.

Fortwährend musste er an die Geschehnisse des Vortags denken. An seinen Fund im Keller, der ihnen offenbar das bewiesen hatte, was sie geahnt und befürchtet hatten, dass nämlich Michael einer schrecklichen Obsession anheim gefallen war. Mehr noch, der Fund nährte sogar den Verdacht, er könne etwas mit mehreren ungeklärten Fällen von Kindesmissbrauch zu tun haben, die sich in den vergangenen Jahren in der Eifel zugetragen hatten. Was sonst konnte ihn dazu verleitet haben, diese Zeitungsausschnitte zu verwahren und zu verstecken?

Und dann war am Abend dieser Umschlag aufgetaucht. Und zwar zu einem Zeitpunkt, zu dem schon alles klar schien und zu dem es so aussah, als könne der zu Ende gehende Tag nicht noch weitere Überraschungen bereithalten. Dieser Umschlag sprach eine völlig andere Sprache. Er brachte das neue, schreckliche Bild, das sie sich von ihrem Schützling gemacht und mit dem sie sich nun in ein oder zwei Tagen für immer von ihm zu verabschieden gedacht hatten, gehörig ins Wanken.

Sie hatten lange diskutiert und am Ende waren sie dann alle drei zu dem gleichen Ergebnis gekommen: Zum Zeitpunkt, als sie Michael gefunden hatten, war er bereits vierundzwanzig Stunden tot gewesen. Dies war ein Faktum, das nicht wegzudiskutieren war. Wenn man das knapp formulierte Schreiben, das der neuerlichen Sendung mit dem pädophilen Dreck, der ihnen ins Haus geflattert war, ernst nahm und nicht daran zweifelte, dass das Absenderdatum auf dem Blatt authentisch war, dann konnte es nur eine mögliche Erklärung geben: Michael hatte dieses Magazin gar nicht bestellt. Zu dem Zeitpunkt, an dem sein Geld in München angelangt war, hatte er nämlich bereits tot in der Hotelbadewanne gelegen.

Er, so schien es, war nicht derjenige, der Bargeld an einen ominösen Händler nach München geschickt hatte.

Diese Tatsache – und als solche werteten sie diesen Umstand mittlerweile – zeitigte aber viel weiter reichende Folgen: Sie mussten sich jetzt fragen, ob es überhaupt noch glaubhaft erschien, dass Michael der Besteller all der anderen Hefte gewesen war, deren Überreste sie gefunden hatten.

Und es schloss sich die Frage an, warum er die Hefte verbrannt und die Umschläge versteckt hatte. Hatte er den Anblick der Dinge, die ihm immer wieder zugeschickt worden waren, nicht länger ertragen? Diente die Plastiktüte, die er im Kellerloch verborgen hatte, am Ende doch dazu, die spärlichen Ergebnisse irgendwelcher Nachforschungen, die Michael angestellt hatte, für jemanden zu verwahren, oder besser noch, vor jemandem zu verstecken?

Er hatte geforscht, das schien klar. Er hatte sich die Artikel beschafft. Manche in Kopie. Ging ein notorischer Kinderschänder hin und sammelte die papiernen Zeugnisse seiner Taten? Möglicherweise. Aber nahm er das Risiko auf sich und fotokopierte irgendwo Artikel, die ihn verdächtig machten? Im Copy-Shop? Im Zeitungsarchiv? Das schien höchst unglaubhaft.

Fried öffnete den Leihwagen und wollte die Brötchentüte auf den Beifahrersitz legen. Die Tüte riss, und die Brötchen kullerten durch den Innenraum des Wagens. Er fluchte laut auf Englisch.

Als er die Hauptstraße entlang fuhr, bemerkte er einen Lastwagen, der vor dem Laden mit den Gartenzwergen parkte. Die Hebebühne war heruntergelassen und ein Mann in roter Arbeitskleidung rangierte eine bepackte Holzpalette auf den Bürgersteig.

Kurz entschlossen hielt Fried an.

Im Vorübergehen warf er dem Speditionsfahrer ein flüchtiges »Guten Morgen« zu. Im Inneren der Halle fand er einen jungen Mann, der damit beschäftigt war, Häkchen auf einer Liste zu machen, die er auf einem Klemmbrett vor sich hielt.

»Es ist noch geschlossen«, sagte der Mann freundlich, aber bestimmt.

»Sind Sie Herr Lessenich?«, fragte Fried.

Aus dem Gesicht des Mannes verschwand augenblicklich das Lächeln. Wer so förmlich fragte, der kam vom Amt, von einer Behörde, der wollte etwas haben oder monieren, oder beides. Er nickte. »Bin ich. Was gibt's?«

Fried stellte sich vor und erklärte seine Beziehung zu Michael. Und zu seiner Überraschung traf er zum ersten Mal seit seiner Ankunft in der Eifel auf einen Menschen, der ein Wort des Bedauerns für den Toten übrig hatte.

»Der arme Michael«, sagte Lessenich ehrlich betrübt. »Das musste ein schlimmes Ende mit ihm nehmen, sicher, aber so ...«

»Kannten Sie ihn gut?«

Sein Gegenüber wiegte den Kopf hin und her. »Nun ja.«

»Sie haben ihm Geld geliehen, stimmt's?«

Ein kurzes, emotionsloses Auflachen. »Das habe ich abgeschrieben. Schon bevor das mit ihm passiert ist.«

»Ich würde es Ihnen gerne zurückzahlen.«

Über das Gesicht des Mannes huschte ein Ausdruck grenzenloser Überraschung. Nachdem er sich wieder gefangen hatte, hob er in seiner Verwirrung das Klemmbrett, wedelte damit und sagte: »Haben Sie einen Augenblick Zeit? Ich muss nur rasch die Lieferung kontrollieren und dann kann ich uns einen Kaffee machen.«

Fried nickte. »Sicher, ich habe Zeit.« Dann begann er, die Ausstellungsstücke zu betrachten und verfiel in ungläubiges Schaudern.

* * *

Wenig später saßen sie zusammen in dem provisorischen Büro und Fried schlürfte an einem schauderhaften Kaffee. Deutschen Kaffee war er ohnehin nicht mehr gewöhnt, aber das, was da trübe in seiner Tasse schwappte, war scheußlich.

»Sie wollen also Michis Schulden begleichen. Haben Sie sich das auch gut überlegt?«

»Sollte ich das nicht tun?«

»Er hatte ganz schön viele Schulden, soweit ich weiß.«

Fried zuckte mit den Schultern. »Irgendwo muss ich ja mal anfangen. Sie haben ihm dreitausend geliehen. Ist das wahr?«

»Ja, stimmt.«

»Und wieso haben Sie das getan, wenn doch offensichtlich jedermann wusste, dass er alles andere als kreditwürdig war?«

»Ich mochte ihn.«

Mit verkniffenem Mund sah ihn Fried an. »Sie waren offensichtlich der Einzige.«

Der junge Mann stand auf und ging zur Kaffeemaschine. »Noch einen Kaffee?«

Fried beeilte sich abzuwinken.

»Wissen Sie, Michi war kein schlechter Kerl. Wir kennen uns seit Schulzeiten. Er hatte Ideen, Pläne, er war jahrelang mein großes Vorbild. Ohne ihn hätte ich diesen Laden nicht, denn er hat mir immer geraten, mich selbstständig zu machen. Früher habe ich in Euskirchen bei Procter und Gamble gearbeitet. Jetzt bin ich mein eigener Herr.«

»Läuft's gut?«

»Mal so, mal so.«

»Immerhin konnten Sie ihm Geld leihen.«

»Da lief's gerade mal so. Er brauchte es wirklich dringend. Schulden überall. Er hat eine Zeit lang versucht, im Spielcasino den großen Reibach zu machen, aber das war ein richtiger Schuss in den Ofen. Die dreitausend brauchte er, um den Fliesenleger aus Tondorf auszubezahlen, der ihm schwarz ein paar Bäder gekachelt hat. Michael sagte, ich müsse mir keine Sorgen machen, denn da wären ein paar alte Freunde im Ausland, die ihm ab und zu was rüberschieben.«

»Ab und zu«, murmelte Fried leise.

»Wie bitte?«

»Nichts.« Fried räusperte sich geräuschvoll. »Ich werde Ihnen einen Scheck schreiben.« Er griff in die Innentasche seiner Jacke.

Der Mann gab ihm einen Kugelschreiber. »Damit hätte ich niemals gerechnet.«

»Womit?« Fried begann damit, den Scheck auszufüllen.

»Dass ich die Kohle noch mal wiedersehe. Ich wollte nicht an Ellen rantreten. Die hat's jetzt schwer genug.« Er fuchtelte mit dem ausgestreckten Zeigefinger in Richtung des Scheckhefts. »Schreiben Sie zwei sieben.«

»Zweitausendsiebenhundert?«

»Genau. Er hat mir schon drei Hunnis zurückgegeben. Wenn er gekonnt hätte, hätte ich auch den Rest von ihm gekriegt.«

Die Ehrlichkeit des jungen Mannes verwunderte Fried. Sein Laden machte nicht den Eindruck, als könne er es sich leisten, drei zusätzliche Hundert-Euro-Scheine generös abzulehnen. Fried murmelte: »Er war ja kein schlechter Kerl. Haben Sie ja schon gesagt« und trug die Ziffern in das dafür vorgesehene Kästchen ein.

»Genau. Michi war ziemlich okay.«

In diesem Moment beschloss Fried einen Köder auszuwerfen. Dieser Lessenich war entweder ein echtes Schaf, ein verblendeter Trottel, der selbst nach dem Tod beschlossen hatte, die Augen vor dem zu verschließen, was alle zu wissen glaubten, oder er spielte den Gutmenschen bloß und hatte Michael in Wirklichkeit genauso wenig gemocht wie alle anderen am Ort. Womöglich hatte er sogar die ausstehende

Schuld längst bei dem Toten eingetrieben und kassierte jetzt dümmlich grinsend gleich doppelt.

»Nur die *boys*«, sagte Fried langsam und zupfte den Scheck aus dem Scheckheft. »Die kleinen Jungs, die Jüngelchen ... Das hätte er nicht tun sollen, nicht wahr?«

Er blickte in zwei panisch geweitete Augen. Im Kopf des Mannes arbeitete es, das sah er.

»Sie haben es also gehört«, kam es tonlos.

»Ist das verwunderlich? Alle reden darüber.«

»Na ja, jetzt kann er sich ja nicht mehr wehren.«

»Hat er sich denn gewehrt?«

Franz reckte den Oberkörper. »Oh ja! Natürlich hat er das! Und wie er sich gewehrt hat! Michael hat immer behauptet, er habe nichts mit all diesen dreckigen Sachen zu tun! Allen hat er das gesagt, immer wieder! Wissen Sie, wie das ist, wenn man in einem Landstrich wie dem unseren für einen Kinderschänder gehalten wird? Ich weiß ja nicht, wo Sie herkommen, aber hier ist so was die Hölle.«

»Wird man dann nicht angezeigt?«

Der Mann blickte betreten zur Seite. »Polizei? Nein, die hat da nichts verloren. Das ist ja das ganze Dilemma. Wer verhaftet wird, der hat wenigstens die Chance, seine Unschuld zu beweisen. Aber wenn die Bullen erst gar nicht eingeschaltet werden ...«

»Glauben Sie, dass Michael seine Unschuld hätte beweisen können?«

Franz schüttelte betrübt den Kopf. »Ich glaube nicht. Ich hätte gerne geglaubt, dass er das nicht getan hat, aber ich fürchte, es ist die Wahrheit.«

»Die Wahrheit?«

»Er ist gesehen worden. Wussten Sie das nicht?« Franz blickte auf. »Es gibt eine Augenzeugin, die an dem Abend da war.«

Fried begann, ungeduldig auf dem alten Autositz hin und her zu rutschen. Er spürte deutlich, dass ihn eine neue Enthüllung erwartete. Wenn er jetzt die falschen Fragen stellte, würde er vielleicht nicht erfahren, was der Mann meinte. Einen bestimmten Abend meinte er. Welchen? Um welche der Taten handelte es sich? Um den Jungen in Keldenich? Um den in Rech? Wo hatte jemand Michael dabei beobachtet, wie er einem der Kinder etwas zu Leide getan hatte?

»Sie?«, fragte Fried lauernd. »Haben Sie etwa etwas beobachtet?«

Franz sprang auf. »Ich? Nein, nein! Ich habe überhaupt nichts gesehen! Wenn ich etwas beobachtet hätte, dann würde es mir leichter fallen zu glauben, dass Michael zu so etwas fähig gewesen war. Ich war zwar auch da, aber ich war total betrunken. Alle waren betrunken!«

»Wann?«

Die Antwort kam knapp und heftig.

»Auf der Geburtstagsfeier im Hotel! Auf dieser verfluchten Feier, verdammt noch mal!«

Mit einem Mal trat Stille ein. Nur von draußen drang gedämpft der Straßenlärm zu ihnen. Franz stand auf und goss sich erneut Kaffee in die Tasse. Schwarz und zäh floss er aus der Kanne. Fried schüttelte sich.

»Ich dachte, Sie wüssten davon.« Franz fixierte ihn über den Tassenrand hinweg und schlürfte laut. »Wer sind Sie? Sie kommen hierher und geben mir einen Scheck. Wollen Sie mich aushorchen?«

Fried schüttelte den Kopf. »Ich habe Michael genauso gemocht wie Sie. Und mit mir sind da noch zwei andere alte Knacker im Hotel, die nicht glauben können, dass Michael all das getan haben soll.«

»Ach, Sie sind das.«

»Sie haben von uns gehört?«

»Ich lebe in einem Dorf.« Er musterte Fried prüfend. »Wenn Sie sagen ›all das‹, was meinen Sie damit?«

»Ich meine die sexuelle Belästigung ... Nötigung ... ich kenne die verdammten deutschen Fachtermini nicht ... Ich meine die Sauereien, die jemand mit fünf kleinen Jungs in den letzten Jahren in der Eifel angestellt hat.«

Der Mund des jungen Mannes blieb offen stehen. Diese Nachrichten trafen ihn offensichtlich völlig unvorbereitet. »Fünf kleine Jungs?«, fragte er ungläubig.

Fried beobachtete seine Reaktion und wartete einen Augenblick. Dann fuhr er fort: »So, ich habe Ihnen meins gesagt, und jetzt sagen Sie mir Ihres.«

28. Nirgendwo

Ihre Glieder schmerzten. Die Klamotten, mit denen sie sich eingehüllt hatte, fühlten sich klamm und kalt an. Soheyla zitterte am ganzen Körper. Am alten Bahnhof von Daun, an dem heute nur noch in Sommerzeiten ein Schienenbus verkehrte, hatte sie in einem alten Schuppen gesessen und so lange in die Dunkelheit gestarrt, bis die Müdigkeit sie übermannt und ihr die Augen geschlossen hatte.

Sie erwachte früh, als der aufkommende Wind begann, eine offen stehende Metalltür gegen die Backsteinwand ihres Unterschlupfs zu schlagen.

Mit einem Mal waren ihre Ängste wieder da. Sie wurde gesucht. Von der Polizei und von den Typen aus Gerolstein. Es wurde eng. Doch das war nichts Neues für sie. Lange schon hatte sie sich verstecken müssen, vor den Behörden und natürlich vor Michael. Das hatte sie geschafft. Also würde ihr auch jetzt wieder etwas einfallen.

Sie würde versuchen, noch einmal in die Wohnung zu kommen, um wenigstens ihre Klamotten und das lächerliche bisschen Geld, das sie in ihrem Kulturbeutel verborgen hatte, zu sichern.

Sie sah auf die Uhr. Gleich acht. Die Chefin würde jetzt jeden Moment im Büro auftauchen. Strähnige, rötliche Haare, zum Pferdeschwanz zusammengebunden. Eine Wolke von süßlichem Parfüm, das sie immer dick auflegte, vielleicht, um all den Mief der gelblichen Akten, der vollen Aschenbecher und des Maschinenöls zu überdecken. Sie würde sich gleich eine Zigarette anstecken und im selben Schwung, in dem sie das Feuerzeug auf den Tisch zurückwarf, die kleine, rote Plastikmarkierung am Wandkalender auf das aktuelle Datum schieben. Jeden Morgen dieselben Bewegungen. Beim Fallenlassen auf den Bürostuhl entwich immer mit leisem Zischen die Luft aus dem porösen Polster. Fast immer klingelte dann bereits zum ersten Mal das Telefon.

In diesem Augenblick leuchtete das Display von Soheylas Handy auf und ein schriller Piepton zerriss die Stille. Sie sprang unwillkürlich auf und starrte wie gebannt auf die Ziffern, die jetzt erschienen. Eine Dauner Vorwahl. Das Telefon aus dem Büro.

Mit angehaltenem Atem drückte sie eine Taste und hielt das Gerät ans Ohr.

Es war ihre Chefin. Sie machte nicht viele Worte. »Soheyla? Bist du's?«

»Ja.«

»Ich habe nachgedacht. Es ist nicht gut, wenn du noch mal herkommst. Für dich nicht und auch nicht für mich.«

»Hm.«

»Die Polizei hat deine Sachen durchwühlt. Ich musste ihnen das Zimmer zeigen. Wahrscheinlich kriege ich Ärger, weil du hier warst. Ich weiß es nicht genau.«

»Haben sie etwas mitgenommen?« Sie hörte, wie die Frau am anderen Ende den Zigarettenqualm ausblies.

»Denke schon. Wie gesagt, du solltest nicht mehr herkommen.«

Soheyla wollte protestieren, wollte sagen, dass die Bullen kein Recht hatten, Dinge an sich zu nehmen, wollte darum bitten, noch einmal kommen zu dürfen, um wenigstens ein paar Klamotten zu holen. Sie schwieg.

»Du hast sicher Freunde, bei denen du unterkommst.«

Soheyla sagte leise: »Ja.« Da war niemand, bei dem sie unterschlüpfen konnte. Roja würde den Teufel tun und sie bei sich aufnehmen. Davar hätte ihr etwas besorgt, aber er war nicht da. Sie war allein.

»Schulde ich dir noch was?«, fragte die Chefin.

»Nein.«

»Dann viel Glück.«

Die Verbindung wurde unterbrochen. Das Display verdunkelte sich.

Soheyla trat in die Tür und atmete die kalte Morgenluft ein. Der Winter würde nicht mehr lange auf sich warten lassen.

Zum ersten Mal dachte sie an ihre Eltern und ihren kleinen Bruder in Teheran, an die Wärme, an die Geräusche der Stadt. An ihr Zimmer, an alles, was sie zurückgelassen hatte und von dem sie geglaubt hatte, es nie mehr im Leben wiedersehen zu wollen. Jetzt sehnte sie alles herbei. Jetzt, wo sie es für immer verloren hatte.

Sie musste weg. Aber wie? Geld! Jetzt brauchte sie Geld. Viel Geld! Eine andere Stadt, eine kleine Wohnung oder ein Zimmer, ein Job, mit dem sie ein sparsames Leben finanzieren konnte.

Ohne Geld ging das alles nicht.

Sie betrachtete nachdenklich das Display ihres Handys. Der Akku würde nicht mehr lange reichen. Sie musste sparsam mit ihren Telefonaten sein.

Viele Chancen blieben ihr nicht mehr.

29. Vater und Sohn

Michael schwärmte von einer Cocktailbar mit allem drum und dran. Er schwärmte in den höchsten Tönen von einer Bar, die er einmal in einem holländischen Hotel gesehen hatte. So etwas wollte er auch im Ahrfels haben. Wenn Sie da oben logieren, können Sie sich vielleicht vorstellen, wie er sich das gedacht hatte. Gleich links neben dem Eingang, bevor man zu den Zimmern des Erdgeschosses durchgeht. Spiegel und Mahagoniholz und all so was. Er war überzeugt davon, dass ihm diese Bar über die Sauregurkenzeit hinweghelfen würde. Wenn er davon erzählte, beschwor er Bilder von Menschenmassen herauf, die aus dem Ahrtal, ja, aus der ganzen Eifel hierher strömen würden, um seine Cocktails zu trinken. Teure Zigarren und all so was ... Und mit einem Augenzwinkern in Ellens Richtung sagte er dann immer: ›Und schöne Frauen müssen hierhin. Jede Menge schöner Frauen!‹ Verstehen Sie, dass es mir schwer fällt zu glauben, dass er auf kleine Jungs stand? Ich meine, so ein Typ, sagt der so was?«

Fried wünschte sich, sein Gegenüber würde das Geschehene wertfrei und emotionslos wiedergeben. Er sagte: »Wer weiß. Vielleicht hat er bewusst versucht abzulenken.«

Der andere nickte nachdenklich. »Wer weiß. Ganz richtig.«

»Was sagte Ellen zu den ›schönen Frauen‹? War sie nicht eifersüchtig?«

Franz lachte. »Ellen nahm das nicht ernst. Ich glaube heute, dass schon damals nicht mehr alles stimmte zwischen den beiden. Sie gingen nicht mehr besonders gut miteinander um. Ellen hat sich schon oft beklagt, dass er das Geld nicht zusammenhalten konnte. Sie waren eigentlich permanent pleite. Michael hat das immer runtergespielt, aber Ellen hat gelitten.«

»Stritten sie sich?«

»Oft. Immer um das eine. Um Geld. Irgendwann fing Michael an, Dinge heimlich zu tun. Er spielte heimlich. Er lieh sich heimlich Geld. Er verkaufte heimlich Dinge, die ihm im Hotel hinterlassen worden waren.«

»Heimlichkeiten sind nicht gut.« Fried wiegte nachdenklich einen giftgrünen Keramikfrosch in den Händen. Eines der Rezepte, mit denen er seine Ehe mit Margo all die vielen Jahre relativ erfolgreich am Leben gehalten hatte, war die gegenseitige schonungslose Ehrlichkeit gewesen. Oft war es bitter gewesen, die Wahrheit aus ihrem Mund zu hören, aber unterm Strich hatten sie damit eine glückliche, ja fast sorgenfreie Partnerschaft bewahrt.

»Wir haben an diesem Abend einen Geburtstag gefeiert. Fragen Sie mich nicht, welchen, das habe ich tatsächlich vergessen. Möglicherweise war es der von Ellen, denn ihre Verwandtschaft war auch da. Ihre Mutter, ihr Onkel, ihr Cousin. Ich glaube fast, dass die damals schon zu Michis Festen gar nicht mehr angetanzt wären. Sie mochten ihn nicht mehr. Er hatte Ellen zu oft enttäuscht. Aus dem Tal heraus hatten sie jetzt jahrelang beobachtet, wie oben im Ahrfels alles schief lief. Sie kamen sich, glaube ich, sehr ohnmächtig vor.«

Plötzlich schlug er sich mit einem lauten Klatschen gegen die Stirn. »Natürlich!«, rief er und begann in einer Schublade seines Schreibtisches zu kramen.

Nach ein paar Minuten hatte er einen zerfledderten Prospekt zu Tage gefördert, den er Fried hinüberreichte. »Es war tatsächlich der Geburtstag von Michi. Hier, diese Marmorputte, die habe ich ihm geschenkt. Jetzt weiß ich's wieder!«

Die Abbildung zeigte eine feiste, kleine Putte mit Füllhorn, die auf einem klobigen Sockel stand.

»Künstlicher Marmor, also gepresster Marmorstaub, verstehen Sie? Sieht aber aus wie echt.«

»Ich sehe es.« Fried kniff die Lippen zusammen.

»Hat Michi später, glaube ich, verkauft.« Franz nahm wieder seine sitzende Position ein und rieb sich die Schläfen, um sich zu konzentrieren. Es sah ein bisschen so aus, als suche er verzweifelt nach irgendeiner anderen Belanglosigkeit, die er zum Besten geben konnte, damit er nicht gezwungen war, zum Kern seiner Erzählung zu kommen.

Aber Fried war unerbittlich. Er wollte hören, was sich zugetragen hatte: »Sie haben an einer Bar gesoffen, die bislang nur in Michaels Fantasie existierte.«

Franz seufzte. »Richtig. Nur in seiner Fantasie. Aber die Schnäpse waren schon da. Genug jedenfalls für uns. Wir waren zwei, drei Leute aus dem Dorf, Ellens Verwandtschaft, Michi, Ellen und ich.«

»War Uli da?«

»Uli war da. Genau. Uli und Steff und Dieter. Steff ist der Sohn von der Tankstelle und Dieter arbeitet in Blankenheim im Baumarkt. Die beiden sind Schulfreunde von uns.«

»Hatte Ellen damals schon was mit Uli?«

Franz runzelte die Stirn und rückte seinen Blick ins Nichts. »Hm. Ellen und Uli?«

»Heute sind sie ein Paar, soweit ich gehört habe.«

»Ja. Ja, sind sie wohl. Aber ob das damals schon soweit war. Möglicherweise ja. Wie gesagt, Michi und Ellen ...« Er drehte mit einer fatalistischen Geste die Handflächen nach oben. »Nun ja, also wir haben gesoffen. Und zwar sehr, sehr viel. Da waren zuerst diese Schnäpse. Leckere Obstbrände aus dem Bitburger Gutland. Die hauen schon mal ganz schön rein. Später dann, als Rudi seine Schwester nach Hause gebracht hatte, da hat Michi dann den Barmixer gespielt. Er hat Cocktails aus einem speziellen Rezeptbuch ausprobiert. Das hat uns den Rest gegeben.« Mit einem Mal hielt er inne und kniff seine Augen zu schmalen Schlitzen zusammen. »Uli und Ellen ... Uli und Ellen ... sie waren draußen, als es passiert ist.«

»Als was passiert ist?«, fragte Fried und seine Stimme klang scharf und schneidend.

Franz winkte ab. »Moment, Moment ... Uli und Ellen. Ich glaube, Sie hatten vorhin Recht. Die beiden waren draußen, und Steff hat, glaube ich, sogar noch so eine Bemerkung darüber gemacht, dass sie so lange nicht wiederkamen.«

»Was ist passiert?«

Franz sah ihn sehr ernst an. Abscheu und Fassungslosigkeit mischten sich in seinen Blick, als er versuchte, durch den Schleier des Vergessens die Bruchstücke des schrecklichen Geschehens in Erinnerung zu rufen.

»Die Tür zur Wohnung«, flüsterte er. »Da stand plötzlich der kleine Thommy ... weinte ... so ein Weinen, wie kleine Jungs das tun, wenn sie aus einem bösen Traum aufgewacht sind, wissen Sie. Ich glaube, er hatte ein Kuscheltier im Arm. Ein Löwe, oder so was ... die Hose des Schlafanzugs fehlte ... das Kind zitterte. Seine Mutter war nicht da. Sie war ja mit Uli draußen, wie ich schon sagte ...«

»Wo war Michael?« Frieds Augen hatten sich geweitet. Er ahnte nur zu deutlich, in welche Richtung die Geschichte von hier an steuerte.

»Weg ... Nicht da ...Wir alle waren nicht richtig da, wissen sie? Wir waren ja nicht so viele, aber die Musik war so laut und all dieser Alkohol ... Wir waren irgendwo verstreut. Dieter ist, glaube ich, zwischendurch mal zur Hoteltoilette kotzen gegangen. Zuerst haben wir gedacht, der Kleine hätte ins Bett gemacht oder schlecht geträumt oder so was. Aber dann haben wir das Blut gesehen. So ein kleines bisschen Blut, das ihm an den Beinen runterlief.«

Er schloss die Augen und schüttelte den Kopf. »Kaum zu glauben«, flüsterte er leise. »Kaum zu glauben. So was Schreckliches.«

Als er wieder aufblickte, sah Fried Tränen in seinen Augen. »Als Ellen rein kam, gab es ein fürchterliches Geschrei. Wir waren mit einem Schlag nüchtern.«

»Wo war Michael?«, fragte Fried erneut. Er hatte jetzt die Stimme erhoben.

»Weg. Sag ich doch!«

Fried richtete sich auf und kam auf den Schreibtisch zu. Seine Hände waren zu Fäusten geballt. »Verdammt noch mal, ich muss das wissen. Wenn Sie glauben, Sie müssten mich schonen, dann sind Sie schief gewickelt. Ich muss jetzt alles wissen, hören Sie? Alles!«

Franz gab nach. Er sackte in seinem Stuhl zusammen und sprach leise, fast emotionslos weiter. »Er war in der Wohnung. Total dicht. Ellen fand ihn mit heruntergelassener Hose auf dem Klo. Da war er eingepennt. Wir sind dann alle abgezogen. So mies habe ich mich in meinem ganzen Leben noch nicht gefühlt. Als ich ging, heulte der Kleine immer noch. Ich habe mich tagelang damit getröstet, dass es der Schreck war, der ihm am schlimmsten zugesetzt hatte, nicht der Schmerz. Ich habe später mit Bernhard darüber gesprochen. Er konnte sich auch nicht mehr an Details erinnern. Aber er hat mitbekommen, was danach kam. Ellen hat sich bei ihm ausgeheult. Der Junge hat geblutet. Die Schlafanzugshose lag zerrissen in einer Ecke des Zimmers. Das Kind kann sich das unmöglich selbst zugefügt haben. Und dann hatte Soheyla erzählt, was sie gesehen hatte.«

»Soheyla?«

»Das Mädchen, das im Haus half. Sie hatte sich so sehr geschämt, dass sie nicht gut genug auf den Kleinen aufgepasst hatte. Sie war im Wohnzimmer der Wohnung vor dem Fernseher eingeschlafen. Und als sie von Thommys Weinen wach wurde, hat sie in den Flur geguckt und ...« Er rieb sich das Gesicht. Er rang die Hände. Er drehte sich langsam auf seinem Drehstuhl und versuchte zu verdrängen, was ihm erzählt worden war, aber es nützte alles nichts.

Fried stand vor seinem Schreibtisch und sah so aus, als würde er um nichts in der Welt aufgeben, bevor er das letzte, schreckliche Detail gehört hatte.

»Sie hat Michael gesehen, wie er aus dem Kinderzimmer herausstolperte und ins Badezimmer stürzte.«

Das Telefon klingelte in die entstandene Stille hinein und Franz sah, dass er den Anrufbeantworter bereits abgeschaltet hatte. Entnervt riss er den Hörer von der Gabel, nur um ihn wortlos wieder darauf zu schmettern. Dann legte er den Hörer daneben.

»Kann man so was glauben, frage ich Sie? Wenn Sie Michael kannten, dann wissen Sie, dass das gar nicht wahr sein kann. Nicht Michael! Er hat seinen Jungen geliebt!«

Fried stand mit gesenktem Kopf vor ihm und schwieg.

»Ellen hat in den folgenden Tagen Post geöffnet, die an Michael adressiert war. Sie glauben nicht, was da drin war.«

»Ich weiß es.«

Für einen Moment war Franz irritiert. »Die Hefte? Sie wissen davon?

»Leider.« Schwer atmend ließ sich Fried auf den Autosessel zurücksinken. Er tastete nach seinem Pflaster, das ihm ungewöhnlich locker zu sitzen schien, aber er täuschte sich. »Dieses Dienstmädchen ... Kennen Sie sie näher?«

»Ich weiß, was Sie sich fragen. Sie ist glaubwürdig ... leider. Wir haben uns erst gestern getroffen. Sie hat Michael und Ellen sehr gemocht. Ich habe den Eindruck ...« Er hielt kurz inne. »Was ich Ihnen jetzt sage, haben Sie nicht von mir. Ich mag die Kleine wirklich ganz gern und ich möchte nicht, dass sie durch mich in Schwierigkeiten gerät. Sie steckt sowieso schon bis zum Hals im Dreck.«

»Wieso das?«

»Sie ist illegal in Deutschland. Bei Michi und Ellen ging es ihr gut. Sie hatte keinen Grund, Michael etwas anzulasten, was er nicht getan hatte. Sie hat ihn gesehen. An dieser Tatsache führt, fürchte ich, kein Weg vorbei.«

»Sein eigener Sohn«, murmelte Fried. »Niemals.«

»Der Alkohol«, meinte Franz unsicher. »Die Neigungen, das ewige Versteckspiel ... und dann das mit Ellen und Uli. Im Suff kommt die Wahrheit aus den Menschen raus.« Hastig setzte er hinterher: »Sie haben ja vorhin von diesen anderen Fällen erzählt. Ich meine, das kann man doch nicht alles so beiseite schieben, oder?«

Anstelle einer Antwort seufzte Fried lange.

Dann saßen sie eine Weile schweigend da.

Als Fried sich später erhob, betrachtete er den Mann hinter dem schäbigen, kleinen Tisch und verspürte so etwas wie Mitleid. Er hatte einen Freund verloren. Und zwar schon lange, bevor Michael gestorben war.

Als Fried längst gegangen war, saß Franz immer noch völlig regungslos auf seinem Bürostuhl und dachte an die Tage, in denen alles besser gewesen war.

Er dachte auch an Renate. Letzte Nacht hatten sie gemeinsam überlegt, ob es nicht das Klügste sei, den Laden und all das, was ihnen die Zeit raubte, aufzugeben und gemeinsam etwas Neues anzufangen. In Spanien vielleicht. Renate schwärmte von einem Haus im maurischen Stil mit einem großen Swimmingpool.

Gedankenverloren legte er den Telefonhörer zurück auf die Gabel.

Im selben Augenblick klingelte der Apparat direkt unter seiner Hand. Als er verunsichert abhob, hörte er am anderen Ende Soheylas Stimme.

30. Der Luxemburger

Gregor sog die kühle Morgenluft tief in seine Lungen ein. Die Schmerzen hatten ihn in den vergangenen Stunden verschont, aber er hütete sich davor, Hoffnung zu schöpfen. Das Urteil des Arztes ließ keinen anderen Schluss zu, als dass es unabänderlich auf das Ende zuging. Er war sogar gewarnt worden. Eine kurzfristige Besserung sei eine Gnade, deute aber keinesfalls darauf hin, dass der Krebs sich eines Besseren besonnen und das Weite gesucht hätte.

»Ich weiß, dass du da bist, du mieses, kleines Stück Scheiße«, sagte er leise lächelnd und steckte die Nase in den kühlen Wind. »Irgendwo da unten. Und ich weiß auch, dass ich dich nicht mehr loswerde. Mein einziger Trost ist, dass du mit mir draufgehst, wenn es soweit ist.«

Langsam machte er ein paar Schritte auf dem Kiesweg und steckte dabei die Hände in die Hosentasche. Fried war bereits wieder unterwegs und Clara war im Haus damit beschäftigt, einen Brief an ihre Tochter in Regensburg zu schreiben. Was mochte da wohl drinstehen?

Grüß dich, mein Schatz, es gibt ja so vieles zu erzählen: Michael lag bei unserer Ankunft tot in der Wanne, unser alter Freund Gregor hat uns hintergangen und überall finden wir Kinderpornos.

Ein donnerndes Geräusch ließ ihn zusammenfahren. Als er aufblickte, sah er Claras Gesicht hinter einer der Fensterscheiben im Erdgeschoss. Er fasste sich ans Herz und drohte ihr mit dem Zeigefinger. Da klopfte sie erneut und deutete mit dem Finger auf die Hausecke. Was war jetzt? Gab es wieder eine neue Katastrophe?

Aber er begriff rasch, dass sie ihren heimlichen Beobachter erneut entdeckt hatte. Der Luxemburger schlich wieder irgendwo hinter dem Haus herum.

In diesem Moment wurde Motorengeräusch laut und aus den Augenwinkeln sah Gregor den Opel Astra, der auf dem Vorplatz hielt. Gregor winkte Fried, den er hinter dem Steuer erkannte, mit den Armen. Als Fried aus dem Wagen kletterte, die Brötchentüte unter dem Arm, schrie er: »Schnell, der Typ mit der Kappe ist wieder hier!«, und ohne die Ankunft seines Freundes abzuwarten, rannte er los.

Wenige Augenblicke später hörte er Frieds Schritte hinter sich. »Ich weiß nicht, warum wir das tun. Sicher ist er völlig harmlos«, rief er japsend nach hinten. »Aber ich habe den Eindruck, wir tun Clara einen großen Gefallen damit.«

»Er macht ihr Angst«, rief Fried. »Kannst du ihn sehen?«

Gregor stolperte um das Gestrüpp herum auf die rostigen Überreste der Spielgeräte zu. Die Zweige waren bereits wieder über der Schneise zusammengeschlagen. Er sah nicht den Luxemburger, aber er sah, wohin er verschwunden war. »Halt!«, rief er und blieb stehen.

»Halt, halt, halt. Das ist Unsinn.« Als Fried ihn erreichte, die Brötchentüte immer noch fest umklammert, befahl er: »Das hat doch keinen Sinn, dass hier ein paar klapprige Opas im Gestrüpp Nachlaufen spielen, da gibst du mir doch Recht, oder? Zurück zum Wagen! Das reicht mir jetzt. Wir fahren zu seiner Wohnung!«

Als sie wieder auf dem Vorplatz angekommen waren, war Clara unterdessen am oberen Ende der Treppe aufgetaucht. »Er ist durchs Gebüsch!«, rief sie. »Genau wie gestern! Was will er nur?«

»Das finden wir jetzt ein für alle Male heraus. Wir fahren zum Reichartzhof!«, rief Gregor und Clara antwortete lachend: »Ihr seid meine Helden!«

Fried legte sich mit dem Wagen gefährlich schnell in die Kurve und Gregor versuchte einige Momente lang den Gurt anzulegen. Irgendwann gab er entnervt auf und sagte: »Was soll's? Für den Rest des Lebens volles Risiko.«

»Ich habe fürchterliche Dinge erfahren«, brummte Fried und hielt das Steuer fest umklammert.

Gregor sah ihn zweifelnd von der Seite an. »Was könnte denn schrecklicher sein als ...« Er verstummte, als er den Gesichtsausdruck seines Freundes sah.

Mit groben Worten schilderte Fried, was er bei Lessenich erfahren hatte, und erntete nichts als betretenes Schweigen und Gregors hellauf entsetzte Miene.

Als der Wagen mit Schwung auf dem unbefestigten Boden des Reichartzhofes zum Stehen kam, hatte Fried mit seiner Erzählung geendet.

Von den Düsseldorfern war weit und breit nichts zu sehen. Ein Eingang zur Linken führte in das Haupthaus. Die Beete waren in Vorbereitung des ersten Frostes bereits mit Fichtenzweigen abgedeckt und in die Blumenkästen, die überall unter den alten Sprossenfenstern angebracht waren, war Heidekraut gepflanzt worden.

Gregor deutete auf die östliche Hausecke. Dort war im Schatten der Wand des alten Viehstalls eine Fußmatte zu erkennen. Als sie näher traten, entdeckten sie tatsächlich eine alte Stalltür, die jetzt, neu lackiert und mit einem kleinen Türkranz geschmückt, offensichtlich in eine Wohnung führte. Dies musste die Wohnung Bendermachers sein, von der Diefenthal gesprochen hatte. Die beiden Stallfenster rechts daneben waren vergrößert worden. Weiße Raffgardinen verdeckten den Blick ins Innere.

Fried klopfte gegen die Tür. Ein Klingelschild war nirgends zu sehen. Nichts geschah, und nachdem sie eine Weile gewartet und in die Stille gelauscht hatten, klopfte Fried erneut. Wieder tat sich nichts. Sie blickten in den Himmel und sahen das schwarzgraue Wolkenband, das von Osten her näher rückte. Der Wind frischte erneut auf und Laub wurde über den Platz gewirbelt.

Gregor setzte gerade an: »Vielleicht ist er noch nicht ...«, als Fried auf eine der Gardinen zeigte und bedeutsam die Augenbrauen in die Höhe zog.

»Machen Sie auf, Bendermacher!«, rief er und hämmerte jetzt lauter an die Tür. »Vor uns brauchen Sie sich doch nun wirklich nicht zu verstecken!« Nachdem immer noch nichts passierte, rief er: »Ich bin Fried und das hier ist Gregor. Wir sind zurückgekehrt, erinnern Sie sich denn nicht mehr an uns?«

Als sie schon nicht mehr damit rechneten, wurde von innen ein Schlüssel im Schloss gedreht. Die Tür öffnete sich einen Spalt breit und im Halbdunkel dahinter wurde ein zerfurchtes Gesicht deutlich. Der Mann war immer noch sehr groß, trotz seines hohen Alters. Eine muskulöse Erscheinung im bis zum Hals zugeknöpften, karierten Hemd, um das eine Lederweste baumelte. Ein braun gebranntes Gesicht mit struppigen, weißen Koteletten. Auf seinem Kopf saß ein abgegriffenes, rotes Käppi, das so gar nicht zu ihm passen wollte.

»Hallo Antoine«, sagte Gregor. »Ganz schönes Tempo für einen Mann Ihres Alters.«

»Bin viel zu Fuß. Viel im Garten«, kam es heiser aus dem Halbdunkel. Finger griffen um das Türblatt. Sie waren runzlig und dunkelhäutig. Unter den Nägeln waren schwarze Ränder. »Warum sind Sie zurückgekommen?«

»Wegen Michael.«

»Ach, Michael. Armer Kerl.«

Ein starker Windstoß ließ die Blumenampel, die rechts von ihnen an einem Metallarm baumelte, hin und her schwingen. Die Kettenglieder quietschten leise.

»Wo ist denn die Clara?«, fragte Bendermacher heiser und ließ blitzend die Äugelchen umherwandern.

»Sie ist im Hotel geblieben«, sagte Fried. »Können wir reinkommen?«

Bendermacher trat zur Seite und öffnete die Tür vollends. Wohlig warme Luft, durchsetzt vom bitter-rauchigen Duft eines Feuers umfing sie, als sie eintraten.

Fried blickte sich angenehm überrascht in dem ehemaligen Stall um. Die sanft geschwungene Gewölbedecke war fast vollständig erhalten und nur an einer einzigen Stelle durchbrochen worden. Eine moderne Wendeltreppe aus Metall führte in ein oberes Stockwerk. Alles war weiß getüncht und sparsam mit ein paar Bildern dekoriert. Ein alter Küchenschrank und ein Kohleherd zur Rechten, ein abgeschabtes Sofa und zwei Sessel zur Linken. Der Boden war mit rötlichen Terrakottafliesen ausgelegt. In Australien hatte Fried selten die Gelegenheit bekommen, die Renovierung eines alten Hauses zu planen. Ein Umstand, den er stets bedauert hatte. Eigentlich hätte er es gerne öfter gemacht. Aus altem Bestand etwas Neues zu machen, einem alten Haus neues Leben einzuhauchen, dies war eine schöne Aufgabe. Wer immer hier in diesem Stall die Planung durchgeführt hatte, hatte saubere Arbeit geleistet.

Bendermacher, der seinem bewundernden Blick folgte, erklärte: »Wohne noch nicht lange hier. Die haben mich hochgeholt aus dem Dorf, damit ich auf das Haus aufpasse, wenn sie weg sind. Die sind viel weg. Wenn ich mal irgendwann nicht mehr bin, wird das sicher eine Ferienwohnung.«

Gregor rechnete nach und kam zu dem Schluss, dass Antoine Bendermacher beinahe achtzig sein musste. Damals war er als junger Mann ins Hotel gekommen. Von seinem Luxemburger Zungenschlag war heute nur noch wenig zu hören.

Bendermacher wies stumm auf die Sessel und hockte sich auf die vordere Kante des Sofas. »Seid ihr für immer zurückgekehrt?«

Gregor winkte vehement ab. »Um Gottes willen, nein.«

»Wir sind gekommen, weil wir uns Sorgen um Michael gemacht haben.«

Bendermacher nickte und kramte in der ausgebeulten Tasche seiner Weste herum. Schließlich förderte er eine klobige Pfeife zu Tage und stopfte sie aus einem Tabaksbeutel, der auf einem kleinen Tischchen neben dem Sofa ruhte. Was immer er da auch rauchte, es roch entsetzlich streng.

»Stinkt?«, fragte er mitleidslos, als Gregor die Nase rümpfte.

»Allerdings.«

»Komisch. Gestank kann heute keiner mehr vertragen. Heute muss alles nach Blümchen riechen. Früher stank es andauernd. Hat keinem geschadet. Pisse, Kuhscheiße, Schweiß. Hat keinen gestört. Wisst ihr noch? War doch so.« Er stopfte mit einem knorrigen Daumen den Tabak nach.

Fried blickte unsicher zu Gregor hinüber, der seinerseits die Stirn runzelte. »Na, ich weiß nicht.«

»Ist aber so. Jeder Furz wird mit Deo weggejagt. Na ja, muss wohl so sein.«

»Hören Sie mal ...«, begann Fried, um das Gespräch in andere Bahnen zu lenken.

»Ihr seid zu spät«, brummte Bendermacher und klemmte sich die Pfeife wieder in den Mundwinkel. Was er jetzt erzählte, klang entsprechend undeutlich. »Hab ihn paar

Tage lang nicht gesehen. Mir schon Sorgen gemacht. Manchmal hab ich geholfen. Bisschen tapeziert, bisschen verputzt.«

»Aber als Gärtner haben Sie nicht mehr gearbeitet?«, wollte Fried wissen.

Der alte Mann strahlte ihn an und sagte mit einem breiten Grinsen, das eine Reihe schlechter, gelber Zähne sehen ließ: »Sag Du. Habt ihr früher auch gemacht. Bitte.«

»Klar«, sagte Gregor. »Du. Kein Problem.«

Bendermacher lüftete die Mütze, kratzte sich mit derselben Hand am fast kahlen Schädel und setzte sie wieder auf. »Konnte keinen Gärtner mehr bezahlen, der Junge. Hat er mich dann weggeschickt. Hab ihm dann trotzdem noch ab und zu geholfen, im Haus und so. Aber der Garten ...« Er zog eine säuerliche Miene. »Habt ihr ja gesehen. Sieht schlimm aus. Richtig schlimm. Komme manchmal vorbei und gucke danach, aber ...« Er machte eine wegwerfende Handbewegung.

Gregor nutzte die Gelegenheit und ging auf das Stichwort ein, das der alte Gärtner ihm soeben gegeben hatte. »Das haben wir gesehen, dass du manchmal vorbeikommst. Clara hast du einen ganz schönen Schrecken damit eingejagt.«

Bendermacher grinste wieder und begann sogar zu kichern. »Die Clara. Nä, nä, die kleine Clara. War ein hübsches Dingelchen. Hätt ich auch gern mal dran geknuspert. Kann ich ja heute ruhig sagen, oder? Hast du die geheiratet, Friedchen?«

Fried schüttelte den Kopf und lächelte milde. »Nee, Antoine, ist alles anders gelaufen.«

»Antoine«, ließ der alte Mann langsam seinen eigenen Namen über seine Lippen kommen. »Sagt keiner mehr. Tünn sagen die. Kappe-Tünn.«

»Du machst ihr Angst, Antoine, weißt du das?« Fried blickte ihn beschwörend an.

Der Alte riss empört die Augen auf. »Angst? Wie das denn? Ich mach doch keinem Angst!«

»Du schleichst rum und ...«, begann Gregor, aber Antoine Bendermacher war bereits empört aufgesprungen und warf sich in die Brust. »Ich schleiche nicht rum! Gucke nur mal nach dem Rechten! Verzweifle fast darüber, wie da alles verkommt!«

»Na ja«, Fried machte einen Versuch ihn zu beschwichtigen. »Clara wäre froh, wenn du einfach mal klopfst und ihr Guten Tag sagst, anstatt herum ... anstatt heimlich ...«

Das letzte Wort trug nicht zur Beruhigung des alten Mannes bei. Trotzig hatte er das Kinn vorgeschoben und seine Pfeife ragte steil in die Luft. »Heimlich!«, dröhnte er. »Heimlich! Wollte euch nicht stören. Habt genug Kummer. Immer nur Kummer in diesem Haus! Michael haben auch alle allein gelassen! Armer Junge.«

»Hast du ihn besucht?«, fragte Gregor, der plötzlich wieder an Frieds Bericht von dessen Unterhaltung mit Lessenich denken musste. Es verwunderte ihn fast, auf jemanden zu treffen, der Michael tatsächlich als »armen Jungen« bezeichnete. Waren die Gerüchte nicht bis zu ihm durchgedrungen?

Draußen hatte der Wind aufgefrischt und der Himmel hatte sich zugezogen. Die Zweige eines Baumes tickten gegen die Fensterscheiben hinter Bendermacher. Um sie herum wurde es düsterer, aber ihr Gastgeber dachte gar nicht daran ein Licht anzuzünden.

»Hast du das Feuerchen gesehen, das er gemacht hat?«, fragte Fried jetzt direkt.

»Feuerchen?« Hinter der wettergegerbten Stirn schien es kräftig zu arbeiten. Dann sagte er mit dem Ausdruck des Erkennens in der Stimme: »Feuerchen! Ach so, ja ja!« Und er setzte sich wieder hin.

Dann rutschte er nach vorne, sodass er ganz auf der Kante des Sofas saß. Er beugte sich zu ihnen vor und senkte verschwörerisch die Stimme. Die Miene, die er jetzt aufsetzte, passte zu dem, was er zu sagen hatte: »Diese Heftchen meint ihr?« Er wartete kaum ihr Nicken ab. »Unglaubliche Schweinerei, oder? Hab nichts gegen paar Bildchen. Haben wir uns alle angeguckt, oder? Paar schöne dicke Dinger, feine weiße Schenkelchen, kleine Muschi und so. Haben ja alle schon mal 'nen Film gesehen. Nix gegen zu haben.« Er deutete mit dem Daumen hinter sich. »Die Frau aus Düsseldorf duscht im Sommer bei offenem Fenster. Selber schuld, sag ich da. Bleibt man schon mal stehen und guckt so 'n bisschen. Würde doch jeder machen, oder? Aber das da in diesen Heften ...« Er verzog den Mund voller Abscheu. Unwillkürlich sank der Pfeifenkopf nach unten. »Bin dazugekommen, als Michael das verbrannt hat. Das Beste, was er tun konnte, wenn ihr mich fragt. Hab keinen Augenblick geglaubt, dass er selbst so was mochte. Er hat geheult, sag ich euch. Geheult und geheult. Armer Kerl. Hat gesagt, dass jede Woche so was mit der Post kommt. Irgendwer hat das für ihn bestellt. Wenn ihr mich fragt, dann wollte ihn einer quälen. Gemein, oder?«

»Wer denn nur?«, fragte Gregor eindringlich. »Überleg doch bitte mal, wer ihm das antun würde.«

Er erntete nur Schulterzucken. Und diese Geste machte auf sie beide einen durchaus ehrlichen Eindruck. Bendermacher ahnte nichts.

»Diefenthal?«, fragte Fried vorsichtig. Er wollte keine Gerüchte in die Welt setzen. Ob man dem Alten trauen konnte, wusste er noch nicht.

Bendermacher schüttelte nach einigem Nachdenken den Kopf. »Nein. Der bestellt so was nicht. Nicht seine Art. Der hat dem Jungen mal eine gescheuert. So macht der das. Ein paar Ohrfeigen und ein Tritt in den Arsch. So macht der es mit allen, die ihm quer kommen. Der schüchtert die Leute ein. Vorsicht bei dem. Hat immer 'ne Flinte im Auto, wisst ihr.«

»Hier sind kleine Jungs vergewaltigt worden. Schon mal was davon gehört?«

»Hier?« Antoine sah ratlos zwischen ihnen hin und her.

»In der Eifel. Immer mal wieder. Einmal sogar in Lommersdorf.«

Die Miene des Alten hellte sich auf. »Ja ja, jetzt weiß ich. Elende Sauerei. So was Widerliches.«

»Ist da jemals irgendwer verhaftet worden? Irgendeine Ahnung?« Gespannt blickte Fried zu Bendermacher hin, der in diesem Augenblick erneut seine Pfeife entzündete.

»Nö. Keiner. Nie mehr was von gehört. Waren Leute mit zwei Kindern, die aus Sachsen rübergezogen sind. Wohnen jetzt irgendwo im Ruhrpott, glaube ich. Armes Jüngelchen. War 'ne ganz schöne Aufregung hier. Typ mit 'nem Motorrad, soweit man weiß. Wenn man den gekriegt hätte, bevor die Polizei ...«

Plötzlich blickte er auf, sah von einem zum anderen, wobei sich seine Augen zu schmalen Schlitzen verengten, und er richtete sich erneut auf und stemmte diesmal die Fäuste in die Seiten. »Ist ja wohl nicht wahr, oder? Meint ihr etwa ... Habt ihr noch alle Tassen im Schrank? Michael? Wenn ihr so was behauptet, dann werd ich ...«

Fried sprang hoch und machte eine beschwichtigende Bewegung mit den Händen. »Wir sagen so was ja gar nicht. Wir glauben ja auch nicht, dass Michael damit was zu tun hatte!«

Bendermacher beruhigte sich nur langsam. Er ging zu einem kleinen Schränkchen und holte eine schlanke Flasche ohne Etikett hervor. Im Innern glänzte eine klare Flüssigkeit. »Schnaps?«, fragte er knurrend.

Sie waren sich einig, dass sie trotz der frühen Stunde alle einen vertragen konnten. Als er drei kleine Gläser beinahe randvoll gegossen hatte, stießen sie miteinander an und es schien so, als sei Bendermacher in Gedanken immer noch mit Michaels möglicher Verbindung zu den Vergewaltigungen beschäftigt. Als er ihnen zuprostete, klang es halbherzig.

Gregor machte einen Versuch, ihren Besuch zu einem annehmbar versöhnlichen Ende zu führen: »Schön, dich mal in deiner Hütte besucht zu haben.« Und plötzlich schien ihm ein Gedanke durch den Kopf zu gehen, der ihn immens beschäftigte. Er warf Fried einen kurzen, unentschlossenen Blick zu und fragte dann den Alten: »Deine vorige Wohnung war unten im Dorf, nicht wahr?«

Bendermacher nickte stumm.

»Am Ortsausgang?«

Erneutes Nicken. »Richtung Blankenheim.«

»Da hat es doch ...« Gregor drehte das kleine Schnapsglas in seiner Hand und betrachtete es scheinbar sehr intensiv. »Einen Unfall gegeben. Ein Unfall mit einem Kind. Voriges Jahr im ...« Er zögerte kurz. »Im November.«

Bendermachers Miene verfinsterte sich wieder. »Kleiner Junge, stimmt. War der Enkel von Breuers Päul, dem alten Dachdecker. War zu Besuch bei Opa und Oma. Kleines Kerlchen. Komischer Name. Irgendwas Englisches. Benny ... Kenny ...«

»Kevin«, half Fried, der ahnte, worauf Gregor hinauswollte.«

»Kevin! Genau. Süßer Bengel. Knallrotes Haar und lauter Sommersprossen. Läuft einfach über die Straße und wird überfahren. Schlimm, schlimm. Die Frau, der's passiert ist, rührt garantiert kein Auto mehr an. Das kannste danach nicht mehr, glaube ich.«

»Woher kam der Junge?«, fragte Gregor.

»Wie woher?«

»Wo war er gewesen, bevor er auf die Straße gelaufen ist?«

Bendermacher lüpfte seine Mütze und kratzte sich zuerst am Kopf und dann ausgiebig am Kinn. »Weiß nicht so richtig. War ja nicht selber dabei. Bin nur dazugekommen, als plötzlich die Straße gesperrt wurde und das Blaulicht flackerte und all das. Woher der kam? Keine Ahnung, wirklich nicht. Sind keine richtigen Häuser auf der anderen Seite.«

»Nichts?«

»Büsche, Bäume. Geht da den Hang hoch. Weiter oben ein alter Schuppen. Keine Ahnung, wem der gehört. Wieso?«

»Nur so«, murmelte Gregor und streckte ihm das Glas entgegen. »Kann ich noch einen haben?«

31. Delicado

In den Winkeln des großen Hauses hing staubige Stille. Das Rauschen der Bäume drang matt und unwirklich von draußen herein und die Schatten breiteten sich zunehmend aus, obwohl der Tag noch nicht alt war. Es würde ein ungemütlicher Herbsttag werden.

Clara hatte das Briefpapier zusammengelegt und den Füllfederhalter verschlossen. Über die ersten drei Zeilen war sie nicht hinausgekommen. Was sollte sie Victoria berichten? All diese Ereignisse ließen sich schwer in Worte fassen, ohne dass man ein Gegenüber hatte, dem man dabei in die Augen blicken konnte. Dies war eine Geschichte, die man mit Zwischentönen erzählen musste und mit der Sprache der Augen.

Sie trank ihre Teetasse leer und ließ den Blick zum Fenster gehen. Fried und Gregor waren schon eine Weile weg. Insgeheim musste sie über den Eifer der beiden schmunzeln, mit dem sie den Mann mit der roten Kappe verfolgt hatten. Seit sie erfahren hatte, um wen es sich bei dem geheimnisvollen Beobachter handelte, hatte sich ihre Furcht vor ihm längst gelegt. Sie hätte nur noch zu gerne gewusst, was diesen Mann immer wieder hierher trieb. Wie eng war er mit Michaels Schicksal verknüpft gewesen?

Sie musste sich wohl oder übel gedulden, bis die beiden wieder auftauchten und ihr Bericht erstatteten. Sie hatte vorhin in Frieds Armbeuge eine Brötchentüte erkannt und verspürte bei dem Gedanken daran einen plötzlichen Hunger.

Clara erhob sich und streckte sich. Sie schlenderte zu dem Plattenspieler hinüber, den Gregor am Vorabend auf einem der Speisesaaltische aufgebaut hatte. Mit den Fingern fächerte sie die Plattenhüllen aus dem Pappkarton auf und entdeckte plötzlich *Delicado*.

Ihre Gedanken flogen unweigerlich zurück zum Abend des Vortages. Zu der Ruine. Zu dem Kuss, der nicht stattgefunden hatte.

Sie zog die Schallplatte aus der Hülle und ließ sie auf das schwarze Gummi des Plattentellers gleiten.

Fried würde wieder nach Australien gehen, daran bestand kein Zweifel. Er würde seine Firma abgeben, so hatte er erzählt und auch daran zweifelte sie nicht. Er würde in den wohlverdienten Ruhestand treten. Aber was würde er danach tun? Hatte er Bindungen, die ihn an diesen Kontinent fesselten, oder hatte er am Ende gar die Kraft, ja, den festen Willen, in seine alte Heimat zurückzukehren? Vielleicht für immer. Vielleicht zu ihr. Würde sie ihn bitten müssen? Hatte sie überhaupt den Mut, ihn darum zu bitten? Womöglich würden ihnen noch ein paar gemeinsame Jahre beschieden sein, aber all die Fragen, die sie bis dahin beschäftigen würden, machten ihr Angst.

Als sie den Tonarm mit dem Saphir auf den Rand der Schallplatte legte, knisterte es aus dem Lautsprecher, der im grauen Deckel des Geräts verborgen war.

Die ersten Rumbarasseln ertönten.

In dem Moment, in dem sich eine Hand auf ihre linke Schulter legte, schrie sie laut auf. Ihre Rechte stieß gegen den Plattenarm, der über die Platte rutschte und ein schrilles Geräusch durch den Lautsprecher schickte.

Als Clara herumfuhr und im gleichen Moment rücklings gegen den Tisch strauchelte, starrte sie in das gerötete Gesicht von Rudi Diefenthal. Er hatte die Augen ebenfalls schreckgeweitet, aber im Gegensatz zu ihr fing er sich gleich wieder, zeigte seine weißen Zähne und lachte dröhnend los.

Clara atmete mit kurzen, flachen Stößen, stützte sich mit den Händen im Rücken auf dem Tisch ab und starrte ihn feindselig an.

Diefenthal lachte dröhnend. »Aber Mädchen! Du musst doch keine Angst haben!« Er breitete die Arme weit aus, nur um sie gleich wieder nach ihr auszustrecken, aber sie entwand sich seiner Umarmung.

»Bist du völlig verrückt geworden? Warum schleichst du dich so an? Warum läutest du nicht?«

Diefenthal wischte sich mit dem behaarten Handrücken eine Lachträne aus dem Augenwinkel und legte einen Arm um ihre Schulter. Widerwillig ließ sie ihn gewähren.

»Die Tür war auf. Es ist nicht abgeschlossen.«

Sie schwieg trotzig. Natürlich hatte er Recht. Sie war unvorsichtig gewesen. Da man ohnehin an allen Ecken und Enden des Hauses hätte einbrechen können, ohne sich dafür nennenswert zu bemühen, vergaßen sie manchmal das Verschließen der Haustür. Als sie vorhin Fried und Gregor nachgeblickt hatte, hatte sie damit gerechnet, dass sie kurz darauf wieder zurückkehren würden.

Sie schüttelte seinen Arm ab und ging zum Nachbartisch, um ihr Briefpapier einzusammeln. »Trotzdem ist das keine Art, sich so einfach anzuschleichen, weißt du!«

»Ach, hör mal, du hast so süß dagesessen«, sagte Diefenthal und fuhr sich durch das dichte Haar. »So konzentriert und mit so einem ernsthaften Gesicht, Mädchen. Ich hab's nicht über's Herz gebracht dich zu stören. Was schreibst du denn? Liebesbriefe vielleicht, was?

Sie bedachte ihn wortlos mit einem zornigen Blick.

Diefenthal ließ sich schwer auf einen Stuhl fallen. »Wo sind denn deine beiden Männer?«

»Die kommen jeden Augenblick zurück. Das kann nicht mehr lange dauern.«

»Frühschoppen, was?« Er ließ den Kopf rundgehen. »Weißt du noch, wie wir hier gefeiert haben?«, fragte er und musterte die fleckigen Wände und den ungepflegten Parkettboden. »Das waren tolle Abende. Rock 'n' Roll und so. Manchmal möchte man schon gerne die Zeit zurückdrehen, oder nicht?«

»Ach, weißt du ...« Sie musste sich beherrschen, um nicht zuzustimmen. Gestern Abend noch hatte sie etwas Ähnliches empfunden, aber da war es natürlich nicht im Entferntesten um Diefenthal gegangen. »Man kann nichts rückgängig machen.«

»Würdest du gerne?«

»Du nicht?«

»Bin ganz gut gefahren, all die Jahre. Ich war glücklich verheiratet und war auch sonst nicht faul. Kein Grund zur Klage.« Er klatschte mit der flachen Hand auf die Platte des Tisches, der links neben ihm stand. »Büffet gab's hier immer. Die alte Schlesierin konnte ganz gut kochen, das muss man schon sagen. Ihr Sohn konnte gar nix, wenn du mich fragst. Da könnt ihr zehnmal so tun, als wäre er euer Goldkind gewesen. Ein Versager war er, sonst nix!«

»Das hast du schon oft genug gesagt, Rudi. Es reicht.«

»Sylvester war's, als wir beide getanzt haben, Clärchen. Weißt du noch? Schnittchen mit Lachsersatz gab's. Kennst du das noch? Dieses orangefarbene Zeug? Lachsersatz?«

Clara glaubte, Alkoholgeruch wahrnehmen zu können. Hatte Diefenthal getrunken? Seine Wangen waren gerötet.

»Mein Gott«, rief er und machte eine ausschweifende Bewegung mit dem Arm. »Was hätte das für ein Schmuckstück werden können. Ein erstklassiges Hotel, ein Laden, den die Leute aus ganz Deutschland besuchen, weißt du?«

»Der Junge war auf sich allein gestellt«, sagte Clara trotzig. »Du mochtest ihn nicht. Ich weiß nicht, warum, aber du mochtest ihn nicht. Du hast ihn gehasst, stimmt's?«

»Quatsch!«

»Keiner von euch hat ihm geholfen.«

»Ich habe immer einen guten Ratschlag für ihn gehabt!« Diefenthal wurde ärgerlich. Seine Stimme nahm einen hohlen, tiefen Ton der Empörung an. »Ihr macht es euch leicht, ihr drei. Ihr kommt her und sagt: Der Diefenthal ist ein Mistkerl. Der hat den Mann seiner Nichte am ausgestreckten Arm verhungern lassen. Aber so war es nicht, mein Mädchen! Nein, nein, das denkt ihr euch in euren Köpfen so aus, aber so war es ganz und gar nicht! Ihr wart nicht hier.« Er betrachtete seine Fingernägel und senkte die Stimme. Sein Versuch generös zu klingen scheiterte. Was er sagte, klang herablassend, so, als habe er von Anfang an gewusst, dass jede Hilfe, die er Michael hatte angedeihen lassen, zwecklos gewesen war. »Einen tollen Architekten aus Euskirchen habe ich ihm angeschleppt. Der hat Erfahrungen mit alten Häusern wie diesem, mit dem hätte er sich ja mal unterhalten können. Wollte er aber nicht.« Er warf einen lauernden Blick zu Clara hinüber, die mit verschränkten Armen ihr Briefpapier hielt. »Eine Familienfeier im Hotel in Blankenheim habe ich mal veranstaltet. Das ist ein Traditionshaus, da hätte er sich was abgucken können!« Er schüttelte den Kopf hin und her, um die Vergeblichkeit seiner Bemühungen zu unterstreichen. »Auf Langeoog habe ich ihm die Häuser gezeigt und gesagt: ›Hier, Junge, guck dir das an ...‹«

»Langeoog«, fuhr Clara dazwischen.

»Da war ich in Kur. Er hat mich abgeholt, weil Bernhard das Auto kaputt hatte. Ich habe ihm das Kurhotel gezeigt und gesagt ...«

»Hör auf damit!«, sagte Clara schrill. »Dein falsches Getue widert mich an!«

»Widert dich an?« Er schmunzelte und spitzte die Lippen, als er sagte: »Es widert sie an. Soso, es widert sie an. Das feine Mädchen kann sich ja so fein ausdrücken. Es widert sie an.«

Als er so dasaß, breitbeinig, den Kopf gesenkt, ein dünnes Lächeln auf den Lippen mitten in dem Gewirr seiner eisgrauen Barthaare, den Blick unter den halb geschlossenen Lidern auf sie gerichtet, da hatte er etwas von einem großen, lauernden Tier, das seine Beute fixierte und sich zum Sprung sammelte.

»Was dich alles so anwidert ...«

Plötzlich stand er auf und ging mit schweren Schritten auf sie zu. Er war immer noch ein stattlicher Mann. Seine Augen funkelten immer noch wie schwarze Glut. Sie sah, wie seine Wangenknochen mahlten, weil er sich Mühe gab, nicht gleich über sie herzufallen.

»Hast mir damals eine Ohrfeige gegeben, als ich dich küssen wollte, weißt du noch? Sylvester! Wir haben den Raketen zugeguckt!«

Er streckte plötzlich den Arm aus und rief dröhnend:

»Jlöckselich Neujoahr!
De Kopp voll Hoar!
De Muul voll Zängk,
bös an et Engk!«

Dann lachte er wieder dröhnend, winkelte auch den anderen Arm ab und packte sie. Mit eisernem Griff umschlang er ihren Oberkörper und drückte sie an sich. Ihr Briefpapier glitt auseinander und die einzelnen Blätter tanzten zu Boden.

»Du warst ja was Besseres als wir, stimmt's? Keine von uns, keine vom Bauernpack, hab ich Recht?«

Langsam begann er damit, den Körper hin und her zu wiegen. »Tanzen konnte man mit uns. Tanzen und tanzen und tanzen ... Aber wenn es mal mehr werden sollte, dann ...«

»Lass mich los!«, schrie sie schrill. »Bist du wahnsinnig? Hast du getrunken? Lass mich sofort los, Rudi!«

Überrascht bemerkte sie, dass er einen Arm von ihr löste, sie jedoch mit dem anderen fest im Griff hielt. Sie hörte durch sein Schnaufen, mit dem er warmen Alkoholdunst zu ihrem Gesicht hinüberschickte, wie er den Arm des Plattenspielers wieder in die Anfangsposition brachte.

Sie hörte das anschwellende Geräusch der Rumbarasseln.

»Dieses Arschloch hast du dir ausgesucht! Fried, diesen Pisser, der dann nach Australien abgehauen ist!«

Die Bongotrommeln setzten ein und dann auch die Trompeten. Laut lärmend schallte *Delicado* durch den fast leeren Saal. Diefenthal riss ihren Körper herum und schüttelte sie im Takt der Musik.

»Wir tanzen, Mädchen! Genau wie damals!« Er johlte, trällerte unbeholfen und schräg die Melodie mit und schwenkte ihre zierliche, kleine Gestalt herum wie ein frisch geschlachtetes Lamm.

Clara begann zu schreien. Vergeblich versuchte sie sich mit Fußtritten gegen ihn zur Wehr zu setzen, aber jeder der wenigen Tritte, die sie ihm versetzen konnte, prallte an seinen klobigen Stiefeln ab, die polternd auf dem Parkett ein Geräusch wie Kanonensalven machten.

Ihre Hände verfehlten ihr Ziel, als er immer wieder den Kopf nach hinten riss, bevor er erneut vorschnellte, damit seine Lippen sich an ihren erhitzten, vor Anstrengung gespannten Hals pressten.

Plötzlich griff von hinten eine Hand um sein Kinn. Diefenthals Augen traten unter ihren dunklen Brauen hervor und der eiserne Griff, mit dem er Clara umklammert gehalten hatte, löste sich und sie stürzte rücklings auf das Parkett.

Diefenthals Körper wurde herumgerissen und im nächsten Moment stieß Fried seine Faust mit aller Kraft, die er aufzubieten im Stande war, nach vorn.

Dies allerdings brachte Diefenthal nur leicht ins Taumeln. Er holte aus und verfehlte Frieds Gesicht nur um Haaresbreite mit seiner flachen Hand. Es hatte eine Ohrfeige werden sollen, die, wenn sie ihr Ziel erreicht hätte, Fried zu Boden geschickt hätte wie einen ungehorsamen Schuljungen oder einen aufsässigen Stallknecht. Rudi Diefenthal, der sich trotz des überraschenden Angriffs noch immer in der Gewalt hatte, hätte ihm eine demütigende Ohrfeige verpasst, die sein Gesicht mit Sicherheit feuerrot hätte aufflammen lassen.

Fried holte erneut aus, aber dieses Mal stieß ihm sein Widersacher mit beiden Händen so kräftig gegen die Schultern, dass es ein dumpfes Geräusch gab. Er stieß wieder zu und wieder, schubste Fried vor sich her, der immer wieder ein wenig zurückstrauchelte und dessen hilflose Versuche, zum Schlag auszuholen, mit jedem neuen Stoß vereitelt wurden.

Clara schrie etwas Unverständliches. Ein gequältes Kreischen, in das sie all ihre Ohnmacht legte. Ihr Rücken schmerzte von dem Sturz und Gregor kniete sich neben sie und strich ihr mit zitternden Fingern über die Wange um sie zu beruhigen.

Fried prallte gegen die Wand und hob abwehrend die Arme. Diefenthal schlug zu. Einmal, zweimal, dreimal mit Wucht und mit brutaler Berechnung, dann folgte ein Trommelfeuer von kleinen Schlägen, die Fried aufwimmern ließen, während er langsam auf die Knie sank.

Irgendwann stand Diefenthal dann breitbeinig und bis auf ein aufgeregtes Schnaufen ohne jedes weitere Anzeichen von körperlicher Anstrengung über Frieds zusammengesacktem Körper und spreizte die Arme, deren Muskeln vom groben

Umgang mit Vieh und Frucht, mit landwirtschaftlichem Gerät und mit unliebsamen Mitmenschen gestählt waren, weit vom Körper ab.

Alle anderen im Raum hockten, kauerten oder lagen am Boden und er blickte voller Verachtung auf sie hinunter.

Die letzten Töne von Percy Sledges *Delicado*, die das Handgemenge als heißblütige Begleitmusik untermalt hatten, schwammen langsam davon.

»Bleibt bloß, wo ihr seid!«, raunte Diefenthal drohend. »Kein Mensch hat euch hergerufen, versteht ihr mich? Hier braucht euch keiner mehr. Macht, dass ihr wegkommt!«

Als er sich ein letztes Mal um die eigene Achse drehte und den Blick über das bejammernswerte Szenario wandern ließ, das der verwahrloste Raum und die drei erschöpften alten Menschen bildeten, grunzte er nur verächtlich. Dann ging er langsam schwankend hinaus und kratzte sich dabei lässig an der Hüfte.

Clara machte einen verzweifelten Versuch sich aufzurappeln, aber Gregor hielt sie mit sanfter Gewalt zurück. »Langsam, langsam. Das hat überhaupt keinen Zweck.« Er dachte an Diefenthals ungebrochene Kraft, der das Alter überhaupt nichts anzuhaben schien. Er dachte an seine dunklen Augenbrauen und seinen gemeinen Blick. Und er dachte auch daran, dass Bendermacher erwähnt hatte, dass er immer eine Flinte im Auto habe.

»Lass mich!«, zischte Clara aufgebracht und stieß ihn rüde zur Seite. Und ehe Gregor sie daran hindern konnte, war sie schon wieder auf den Beinen und lief hinter Diefenthal her.

Im Durchgang zur Halle jedoch hielt sie inne, stampfte zornig mit dem Fuß auf und schrie: »Du dreckiges Stück Scheiße! Wenn du das noch einmal versuchst, kriegst du einen gehörigen Tritt in die Eier, du elende Drecksau!«

Als sie sich nach einigen Momenten der Stille zu den anderen beiden umwandte, blickte sie in zwei ungläubig aufgerissene Augenpaare. Sie atmete langsam aus, strich sich eine Locke aus dem schweißnassen Gesicht, streckte ihren Oberkörper und murmelte: »Das ist ja wohl die einzige Sprache, die er versteht, oder?«

Dann begann sie betont gefasst, ihr Briefpapier aufzusammeln.

Fried rappelte sich auf. Er tastete nach seinem Pflaster und stellte erleichtert fest, dass die Wunde nicht wieder aufgeplatzt war, als er gegen die Wand geprallt war. Gregor fragte teilnahmsvoll, ob Diefenthal ihn verletzt habe, aber er wehrte ab. »Ach was. Der ist zu klug, richtig zuzuschlagen. Das war nur ein Schuss vor den Bug.« Er legte Clara die Hand auf die Schulter. »Alles okay bei dir?«

Sie nickte und rieb sich den linken Ellenbogen.

»Vier alte Knacker, die sich auf dem Boden wälzen. Das ist doch ein Stück aus dem Tollhaus, oder?«, murmelte Gregor kopfschüttelnd und ließ sich ächzend auf einem der Stühle nieder.

»Er war auf Langeoog«, sagte Clara plötzlich.

Die beiden anderen verstanden nicht gleich, was sie meinte. »Wissen wir doch. Wir wissen, dass Micha auf Langeoog war«, sagte Fried mit einem Stirnrunzeln.

»Aber ich weiß, warum er dort war. Er hat Rudi von der Kur abgeholt.«

Sie durchquerte den Raum und suchte zwischen den wenigen Lebensmitteln und den anderen Dingen, die sie auf der Anrichte abgelegt hatten, nach etwas Bestimmtem. Schließlich förderte sie die Plastiktüte zu Tage und wühlte in deren Inhalt herum. Als sie zu ihnen zurückkehrte, hielt sie die Tüte in der einen und das Foto von Michael und dem Leuchtturm in der anderen Hand.

»Sie waren nie im Urlaub. Ihr erinnert euch? Ellen hat die Wahrheit gesagt. Er hat lediglich Diefenthal von der Kur abgeholt, weil dessen Sohn zu diesem Zeitpunkt über kein Auto verfügte. Was haben wir nun also ...?« Sie betrachtete nachdenklich die Fotografie.

»Oh, wir haben eine ganze Menge«, begann Fried. »Ich habe mit diesem Zwergenmann gesprochen, dem Michael Geld schuldete.«

»Und wir haben uns mit Bendermacher unterhalten. Mit dem Luxemburger«, fuhr Gregor fort.

Aber Clara hob abwehrend die Hand. »Warum hat Michael dieses Foto gemeinsam mit den Zeitungsartikeln über diese Verbrechen verwahrt? Es ist eine Aufnahme von einer Nordseeinsel, die uns eigentlich nichts weiter sagt, als dass er dort war.« Nach einem Moment des Schweigens erhellte sich ihre Miene und sie korrigierte ihre Aussage: »Falsch!«, sagte sie triumphierend. »Es sagt uns außerdem noch, wann er dort war, und dies scheint mir der springende Punkt zu sein!«

Sie holte die Zeitungsartikel heraus, breitete sie auf dem Tisch aus und fingerte zwischen den Papierfetzen herum. Sie wendete sie hin und her und las wieder und wieder, was auf der Vorder- und Rückseite der Artikel geschrieben stand. Es sah aus, als versuche sie, sie nach irgendwelchen undurchschaubaren Kriterien zu sortieren.

»Was suchst du?«, fragte Gregor.

»Dieses Foto dokumentiert, dass Michael zu einem bestimmten Zeitpunkt definitiv nicht hier in der Eifel war. Deshalb steckt es in dieser Tüte. Und ich suche nun nach der Tat, für die er unwiderruflich ein Alibi hat.«

32. Rost und Angst

Das Unwetter rückte näher. Der Wind kam vom Norden über die Felder und riss an den dürren Ästen, fuhr mit seinen eisigen Händen zwischen ihren Stämmen hindurch und griff von unten nach ihren wehrlosen Kronen, als wolle er sie allesamt ausreißen und mit sich nehmen. Er trieb mit frostigem Zischen Wolken dürren Laubs durch die Luft und versprengte kalte Regenschauer mit dem bitteren Versprechen, sie schon bald in Eis und Schnee zu verwandeln.

Als sie zum Ort hinunterfuhren, peitschte die Nässe gegen die Seite des Fahrzeugs, sobald sie eine größere Lichtung passierten, auf der sich das Wetter mit all seiner angeberischen Gewalt aufbäumen konnte.

Sie hatten den Zeitungsartikel gefunden, den Michael auf seine hilflose und schwer zu verstehende Art mit einem Urlaubsfoto zu dokumentieren versucht hatte. Während er sich an diesem speziellen Tag im September vor wenigen Jahren auf der Insel Langeoog befunden hatte, war in Euenheim bei Euskirchen, am nördlichen Rand der Eifel, ein achtjähriger Junge beim Spielen an einem kleinen Bachlauf von einem Fremden vergewaltigt worden, ohne dass dieser dessen Gesicht hatte erkennen können. Der Mann hatte eine Sturmhaube getragen und den Jungen nach seiner Tat zurückgelassen, ohne ihn von seinen Fesseln aus Paketband zu befreien, mit denen er das wehrlose Kind an zwei schlanke Baumstämmen festgebunden hatte. Der Junge hatte später eine Mütze beschrieben, die ohne Zweifel Schlüsse auf die Sturmhaube eines Motorradfahrers zuließ. Das völlig verängstigte und verstörte Kind war erst am nächsten Tag, am Montagmorgen, gefunden worden, als die Polizei alarmiert und ein Suchtrupp eingesetzt worden war.

Clara hatte die fürchterlichen Details der Tat mit zitternder Stimme vorgelesen und hatte sie dann auf eine Notiz auf der Rückseite des Ausschnitts hingewiesen, in dem es hieß: *Vorgestern, am Herbstanfang.* Nachdem sie gemeinschaftlich ihre Kalender konsultiert und ein wenig herumgerechnet hatten, waren sie zu dem Ergebnis gekommen, dass sich diese Tat am nämlichen Datum ereignet haben musste, an einem Sonntag, am Herbstanfang des Jahres 2001.

Sie parkten den Wagen auf einem Feldweg, der vor dem Orteingangsschild nach rechts abzweigte und leicht abschüssig zu den Wiesen am Ufer der Ahr führte.

Kurze Zeit später überquerten sie dann die Hauptstraße ungefähr an der Stelle, an der auch der kleine, rothaarige Junge aus Antoines Erzählung dies getan haben musste. Nur taten sie es in umgekehrter Richtung. Was immer dort auf der anderen Straßenseite war, vor dem er versucht hatte davonzulaufen – denn dass er genau dies getan hatte, schien ihnen unterdessen sicher –, sie hatten sich aufgemacht, es zu finden und ihm ins Auge zu sehen.

Das Gestrüpp, das den Hang hinunterwucherte, reichte beinahe bis an die Straße. Eine alte Ruhebank, von der die blassrote Farbe beinahe vollständig abgeblättert war, stand dort, umrankt von kniehohem Gesträuch. Dahinter stieg das Gelände steil an.

Der Wind zerrte an ihren Kleidern und sie kämpften trotzig gegen ihn an. Bevor sie aufgebrochen waren, hatten sie in aller Eile den schlimmsten Hunger gestillt. Gregor bejammerte mehrfach den Verlust seines Flachmanns und es geschah immer wieder, dass Clara oder Fried ihn heimlich betrachteten, wie er mit verkniffenen Mundwinkeln voranschritt, und versuchten, Hinweise auf einen heimlichen Schmerz bei ihm zu entdecken. Manchmal trafen sich ihre Blicke bei diesen Beobachtungen und sie schämten sich ihrer Hilflosigkeit was Gregors Krankheit anging.

Als sie am Straßenrand entlang irrten, hielten sie immer wieder Ausschau nach einem Pfad oder einem Steig, der sie den Hang hinaufzuleiten vermochte. Sie entdeckten mehrfach farbige Pfeile und Markierungen an den Stämmen der älteren Bäume, und die vorbeifahrenden Autos spritzten kalte Gischt aus den Pfützen zu ihnen herüber.

Gregor entdeckte schließlich etwas, das mit ein paar Querhölzern in den lehmigen Grund der Böschung hineingebaut worden war und das man als Überreste eines kleinen Aufstiegs deuten konnte.

Als er voranging, breitete er die Arme aus wie ein Seiltänzer. Der Wind blähte seine Rockschöße. Sie folgten ihm wortlos, da es in erreichbarer Nähe die einzige Möglichkeit zu sein schien, den Hang zu erklimmen.

Als sie weiter oberhalb das Gebüsch überwunden hatten, erreichten sie einen schmalen Streifen Wiese, die nach ein paar Metern hangaufwärts bereits wieder vom nächsten Streifen schier undurchdringlichen Buschwerks begrenzt wurde.

Clara sah mit einem Mal die Hütte, die die beiden ihr gegenüber erwähnt hatten. Als sie sich nach links wandten, um sie näher in Augenschein zu nehmen, trieb ihnen der Regen direkt entgegen. Kleine, klirrend kalte Tropfen trafen sie an den nicht verhüllten Stellen ihrer Gesichter wie Nadelstiche. Sie beschleunigten ihre Schritte. Keiner von ihnen führte bei ihrer Reise in die alte Heimat Schuhwerk mit sich, das einem solchen Marsch durch eine verwilderte, regennasse Wiese standgehalten hätte. Als sie wenig später in den Schutz der Hütte stolperten, schüttelten sie sich und spürten, wie die Kälte stechend durch ihre nassen Füße zuckte und ihre Beine hinaufkroch.

Gregor strich sich das Wasser aus dem Schnurrbart und ließ den Blick herumgehen. »Ein lauschiges Plätzchen«, murmelte er.

Brennnesseln und Ackerwinden überwucherten die Stellen, an denen die brüchigen Mauern aus dem Boden wuchsen. Von den beiden Torflügeln, die diesen Stall einst verschlossen hatten, hingen nur noch die spärlichen Überreste des einen schief in den rostigen Angeln. Weiter nach hinten in den Schuppen drang nur wenig Licht. Ein paar helle Flecken auf dem Boden gehörten zu den Löchern, die die Zeit und das Wetter in gemeinschaftlicher Hartnäckigkeit in das alte Dach gebrochen hatten.

Gregor war weiter hineingegangen und beleuchtete mit dem Schein seines Feuerzeugs ein rostiges, altes Ungetüm, das ehemals als landwirtschaftliches Gerät gedient haben mochte. Sein Zweck war nur noch zu erahnen. Clara glaubte zu erkennen, dass es vordem einmal zur Heuernte eingesetzt worden sein mochte. Längst hatte die Technik sich auch in der Landwirtschaft weiterentwickelt und hier in der Finsternis einer abbruchreifen Hütte, die niemand mehr brauchte, am Rande einer Wiese, die brach lag und nicht mehr bewirtschaftet wurde, einen Dinosaurier aus Schrott zurückgelassen, der im günstigen Fall noch als bizarres Spielgerät für abenteuerlustige Kinder dienen mochte, deren Hinterlassenschaften allenthalben verstreut lagen.

Sie fanden zerknüllte Zigarettenschachteln und erinnerten sich an die ersten verbotenen Rauchversuche im Keller des Hotels. Fried zog mit dem Fuß Furchen durch das verrottete

Stroh, das zu großen Teilen immer noch den Boden des Schuppens bedeckte. Papierfetzen von Eisverpackungen, leere Plastiktütchen, in denen einmal Süßigkeiten gesteckt hatten, sogar eine kleine Stelle, an der einmal ein Feuerchen entzündet worden war.

In einer Ecke lag ein Haufen völlig verrotteter, alter Decken, um die herum alte Batterien und zerfledderte Hefte verstreut waren. Für einen Moment stockte Clara der Atem, aber als sie sich bückte und im spärlich durch das löchrige Dach hereinrieselnden Licht zu erkennen versuchte, was dort abgedruckt war, fand sie nichts Schlimmeres vor als Mickymäuse und knollennasige kleine Männchen, denen der Zahn der Zeit die Hälfte ihrer papiernen Abenteuer weggefressen hatte.

Nach einer Weile hörten sie Gregor seufzen. Als sie sich zu ihm umwandten, sahen sie, dass er immer noch im Schein seines Feuerzeugs in die Betrachtung des Schrotthaufens versunken war.

»So habe ich mir das gedacht«, murmelte er und nickte kaum merklich.

Als sie sich zu ihm gesellten und die Stelle des rostigen Metalls betrachteten, auf die das flackernde Licht fiel, schlug ihnen die fürchterliche Gewissheit, dass sie sich an einem Ort befanden, an dem vor noch nicht allzu langer Zeit einem kleinen, hilflosen Kind unsagbarer Schmerz zugefügt worden war, wie ein Fausthieb in den Magen. Sie erkannten die zerfetzten Reste des bräunlichen Paketbands, die an der rostigen Querstange zurückgeblieben waren, gerade soweit voneinander entfernt, dass die Handgelenke eines Kindes weit genug voneinander gestreckt waren, dass es wehrlos und gefügig war.

Der Rost fraß unabänderlich weiter an diesem Gerät. Er würde Jahr für Jahr ein neues Teil zerblättern und ins Nichts verschwinden lassen, aber dieses Kunststoffband würde noch lange, lange Zeit von dem erzählen, was sich hier zugetragen hatte.

Der schwüle, stinkende Dunst dieser Tat, die sie in diesem Moment förmlich zu riechen glaubten, ließ ihnen unter ihren Mänteln heiß werden, trieb ihnen die Wut rot glühend in die Gesichter. Der kalte Herbsttag verlor für einen Moment seinen Biss, für einen Augenblick, in dem sie glaubten, das Zappeln und das Scharren der Füße im unbefestigten Boden zu erkennen, die unsagbare Gewalt, die von diesem Platz immer noch ausging, der Schmerz und das Elend, das immer noch in diesem Raum hing und das kein noch so strenger Herbstwind jemals herauszupusten im Stande sein würde.

Sie brauchten nicht nach den Resten der Fesseln zu suchen, nach dem Knebel aus dem gleichen erbarmungslosen Material, das irgendwo hier oder auf dem Weg zur Straße noch liegen musste, nachdem der kleine Junge es geschafft hatte, sich zu befreien und von hier fortzukommen, kurz bevor dieser schreckliche Unfall ihn daran gehindert hatte, seinen Schmerz irgendjemandem mitzuteilen, bei irgendeiner Menschenseele Trost zu finden oder überhaupt von da an ein Leben fortzuführen, in dem ihm ein gütiges Schicksal vielleicht irgendwann, nach vielen, vielen Jahren den langsam wachsenden Schatten des Vergessens schenken würde.

Sie verließen die Hütte einmütig schweigend, so wie sie gekommen waren. Der Sturm packte sie erneut und trieb sie diesmal vor sich her. Er schien ein Einsehen zu haben und zu erkennen, dass jeder Schritt, der sie von diesem grauenhaften Ort fortführte, eine Erleichterung für sie war.

Sie hatten die Wiese überquert und befanden sich gerade mitten im rutschigen Abstieg auf den Überresten der Holzstufen, als Frieds Handy piepte.

Während er das Gespräch annahm, klammerte er sich mit einer Hand an einem jungen Baum fest, um nicht zu straucheln und zu stürzen. Er schrie in das Gerät: »Ich kann Sie kaum verstehen ... Die Verbindung ist sehr schlecht ...« Dann rief er noch ein paar Mal »Hallo!«, bekam aber offensichtlich keine Antwort.

Schließlich ließ er das Gerät wieder in der Innentasche seines Mantels verschwinden und folgte den anderen beiden.

Als Clara am Fuße der Böschung fragte »Australien?«, schüttelte er den Kopf. »Eine Frau. Sie sprach deutsch, soweit ich das verstehen konnte.«

»Was wollte sie?«

Er ließ den Kopf nach rechts und links gehen, um den rollenden Verkehr zu beobachten und eine Gelegenheit zur Überquerung der Straße abzupassen. »Keine Ahnung. Sie fragte, ob ich derjenige sei, der im Hotel wohnt. Komisch.«

»Rufnummer?«, fragte Gregor. »Kannst du ihre Rufnummer sehen?«

»Anonym. Sie wird noch mal anrufen, da bin ich sicher.«

Und tatsächlich piepte es erneut, als sie die Straße noch nicht ganz überquert hatten. Auf der anderen Seite, gerade in dem Moment, in dem ein Auto aus Richtung Blankenheim an ihnen vorbei auf den Ortseingang zuschoss und eine Wasserfontäne zu ihnen hinüberspritzte, schrie Fried erneut in das Telefon: »Hören Sie mich? Hallo!«

Aber immer noch schien die Verbindung wacklig. Fried versuchte, im prasselnden Regen das Display zu erkennen. Doch in dem Moment war das Telefonat bereits wieder beendet. »Shit!«, fluchte er und eilte mit den anderen auf das Leihfahrzeug zu, das nicht weit von ihnen auf dem Feldweg geparkt stand.

Als sie wenige Minuten später im Inneren des Wagens saßen, beschlugen beinahe augenblicklich die Scheiben.

Schwer atmend sanken sie in ihre Sitze und schlossen fast alle gleichzeitig für ein paar Momente die Augen.

Fried wischte schließlich mit verbissenen Bewegungen ein Stückchen der Windschutzscheibe frei und startete den Motor. Er schaffte es mit viel Mühe, auf dem Feldweg zu wenden, ohne sich festzufahren und bog nach links in Richtung Hotel ab.

»Benachrichtigen wir die Polizei?«, fragte Clara. »Dass dieser Unfall mit dem kleinen Kevin sich nur ereignet hat, weil ihm genau das passiert ist, was dieser widerliche Kerl auch mit allen anderen gemacht hat, das müssen die doch erfahren.«

»Natürlich müssen sie das. Ich ahne zwar schon, worauf das hinausläuft: Sie werden uns eine Gardinenpredigt halten, weil wir drei alten Zausel es gewagt haben, ein bisschen Detektiv zu spielen, aber letzten Endes werden sie froh sein. Womöglich hilft es ihnen ja wirklich weiter«, sagte Gregor.

»Nenn mich nicht immer alten Zausel oder alten Knacker!«, protestierte Clara.

Gregor, der sich auf seinem Rücksitz nach vorne gebeugt hatte und sich zwischen Fahrer- und Beifahrersitz hindurchreckte, lächelte verschmitzt. »Ich entschuldige mich in aller Form, Fräulein Clara.«

Fried war von der Straße abgebogen und lenkte das Auto nun wieder über den Waldweg zum Hotel hinauf. Immer wieder wischte er über die Scheibe, wenn das Kondenswasser ihm wieder vollständig die Sicht zu nehmen drohte. »Wisst ihr, ich glaube, dass das kein Zufall ist.«

»Was?«

»Die Tatsache, dass es gerade Michael ist, dem man versucht, all diese Dinge in die Schuhe zu schieben. Ich meine, wieso gerade er?«

Die anderen beiden schwiegen ratlos.

»Ist der wirkliche Täter vielleicht vor Ort? Hat er womöglich Angst, dass die Spuren vielleicht irgendwann geradewegs hierher führen? Ich meine, einige der Taten haben sich ja wahrhaftig in nicht allzu weiter Entfernung abgespielt. Ich finde, das ist doch auffällig. Lommersdorf, Jünkerath und jetzt sogar diese Sache direkt vor Ort.«

»Diefenthal war es, der mit aller Gewalt versucht hat, Michael in die Isolation zu treiben. Er hat ihn gehasst«, sagte Clara, als der Wagen vor dem Hotel zu stehen kam.

Als sie ausstiegen, wirbelte der Regen in das Wageninnere. Gregor rief: »Aber das passt nicht zu Diefenthal. Er war außerdem auf Langeoog, als sich diese Geschichte in Euenheim zugetragen hat. Vergiss das nicht.«

Sie rissen die Autotüren auf und kletterten hinaus in den prasselnden Regen. Dann rannten sie zum Eingang, wobei sie versuchten, die Kragen der Mäntel, so weit es ging, über ihre Köpfe zu ziehen.

Weder Gregor noch Clara bemerkten auf Anhieb, dass Fried nicht mit ihnen gekommen war, als sie am Haupteingang ankamen.

»Was macht er?«, fragte Gregor ungeduldig und versuchte Fried hinter den beschlagenen Scheiben des Autos auszumachen. »Wo bleibt er denn? Er hat den Schlüssel!«

Es dauerte einige Minuten, bis Fried schließlich ebenfalls ins Freie stieg und mit wehendem Mantel zu ihnen stieß. In seiner Hand hielt er das Handy.

»Eine schriftliche Nachricht. SMS sagt man, glaube ich.«

»Von wem?«, fragte Gregor ungeduldig. »Deine geheimnisvolle Unbekannte?«

Fried zuckte mit den Schultern, während er den Schlüssel vom Schlüsselbund abzählte und ins Schloss steckte. »Vermutlich. Sie möchte uns etwas mitteilen, was Michael angeht, so schreibt sie. Wir sollen uns heute Abend gegen sieben Uhr bereithalten.«

»Bereithalten? Schreibt sie wirklich bereithalten? Wo denn?«, fragte Clara verwirrt. »Kommt sie zu uns?«

»Das hat sie nicht geschrieben.«

Die Tür schwang auf und sie polterten ins Innere. Seit ihrer Ankunft hatten sie kein einziges Mal das Gefühl gehabt, das finstere, kalte Haus könne ihnen Schutz vor irgendwelchen Unbilden gewähren. Als Gregor jetzt hinter ihnen die Tür ins Schloss donnern ließ, atmeten sie allerdings auf, erleichtert darüber, vor dem Unwetter in Sicherheit zu sein.

»Sie schreibt nur, dass wir bereit sein sollen. Sie hat dreimal das Wort WICHTIG benutzt, und ich glaube fast, genau das ist es auch.« Er schwenkte die Hand mit dem Handy triumphierend in der Luft. »Ich habe eine Ahnung, wer sie sein könnte. Lessenich hat sie erwähnt. Sie war diejenige, die behauptet hat, in dieser Wohnung dort beobachtet zu haben, dass Michael sich an seinem eigenen Sohn vergangen hat!« Er deutete mit einer wilden Geste auf die Tür der Einliegerwohnung. »Und was das Tollste ist: Ich habe langsam auch eine Ahnung, wen sie in Wirklichkeit an diesem Abend dort gesehen hat!«

»Ich auch«, hauchte Clara. »Oh ja, diese Ahnung habe ich langsam auch.«

Gregor, der sich ächzend aus seinem nassen Mantel schälte, hielt inne und blickte sie skeptisch an. »Moment mal, Moment mal. Könnt ihr beiden Hübschen mich vielleicht mal aufklären?«

33. Gewalt

Sein Gesicht wurde unbarmherzig auf den kalten Betonboden gepresst. Er spürte, wie etwas in seiner Nase knackste, und der überbordende Schmerz trieb ihm erneut Tränen in die Augen.

»Wo ist sie?«, hörte er undeutlich die Stimme. »Sag mir, wo sie ist!«

Verzweifelt versuchte er seit fünf Minuten, die ihm vorkamen wie fünf endlos lange Stunden, zu beteuern, dass er es wirklich nicht wisse, dass er absolut keine Ahnung habe, wo sie sich versteckt hielt.

Als er erneut den Mund öffnete, um zu sagen »Ich weiß es nicht«, kratzten seine Schneidezähne über den Boden. Er gab ein unverständliches Gurgeln von sich. Die Hand, die sein Gesicht auf den Boden presste, klammerte sich unbarmherzig um seinen Hinterkopf wie ein Schraubstock.

Die andere Hand hielt seinen Arm auf dem Rücken. Seine Schulter brannte wie Feuer. Mit der Rechten ruderte er wie ein Ertrinkender und scheuerte über den rauen Beton. Die Last des Körpers, der auf seinem Rücken kniete, raubte ihm die Luft.

»Ich weiß es nicht!«, wollte er erneut schreien, aber es klang wieder nur wie ein ersticktes Röcheln. Blut troff ihm aus den Mundwinkeln.

»Ich verstehe dich nicht«, kam die unbarmherzige Stimme. Sein Kopf wurde zur Seite gepresst. Jetzt wurde sein linkes Ohr auf den Boden gequetscht. Durch den Schleier seiner Tränen sah er Köpfe. Zehn, zwanzig, Hunderte. Kleine, grinsende Köpfe mit zersplitterten, weißen Bärten und leuchtend blauen Augen. Zertrümmerte Zwerge, zu Scherben zerschlagene Rehe und Scotchterrier und Schnecken, soweit sein Blick reichte.

Er wimmerte. Seine Lippen formten die Worte: »Ich weiß es nicht, ich weiß es nicht.«

Soheyla hatte ihm am Telefon angedeutet, dass sie eine große Dummheit begangen hatte. Sie hatte geweint. Er hatte gleich geahnt, um was es sich handelte, als sie berichtete, sie habe mit einer einzigen Lüge eine Katastrophe heraufbeschworen. Irgendwann hatte er gesagt: »Ich will es nicht wissen, Soheyla. Ich will nichts über deine Lüge wissen, denn ich kann dir nicht helfen.« Er war sich schmutzig vorgekommen, denn er spürte, in welcher Lage sie sich befand, in welcher ausweglosen Situation. In seiner Verzweiflung hatte er ihr die Telefonnummer des Mannes gegeben, der ihn am Morgen besucht hatte. Dieser hatte ihn gebeten, ihn anzurufen, wenn ihm noch irgendetwas Wichtiges einfallen würde, was Michael betraf.

Zuerst hatte er den Zettel zerknüllt und weggeworfen. Nur für Soheyla hatte er ihn noch einmal hervorgeholt.

Er wollte in nichts hineingezogen werden.

Auch jetzt nicht.

Als die Stimme ein weiteres Mal unbarmherzig und kalt dieselbe Frage stellte: »Wo ist sie?«, da hauchte er kraftlos: »Ich weiß es doch wirklich nicht.«

Der Druck ließ nach. Die Hände verschwanden.

Als er sich nach einer scheinbar endlos langen Zeit umdrehte, stand Bernhard breitbeinig über ihm und blickte ihn finster an.

»Okay«, sagte er. »Du weißt also nicht, wo die Sau steckt, was?«

Als er den Kopf schüttelte, fuhr ihm ein schneidender Schmerz in den Nacken.

»Und du weißt auch nicht, was sie vorhat?«

Auch das wusste er nicht. Woher auch? Er hatte sie nicht ausreden lassen, hatte ihr das Wort abgeschnitten und hatte eine Weile ihrem Schluchzen gelauscht.

Bernhard trat wütend nach dem zersplitterten Rumpf eines großen Porzellanleoparden. Es schepperte ohrenbetäubend laut durch die Halle.

»Warum glaubst du denn, dass ich was weiß?«, fragte Franz angstvoll.

Bernhard beugte sich zu ihm hinunter. Die stechenden, schwarzen Augen funkelten ihn aus einem blassen Gesicht an. »Weil du mit der Fotze da rumgesessen hast. In der Bikerklause, im Lokal in Hillesheim. Darum!« Er packte Franz am Kragen und zog ihn zu sich hoch. Instinktiv reckte Franz die Ellenbogen in die Höhe und versuchte unbeholfen sein Gesicht zu schützen.

»Hör mir gut zu, du Arschloch«, zischte Bernhard. »Wenn du irgendwem auch nur ein Sterbenswörtchen von dem erzählst, was zwischen uns beiden vorgefallen ist, dann mach ich dich tot, verstehst du?«

»Klar«, wimmerte Franz. »Ist klar. Kein Mensch erfährt was.«

Er meinte, was er sagte. Sterbenswörtchen – Wie gut dieser Ausdruck passte. Kein Sterbenswörtchen. Niemand würde etwas erfahren. Typen wie Bernhard oder seinem Vater war nicht beizukommen. Er wusste nicht, was passiert war. Er ahnte es nur. Er ahnte auch, dass Michael daran zerbrochen war, dass sie ihn kaputtgemacht hatten. Regelrecht zertreten und zerbrochen wie all die Porzellanzwerge, die in Tausenden von Scherben zersprengt um ihn herum auf dem Boden der Halle verstreut lagen.

Er würde schweigen, soviel war sicher. Er würde zu Renate gehen und ihr etwas von einem Überfall vorlügen, von

Männern, die es auf seine Kasse abgesehen hatten oder etwas Ähnliches. Er würde sich trösten lassen und bei ihr bleiben. Sie hatten beschlossen wegzugehen. Der Gedanke war so verlockend, so reizvoll ... Sie liebäugelten mit Spanien oder Griechenland. Dort konnte er vergessen, was geschehen war.

»Ich sag keinem was«, flüsterte er, als Bernhard ihn losließ und ihm die Tränen und der Rotz vom Kinn tropften. »Ich nicht.« Und er meinte es wirklich ernst.

* * *

Nachdem Bernhard die Halle verlassen hatte, stieg er zu seinem Vater in den Wagen.

»Nichts.« Noch bevor er den Kragen seiner Jacke wieder heruntergeschlagen hatte, traf ihn eine schallende Ohrfeige, dass ihm der Kopf herumflog.

»Wofür war das denn?«, fragte er entsetzt. Als ihn das schwarze Augenpaar vom Fahrersitz anfunkelte, begegnete er seinem eigenen Blick.

Diefenthal antwortete nicht. Stattdessen ließ er den Motor an. Augenblicklich begannen die Scheibenwischer ihren hektischen Tanz mit dem Regen.

»Dein Dreck«, knurrte Diefenthal und griff grimmig um das Lenkrad. »Dein verdammter, elender Dreck. Wie lange wird er uns noch verfolgen?« Er rollte auf die Hauptstraße und lenkte in die Richtung ihres Hofes.

Bernhard schob trotzig das Kinn vor und sagte. »Es ist vorbei. Du weißt, dass ich es unter Kontrolle habe.«

Im selben Augenblick traf ihn erneut die flache Hand seines Vaters und es schallte wieder ohrenbetäubend laut.

Reflexartig riss er die geballte Faust empor, was seinen Vater zu einer Vollbremsung veranlasste. Der Wagen schlitterte über die Fahrbahn, blieb halb schräg mitten auf der Straße stehen und Diefenthal griff mit beiden Händen nach den Ohren seines Sohnes auf dem Beifahrersitz.

»Du kleines Schwein!«, schrie er. »Du kleines Schwein sagst immer, es wäre vorbei! Wie oft habe ich dir schon geglaubt, was? Beim nächsten Mal schlage ich dich tot! Tot! Tot! Verstehst du mich?«

Erst als sich von Ahrhütte her ein Lastwagen mit lautem Hupen und Blinkzeichen näherte, ließ Diefenthal von ihm ab und trat wieder auf das Gaspedal.

»Sie hat gesagt, wir sollen warten. Um sieben hat sie gesagt!«, schrie Diefenthal. »Kannst du mir sagen, was ich bis dahin tun soll? Soll ich mich ruhig zu Hause in den Sessel setzen und einen Kaffee trinken oder was?«

Wütend lenkte er seinen Mercedes um die Kurve in die Ortsmitte. Er schnaufte wie ein Stier, und sein Sohn wagte es nicht, noch etwas zu sagen.

Es war ein Fehler gewesen, diese dreckige Perserin einfach ziehen zu lassen.

Noch in derselben Nacht, in der sie ihn gesehen hatte, hatte er sie eingeschüchtert, hatte ihr gedroht, wenn ein einziges falsches Wort über ihre schmutzigen Lippen käme, dann würde er sie augenblicklich verpfeifen, dann ginge es zurück in ihre Kanakenheimat. Dies schien ihr große Angst eingeflößt zu haben. Sie hatte gebettelt und gefleht, hatte sich vor Bernhard auf die Knie geworfen und geheult.

Warum war das heute plötzlich anders?

Es war noch keine Stunde her, dass sie plötzlich bei seiner Tante angerufen und nach ihm gefragt hatte.

Sie wollte Geld. Fünfzigtausend. Dann würde sie schweigen und verschwinden. Das hatte er unmöglich alleine durchziehen können. Es hatte ihn große Überwindung gekostet seinen Vater anzusprechen. Er kannte seinen ungezügelten Zorn. Aber er brauchte das Geld.

Sein Vater reagierte anfänglich ungewöhnlich ruhig. Er erklärte, dass dies keine Summe sei, deren Beschaffung große Schwierigkeiten mache. Aber sein Zorn wuchs mit jeder Minute, mit der diese längst vergangen geglaubte Geschichte langsam wieder auftauchte und sich manifestierte wie ein böser Geist. Er wuchs mit der Gewissheit, dass diese Perserin nicht aufzutreiben war, dass es nicht länger möglich schien, Druck auf sie auszuüben. Der Gedanke, diese Geldforderung könne nur der Beginn eines ewigen Drangsals sein, machte Rudi Diefenthal schier wahnsinnig.

Eine kleine Ausländerin wie sie, ständig auf der Flucht, ständig in Nöten. Die kam doch irgendwann wieder. Das würde kein Ende nehmen!

Sie erreichten den Hof und stiegen aus.

Als sie durch das Tor gingen, sprang Arco kläffend und schwanzwedelnd an ihnen hoch. Bernhard stieß ihn mit dem Knie zur Seite. Vorbei an seiner ratlos dreinblickenden Tante stiefelten sie wortlos ins Haus. Sie ging hinter ihnen her, knetete das Geschirrtuch zwischen ihren Händen und fragte unbeholfen, was denn los sei, aber ihr Bruder wimmelte sie ab, es sei wieder was mit den Zäunen und Vieh sei abgehauen und überhaupt sei das alles eine fürchterliche Scheiße.

Ohne weitere Fragen zu stellen, zog sie sich in die Küche zurück. Sie wusste, dass ihr Bruder in dieser Stimmung unberechenbar war. Ellen war mit dem Jungen in Bernhards Auto zum Einkaufen gefahren. Wenn sie zurückkehrten, musste sie sie warnen. Wenn Rudi wütend war, machte er vor niemandem Halt.

Als sie außer Hörweite war und sich die Küchentür geschlossen hatte, packte Diefenthal seinen Sohn mit einem blitzschnellen Griff am Hals und knurrte: »Wir bringen das hinter uns, hörst du? Wir schaffen das heute Abend ein für alle Mal aus der Welt, hast du mich verstanden?«

Bernhard nickte mühsam. Sein Gesicht lief rot an.

»Fahren wir zur Bank?«, fragte er ächzend. »Holen wir das Geld?«

»Später«, knurrte Diefenthal. »Wir geben ihr zwanzigtausend und dann soll sie auf Nimmerwiedersehen verschwinden.« Er drückte fester zu. »Und wenn ich sehe, dass du noch ein einziges Mal so einen Bengel auch nur schief anguckst, dann drehe ich dir den Hals um, du kleines Schwein, hörst du? Hörst du mich, du dreckiges, kleines Schwein?«

34. Ein einfacher Plan

Das Frieren hatte irgendwann aufgehört. Es war, als bewege sie sich nur noch in Watte gepackt. Die vergangenen Tage hatten ihr schwer zugesetzt und das spürte sie auch. Ihr Körper reagierte langsamer und immer wieder passierte es, dass ihre Gedanken an Dingen kleben blieben, fest froren, sich unablässig wiederholten und immer wieder um dieselben Dinge drehten. Und das, obwohl sie doch jetzt ständig besonders achtsam und auf der Hut sein musste.

Vor ihr lagen ein riskantes Unternehmen und zwei Chancen. Zwei Chancen in einer. Ein reiner Tisch und ein spurloses Verschwinden.

Den Mann, von dem Franz erzählt hatte, um Verzeihung zu bitten und ihm den wirklichen Täter zu überantworten – dies war die letzte Pflicht, die sie sich selbst auferlegt hatte, bevor sie mit dem Geld verschwinden würde. Pflicht, das hatte sie in Deutschland gelernt, das war so ein Wort, das man hierzulande immer wieder gerne gebrauchte, ohne wirklich zu wissen, was es bedeutete.

Für den Bus hatte das Geld gerade noch gereicht. Er hatte sie bis nach Hillesheim gebracht, und weiter ins Ahrtal war sie getrampt. Ein junger Mann mit einem klapprigen Fiesta hatte Mitleid mit ihr gehabt, als sie durchnässt und dünn und krumm wie ein Fragezeichen an der Imbissbude gegenüber vom Extramarkt gestanden und den Daumen rausgestreckt hatte.

Das war ein netter Kerl gewesen. Er hatte ihr Zigaretten angeboten und einen Schluck Kaffee aus seiner Thermoskanne. An der Kreuzung in Ahrhütte hatte er sie aussteigen lassen.

Von hier an ging sie zu Fuß.

Eine Dreiviertelstunde später sah sie in der Ferne das rote Licht der Bikerklause am Ortseingang von Ahrhoven. Jetzt waren es nur noch wenige Meter, bis es linkerhand zu dem Wanderparkplatz ging. Der Regen machte eine gnädige Pause. Dafür frischte der Wind erneut auf und hüllte sie in einen Mantel aus Kälte.

Vom Wanderparkplatz führte ein kleiner Fußpfad hinunter zur Ahr. Den würde sie nehmen, wenn Bernhard ihr erst einmal das Geld gegeben und wenn sie die vorbereitete SMS gesendet hatte. Sie würde ihm dann etwa zweihundert Meter am Bachlauf entlang folgen und einen kleinen Stichweg zur Rechten nehmen, der sie zur Rückseite der Bikerklause führte. Dort waren um diese Uhrzeit Menschen. Da würde sie jemanden finden, der sie mitnahm. Irgendwohin. Weg von hier.

Ein einfacher Plan. Alles würde im günstigen Fall vielleicht eine Viertelstunde dauern.

Als sie den Parkplatz erreichte, war es fast völlig dunkel geworden. Sie sah auf die Uhr. Es war bereits halb sieben.

Soheyla suchte sich einen Platz aus, an dem sie die letzte halbe Stunde einigermaßen windgeschützt verbringen konnte. Eine dicke, alte Buche gleich hinter den überquellenden Mülleimern bot ihr ein wenig Schutz. Sie schlang die Arme fest um den Körper, richtete den Blick auf einen unbestimmten Punkt in der Schwärze des Abends und wartete.

Immer wieder rollten Fahrzeuge vorbei, ließen ihre Lichtfinger ganz knapp an der Einmündung zum Parkplatz vorbei über den nassen Asphalt gleiten und verschwanden wieder. Sie war sich sicher, den richtigen Ort ausgewählt zu haben. Von jetzt an würde sie sich keine Fehler mehr erlauben.

Als sie das nächste Mal auf die Uhr sah, war es fast sieben.

Soheyla drückte die Wahlwiederholung ihres Handys.

Die Verbindung wurde hergestellt.

»Haben Sie das Geld? ... Schön. Gut, dass Sie das einsehen. Wir werden uns jetzt gleich treffen.« Sie wunderte sich selbst über die Festigkeit ihrer Stimme. »Ich warte auf dem Parkplatz vor dem Ort ... Na, was für ein Parkplatz schon ... Wenn man von Ahrhütte kommt, dann ... Genau der.«

Auf eine förmliche Verabschiedung legte ihr Gesprächspartner offensichtlich keinen Wert. Sie ließ das Handy sinken.

Sie würde langsam bis hundert zählen, und bevor sie fertig war, würde er hier sein.

* * *

Ellen erschrak, als das Gesicht aus der Dunkelheit auftauchte. Der Kleine machte einen solchen Lärm mit seinem neuen Spielzeug, einem kleinen Flugzeug aus rotem Plastik, dass weder sie noch der Hund ihn vorher bemerkt hatte. Beinahe hätte sie die prall gefüllte Plastiktüte, die sie gerade aus dem Wagen hob, fallen lassen.

»Was wollen Sie?«, fragte sie barsch. »Mich zu Tode erschrecken?«

Jetzt wurde auch der Hund aufmerksam, der bisher um den lärmenden Jungen herumgesprungen war. Sein fröhliches Kläffen verwandelte sich augenblicklich in ein aggressives Bellen. Er schoss auf den Mann zu und nur Ellens Rufe hielten ihn zurück. »Aus, Arco! Platz! Leg dich!«

Fried war zurückgewichen. Er hatte Angst vor Hunden. Unsicher stand er im geöffneten Tor des Hofes und hielt die Arme im Schrecken weit von sich gespreizt.

Clara und Gregor warteten am Auto.

»Was wollen Sie?«, fauchte Ellen wieder. Ihr Onkel hatte gesagt, dass die Fremden nichts als Ärger brachten. Wieder und wieder hatte er es ihr vorgebetet. Mittlerweile glaubte sie es selbst. Sie bereute es längst, dass sie ihnen erlaubt hatte, im Hotel zu übernachten und im Dreck herumzuwühlen.

Sie fragte noch einmal, diesmal voller Hass: »Was wollen Sie jetzt schon wieder?«

Da war etwas im Blick des alten Mannes, das sie verunsicherte. Er hatte klare, blaue Augen. Sie strahlten in diesem Moment eine solche Traurigkeit aus, dass sie plötzlich die Gewissheit überfiel, dass das, was er ihr zu erzählen hatte, ihr großen Schmerz zufügen würde.

»Geh ins Haus, Thommy«, sagte sie tonlos und ließ die Einkaufstüte zurück auf den Autositz gleiten. »Geh ins Haus und nimm den Hund mit.«

35. Chance und Pflicht

Der Stamm der Buche warf im grellen Licht der Autoscheinwerfer einen Schatten, der Soheylas Gesicht in zwei Hälften teilte.

Sie blinzelte. Das, was sich da näherte und auf den Parkplatz einbog, war kein Golf. Manchmal fuhr Bernhard Motorrad, das hatte sie gesehen. Dies hier allerdings war ein Mercedes.

Sie glitt zurück hinter den Stamm und zählte weiter. »Dreiundachtzig ... vierundachtzig ... fünfundachtzig ...« Die deutschen Zahlen waren schwer. Die Reihenfolge der geschriebenen Ziffern entsprach nicht der Aussprache. Es hatte lange gedauert, bis sie sich daran gewöhnt hatte.

Zwei Männer stiegen aus. Das Abblendlicht brachte kaum genug Helligkeit, dass sie erkennen konnte, um wen es sich handelte.

Sie hörte, wie zwei Türen geöffnet wurden, Schritte. Männer auf dem Weg nach Hause. Eine Pause, um in die Büsche zu pissen vielleicht.

»Wo bist du?«, rief Bernhard.

Sie hielt den Atem an. Warum hatte er jemanden mitgebracht? Was hatte er vor?

Sie würde eine Chance haben, wenn ein Auto vorbeikam. Ein paar weit ausholende Schritte an den beiden vorbei, dann konnte sie jemanden anhalten, jemanden um Hilfe bitten.

»Komm schon, Mädchen, wo steckst du?« Bernhards Stimme klang ungeduldig und fordernd.

Plötzlich tastete der Schein einer Taschenlampe nach ihr, huschte über ihren Fuß, die durchnässte Hose, wanderte an ihrer Seite hinauf. Sie versuchte, sich hinter dem Baum zu verstecken, was misslang.

»Da!«, rief eine andere Stimme, die sie kannte. »Da ist sie!«

Die Schritte kamen auf sie zu. Der grelle Lichtfleck der Taschenlampe tanzte umher und wurde größer.

»Du solltest allein kommen!«, rief sie heiser.

»Mein Vater!«, rief Bernhard. »Wie soll ich sonst an das Geld kommen? Kannst du mir das mal sagen?«

Jetzt waren sie bei ihr. Hände kamen aus dem Licht auf sie zu. Sie fassten nach ihr und mit zusammengebissenen Zähnen versuchte sie, sich zur Wehr zu setzen. Es hatte keinen Zweck zu schreien, das wusste sie.

Naiv war sie gewesen! Kindisch und naiv. Sie hatte geglaubt, es könne glatt gehen. Nichts lief glatt! Alles war gegen sie.

»Hör mit dem Scheiß auf, Mädchen!«, herrschte sie der Alte an, als sie begann, wild um sich zu schlagen. »Keiner tut dir was, hörst du?«

Der Lichtkegel sank, die Hände verschwanden, sie hörte auf zu schlagen. Schwer atmend sah sie sich den Gestalten zweier Männer gegenüber, denen das schwache Licht von unten wilde Schatten in die Gesichter malte. Sie hielt sich gebückt wie ein Tier. Genauso fühlte sie sich. Wie ein Tier, das gejagt wurde, dem niemand Unterschlupf gewährte. Ein fremdes Tier aus einem fremden Land.

»Du wirst die Klappe halten?«, fragte Bernhard. »Wirklich?«

Sie nickte.

»Wirklich?«

»Ja, Mann, wirklich. Ich will weg von hier. Ihr seht mich nie mehr wieder!«

»Wohin willst du?«

»Keine Ahnung.« Ihr Atem ging stoßweise. Sie wischte sich nervös über den Mund.

Eine Hand mit einem prall gefüllten Umschlag kam auf sie zu. Es war die des Alten.

»Zwanzigtausend«, sagte er mit düsterer Stimme.

»Zwanzigtausend? Moment mal, ich habe gesagt ...«

»Zwanzigtausend oder gar nichts!«, schrie er plötzlich wütend und hielt ihr zitternd den Umschlag direkt vors Gesicht. »Und nie wieder ein Wort!«

Sie überlegte nicht lange. Welche Wahl hatte sie? Mit einem raschen Griff nahm sie den Umschlag an sich und riss ihn auf. Sie fühlte Geldscheine. Das Licht reichte nicht aus, um sie zu zählen. Der Wind ließ den Umschlag in ihrer Hand flattern. Sie zog einen Schein heraus und erkannte eine Zweihundert. Sie schnaubte wütend. »Na gut. Dann eben das hier.«

»Ich will dich nie wieder sehen!«, sagte Bernhard giftig.

»Ich dich auch nicht.« Sie wich zurück und tastete nach den Baumstämmen und den Zweigen hinter sich. »Und jetzt lasst mich in Ruhe. Zieht Leine.«

Auch die Männer wichen langsam zurück. Während Soheyla sich mit vorsichtig tastenden Schritten dem kleinen Fußweg näherte, der sie von hier wegführen sollte, bewegten sich die Männer Schritt für Schritt, wie in Zeitlupe, zurück zu ihrem Fahrzeug. Ihre Sohlen quietschten auf dem nassen Asphalt.

Soheylas Herz schlug ihr bis zum Hals. Sie hatte das Gefühl, der Umschlag mit all dem Geld müsse so heiß sein, dass er ihre Finger verbrenne.

Sie drückte die Taste ihres Handys, um die SMS abzusenden.

Und im gleichen Moment begann sie stumm zu zählen. Wie lange brauchte man vom Hotel bis hierher?

»Eins ... zwei ... drei ...«

»He!«, rief Bernhard und ließ den ausgestreckten Zeigefinger nach vorne schnellen. »Verdammt noch mal, was machst du da?«

Das Display ihres Handys hatte aufgeleuchtet. Ein kleines, blassgrün leuchtendes Fensterchen, das darauf hinwies, dass etwas geschehen war, was nicht hätte geschehen dürfen.

»Du Sau!«, brüllte der alte Diefenthal und sprang auf sie zu. »Du verfluchte, kleine Ausländersau!«

Soheyla rannte los. Ihre Füße schlitterten über den feuchten Lehm des Weges. Sie hörte, wie einer der Männer ausrutschte und hart auf den Boden schlug. Ihr eigenes Keuchen rauschte wie Sturm in ihren Ohren.

»Gib das her!«, schrie Bernhard schrill und sie spürte seine Fingerspitzen an ihrer Jacke. »Gib mir das verdammte Ding her!«

Sie hielt das Handy weit von sich weggestreckt, trug es wie eine Fackel vor sich her durch die Nacht. Bernhards Atem war dicht hinter ihr zu hören. Seine Schritte, das schrubbende Geräusch, das seine Lederjacke machte, wenn er seine Arme bewegte.

Die Ahr gluckerte tiefschwarz in ihrem Bett.

Als sie stehen blieb und ausholte, um das Handy zu werfen, griff seine Hand nach ihrer Schulter.

Der Umschlag! Das Geld! Etwas flatterte. Im nächsten Augenblick zertanzte das Bündel Scheine im Wind. Ihr Arm schnellte mit aller Kraft, die sie aufzubieten im Stande war, nach vorne, und das Handy flog durch die Luft. Sie sah es noch für den Bruchteil einer Sekunde, dann verschwand der winzige, leuchtende Fleck einfach im Nichts. Sie hörte nicht einmal mehr das platschende Geräusch, als es ins Wasser fiel.

»Hast du sie?«, hörte sie die Stimme des Vaters. »Lass sie nicht abhauen!« Er kam näher und näher. »Lass sie bloß nicht wieder abhauen, hörst du?«

Sie strauchelte, ihre Füße gaben auf dem rutschigen Untergrund nach, glitten seitlich weg. Bernhard stieß einen bestialischen Schrei aus, als er sich auf sie stürzte. Die Kälte brannte plötzlich wie Feuer, als ihre Körper ins Wasser stürzten.

Seine Hände waren überall. Zerrten an ihr, rissen an ihren Kleidern und schlossen sich schließlich in einer verzweifelten Umklammerung um ihren Hals.

Soheyla tat nichts mehr, um sich seiner zu erwehren.

Milliarden schwarzer Blasen brausten um sie herum.

Ihr Blick war starr nach oben gerichtet. Einmal noch das Sternenzelt sehen, so wie in Teheran. Ein letztes Mal.

Aber die kalten Wellen schlugen unerbittlich über ihr zusammen.

36. Die Wahrheit

Natürlich, es ist nur eine Vermutung, aber die Dinge sprechen für sich. Für uns ist es schon jetzt die Wahrheit«, sagte Clara, die das Gespräch mit den beiden Frauen übernommen hatte. Sie hatte es einfühlsam gemacht und ihnen immer wieder Zeit gelassen, über ihre erschütternden Erkenntnisse nachzudenken. »Die junge Frau wird uns ihre Lüge beichten.«

»Das wissen Sie nicht«, sagte Ellen mit einem letzten, halbherzigen Ausdruck von Trotz in der Stimme.

»Noch nicht«, sagte Clara behutsam und strich über die Falten der Tischdecke.

Als Frieds Handy in diesem Augenblick ein jämmerliches, kleines Piepgeräusch von sich gab, zuckten alle zusammen.

Ellens Mutter rang wieder und wieder die wurstigen, kleinen Glieder ihrer Finger und weinte. Wieder und wieder hatte sie beteuert, nicht zu wissen, wo ihr Bruder und ihr Neffe hingefahren seien. Sie hätten ein paar knappe Worte über kaputte Zäune von sich gegeben, als sie beinahe fluchtartig das Haus verließen. Dies sei kurz vor der Ankunft der drei gewesen, kurz bevor Ellen und ihr Sohn zurückgekehrt waren.

Fried betrachtete sein Mobiltelefon und betätigte ein paar Tasten.

Aus dem Nebenzimmer, der guten Stube, drang der Lärm einer martialisch anmutenden Zeichentrickserie im Fernsehen, die dazu geeignet war das Kind während ihres Gesprächs fernzuhalten.

Ellen fixierte Fried und versuchte in seinem Gesicht zu lesen, welcher Art die Nachricht sein mochte, die er gerade empfangen hatte.

Er nickte grimmig. »Beinahe sieben«, murmelte er. »Kommt, wir gehen.«

Er stieß den Stuhl nach hinten und sprang auf. Clara und Gregor taten es ihm nach. Für einen Augenblick überlegte Fried, ob er Auskunft darüber geben sollte, welcher Ort ihm in dieser Botschaft übermittelt worden war, aber er ahnte, dass dies für die beiden Frauen nicht von Belang war.

Claras Blick streifte beim Hinausgehen das Gesicht von Ellen, die in der Tat keinerlei Anstalten machte, sich ihnen anzuschließen.

Eine getäuschte Frau. Das Leben hatte sie betrogen, ihr Mann hatte sie verspielt, und die Menschen, auf die sie gesetzt hatte, hatten den Zeitpunkt erkannt und sie ausgenutzt, sie mit geradezu widerwärtiger Perfidie in die Irre geführt.

Ihr Gesicht spiegelte nichts als Kraftlosigkeit und Leere wider.

Als sie den Raum verließen, blieben die beiden Frauen stumm zurück. Die Mutter zog wieder und wieder die dicke Brille aus, um sich die rot verquollenen Augen zu wischen.

Die Tochter hatte längst keine Tränen mehr.

Fried fuhr fahrig. Er lenkte allenthalben zu knapp um die Ecken der alten Fachwerkhäuser herum, stieß beim Halten an den Einmündungen meterweit auf die quer verlaufenden Fahrbahnen vor und ließ den Wagen bocken und ruckeln, sodass Clara sich beherrschen musste, ihn nicht deswegen anzuherrschen.

Ein Blick in den hinteren Teil des Wagens verriet ihr, dass es Gregor nicht gut ging. Er hielt die Hände über dem Magen verschränkt und selbst im Zwielicht der Straßenlaternen war zu erkennen, dass seine Fingerknöchel vor Anstrengung weiß hervortraten.

»Geht es?«, fragte sie.

Er nickte stumm. »Fahrt weiter«, presste er dann hervor. Fahrt um Himmels willen endlich weiter.«

Fried schaltete den Scheibenwischer ein, als der Regen wieder einsetzte. Er murmelte verbissen: »Gleich wissen wir es. Endlich wird uns jemand wirklich die Wahrheit erzählen.«

Sie passierten die Bikerklause, vor der zahlreiche Autos standen. In der Verkaufshalle zur Linken war alles finster.

Wenige Augenblicke später hatten sie ihr Ziel erreicht. Fried hoffte inständig, dass er die Nachricht der jungen Frau nicht falsch gedeutet hatte. Es gab hier nur einen Wanderparkplatz zwischen Ahrhoven und Ahrhütte, soviel er wusste. Es war jetzt kurz nach sieben Uhr. Sie waren fast pünktlich. Hoffentlich war sie da.

Von der Straße aus war der Parkplatz bei diesen Lichtverhältnissen kaum einzusehen. Mit Schwung lenkte Fried den Wagen nach rechts in die Einmündung hinein.

Wie sah dieses Mädchen aus? Keiner, mit dem er über sie gesprochen hatte, hatte sie beschrieben. Nicht einmal Ellen. Sie war viel zu sehr mit dem Gedanken beschäftigt gewesen, dass sie dieser Soheyla geglaubt und damit einem unglaublichen Verrat zum Opfer gefallen war.

»Soheyla«, flüsterte Fried. »Ein Name wie aus dem Märchen. Ich bin froh, dass sie sich uns anvertraut. Wenn Diefenthal Wind davon bekommt, steckt sie in echten Schwierigkeiten!« Merkwürdigerweise verspürte er keinerlei Groll gegen diese junge Frau, die es doch eigentlich gewesen war, die mit ihrer Lüge Michaels Schicksal besiegelt hatte. Er war begierig, sie zu sehen. Er wollte aus ihrem Mund die Wahrheit hören. Nicht mehr und nicht weniger.

Er trat abrupt auf die Bremse. Auf dem Parkplatz stand ein Fahrzeug.

Alle drei erkannten Diefenthals Mercedes gleichzeitig.

Clara bäumte sich auf dem Beifahrersitz auf. »Nein!«, kreischte sie. »Das darf nicht sein!« Sie riss die Tür auf, noch bevor der Wagen richtig zum Stillstand gekommen war.

Diefenthal und sein Sohn vollführten hektische Bewegungen am Kofferraum ihres Wagens. Der Mercedes stand mit dem Heck ganz dicht bei den Büschen.

Bernhard kam ihnen entgegengelaufen. »Weg!«, schrie er schrill und breitete die Arme aus, als wolle er sie fortjagen wie einen Pulk verirrter Hühner. »Weg hier!«

»Verschwindet!«, donnerte Diefenthals dunkle Stimme vom hinteren Teil des Mercedes herüber. Er schien damit beschäftigt, etwas im Kofferraum zu verstauen.

Fried warf den jungen Mann zur Seite, sodass er hart gegen den Seitenspiegel des Fahrzeugs stieß und sich vor Schmerzen krümmte. »Bist du wahnsinnig?«, schrie er und sprang auf Diefenthal zu.

Er sah eine Plastikplane. Sie war um einen Gegenstand geschlungen. Etwas Großes, Längliches in einer Plastikplane. Fried spürte, wie Übelkeit in ihm aufstieg.

»Haut ab!«, rief Diefenthal und schüttelte Frieds Hände ab, die nach ihm packten. »Ihr könnt hier nichts mehr tun. Hier ist alles gelaufen, versteht ihr?«

»Um Gottes willen, Rudi! Hast du sie umgebracht?« Clara starrte wie in Trance auf das dunkle Bündel. Diefenthal zerrte mit hektischen Bewegungen an den Schnüren und stopfte die losen Enden der Plane in die Ecken des Kofferraums. Er schlug mit der flachen Hand nach Fried, der immer wieder den Versuch machte, ihn von seinem Tun abzubringen.

»Oh Gott«, hauchte Clara. »Umgebracht. Du bist wahnsinnig geworden, Rudi! Völlig wahnsinnig!«

»Kein Mensch hat hier irgendwen umgebracht«, brüllte Diefenthal. »Nicht euren dämlichen Michael, nicht diese Ausländersau, kein kleines Kind, kein gar nichts, versteht ihr mich denn nicht!« Seine Stimme schwoll an wie das Donnern eines Vulkans und mit einem Mal fuhr er herum, packte den überraschten Fried am Kragen und schleuderte ihn rücklings auf den Asphalt. »Du sollst mich verdammt noch mal nicht anpacken, Söntgens!«

Clara wollte schreiend auf ihn losspringen, aber Bernhard packte sie brutal beim Arm und hatte Mühe, ihren Schlägen und Tritten auszuweichen. Der Wind trieb den Regen in Fontänen um sie herum.

Und mit einem Mal hatte Diefenthal ein Gewehr in der Hand. Keiner von ihnen hatte genau erkennen können, wo er es so schnell hergeholt hatte. Es musste in den Tiefen des Kofferraums verborgen gewesen sein. Mit einer raschen Bewegung richtete er den Lauf auf den am Boden liegenden Fried und wiederholte leise drohend sein Credo, wieder und wieder, so, als wolle er es sich selbst einreden: »Hier ist niemand umgebracht worden, verstehst du mich. Hier ist niemand umgebracht worden! Die kleine Ausländerin ist weg, abgehauen, wie vom Erdboden verschluckt.« Plötzlich begann er zu kichern. »Vom Erdboden verschluckt, versteht ihr? Kein Mensch wird sie finden, weil niemand nach ihr suchen wird. Es hat sie praktisch gar nicht gegeben. Da ändert ihr nichts dran. Ihr aufgeblasenen Affen.« Dann riss er die Flinte herum und zeigte mit der Mündung auf Clara. Wie von Sinnen brüllte er jetzt: »Also haut endlich ab!«

Sie erkannten in diesem Augenblick unweigerlich, dass diesem Mann nicht beizukommen war. Die einzige Chance, jemals die Wahrheit zu erfahren, hatte sich in wenigen Minuten in Luft aufgelöst. Als Bernhard jetzt den Kofferraumdeckel zuschnappen ließ, schien dies unweigerlich das Ende zu sein.

Fried lag am Boden und starrte fassungslos auf den breitbeinig dastehenden Diefenthal, dem die Regentropfen die glänzenden Wangen sprenkelten, der in diesem Moment wieder Oberwasser bekam und dem man deutlich ansah, dass in seinem Gehirn bereits Pläne reiften, wie die entstandenen Wogen ganz rasch wieder zu glätten seien. Wie er den Frauen zu Hause die wirren Gedanken und Verdächtigungen austreiben würde, wie er mit der Handvoll Erde, das er auf Michaels Sarg werfen würde, kalt lächelnd alles Ungemach begraben und endlich wieder seine Ruhe finden würde.

Männer wie er änderten die Dinge nach ihren eigenen Vorstellungen. Sie hatten alles im Griff. Das war schon immer so gewesen, und es würde immer so bleiben.

»Packt euren Kram und verzieht euch dahin, wo ihr hergekommen seid!«, sagte er mit einem schäbigen Lächeln.

Er klopfte mit der flachen Hand auf die Heckklappe des Wagens und in diesem Moment startete sein Sohn den Motor. Die Scheinwerfer flammten auf. Diefenthal wandte sich zur Seite und spuckte geräuschvoll aus.

Fried sackte in sich zusammen.

Vorbei. Sie hatten versagt.

Und plötzlich geriet an dem Bild etwas in Unordnung. Ein Schatten legte sich zwischen ihn und Diefenthal.

Der Lauf der Flinte wurde gepackt und herumgerissen.

Es dauerte nur einen Wimpernschlag.

Gregor hatte nicht einmal mehr die Zeit, sie noch ein letztes Mal anzusehen, bevor das Unabänderliche geschah. Er schloss die Augen und legte den Kopf in den Nacken, so wie er es möglicherweise getan hatte, wenn er mit großer Geste dem Tod auf der großen Theaterbühne begegnet war.

Als Diefenthals Finger sich um den Abzug krümmte, geschah das aus Reflex. Ein infernalischer Donner brandete durch die regennasse Luft. Es schallte von den Hängen wider und jedermann im Dorf musste es gehört haben.

Gregor hielt den Lauf immer noch fest umklammert, als seine Knie unter ihm wegsackten. Er sank ganz langsam in einer bizarren, fast demütig aussehenden Pose vor Diefenthal zu Boden.

Clara stürzte, bevor sie noch richtig begriffen hatte, was geschehen war, zu ihm und umschlang ihn mit einem leisen Wimmern. Fried rappelte sich mit einem gequälten Stöhnen auf und war auf Händen und Knien in Sekundenschnelle bei seinem Freund.

»War schön, euch wiederzusehen«, flüsterte Gregor, der jetzt den Lauf des Gewehrs losgelassen hatte und die Arme vor dem Bauch verschränkt hielt.

»Halt durch«, schluchzte Clara. »Halt bitte durch, bis wir den Krankenwagen hier haben.«

Aber Gregor schüttelte schwach den Kopf. »Lass mal, Schätzchen. Wurde sowieso Zeit.«

Sie umschlang ihn mit einem bitteren Schluchzen und fand seine Hände. Sie waren eiskalt. Seine Augen gingen ruckartig zwischen Fried und Clara hin und her. Der Wind spielte mit seinem schütteren Haar, und als sie sahen, wie viel Mühe es ihn kostete ein Lächeln aufzusetzen, zerriss es ihnen das Herz.

»Passt auf euch auf«, sagte er mit immer schwächer werdender Stimme.

Als Fried ihm in diesem Moment etwas in die Hand drückte, das er aus der Tasche seines Mantels hervorgeholt hatte, stutzte er für einen Moment und senkte den Blick. Auf seiner blutverschmierten Linken erkannte er undeutlich etwas Kleines, Glänzendes – etwas, das Fried ihm schon die ganze Zeit hatte zeigen wollen. Etwas, das für sie der größte Schatz ihrer Kindheit gewesen war.

»Die Sonne Montezumas«, flüsterte Gregor glücklich und schloss die Augen.

37. Abschied

Am Grab konnten sie nicht anders, als fortwährend den kleinen Jungen im schwarzen Mäntelchen zu betrachten. Immer wieder, immer intensiver. An seinen langen Wimpern glitzerten die Tränen.

Der Abschied von seinem Vater betrübte ihn, aber er hatte schon viel zu lange mit den Erwachsenen zusammengelebt, die nichts Besseres zu tun gehabt hatten, als ihm Tag für Tag das schleichende Gift der Entfremdung einzuflößen.

Als er jetzt da am offenen Grab stand und Tränen vergoss, da waren sie sich sicher, dass sein Schmerz schon bald nachlassen und nach und nach einer sanften Sehnsucht Platz machen würde.

Der Anblick der versammelten Trauergäste warf Clara und Fried ein weiteres Mal zurück, so wie es in den letzten Tagen immer wieder völlig unverhofft geschehen war. Da verschwamm plötzlich alles um sie herum und sie fanden sich auf demselben Friedhof wieder, am selben Familiengrab und in ihren Ohren läutete dasselbe blecherne Glöcklein von der Dorfkirche herüber. Und doch war es eine andere Beerdigung.

Als sich dann schließlich ihr Blick wieder klärte und die Konturen wieder schärfer wurden, da entdeckten sie in den Augen der Mutter, die während der ganzen Zeit die kleine Hand ihres Sohnes fest umklammert hielt, Tränen des Abschieds.

Diese Tränen trösteten sie. Sie sagten ihnen, dass nicht alles umsonst gewesen war.

Wenn sie später an diese Reise zurück in die Vergangenheit dachten, dann übermannten sie unweigerlich namenloser Schmerz und bittere Trauer über all das, was sie in diesen wenigen Tagen verloren hatten.

Das Einzige, was ihnen darüber hinweghalf, war dann der Gedanke an das längst Verlorengeglaubte, das sie auf dieser Reise wiedergefunden hatten. Sie genossen die Jahre, die ihnen blieben.

KBV KRIMINALROMAN

Stephan Everling

TOTENKAMMERWALD

Taschenbuch, 248 Seiten

ISBN 978-3-940077-68-4

9,50 EURO

Als der Kriminalbeamte Schwarz von Köln in die Eifel versetzt wird, hat er noch die Hoffnung, dass die friedvolle Umgebung eine heilende Wirkung auf sein zutiefst erschüttertes Seelenleben hat. Während die beginnende Weltfinanzkrise ihren Weg um den Globus nimmt und unheilvolle Schatten auf eine schwierige Zukunft wirft, betraut man den frisch Eingetroffenen mit der Aufgabe, das Verschwinden eines Bankdirektors zu untersuchen. Doch der vermeintliche Zeitvertreib erweist sich als sicherer Pfad in das Pandämonium: Schüsse fallen, Geld verschwindet, und als im Kammerwald eine Leiche gefunden wird, ist jedem klar, dass man von einer einfachen Lösung weit entfernt ist.
Unter dem Druck der Medien entwickelt sich das friedliche Eifelstädtchen Schleiden zu einem Hexenkessel. Doch noch bevor die Natur des Nationalparks Eifel und die Begegnung mit einer geheimnisvollen Malerin im einsamen Forsthaus ihre heilende Wirkung auf seine Seele ausüben können, begreift Schwarz, dass nicht nur in seinem Dasein zwischen der blutigen Vergangenheit und der grausamen Gegenwart eine Brücke geschlagen wurde. Und diese unheilvolle Verbindung wird noch weiteren Menschen den Tod bringen, wenn es ihm nicht gelingt, das Schicksalsrad zum Stehen zu bringen.

Ein frischer Wind weht durch den Eifelkrimi-Blätterwald. Stephan Everling versteht sein mörderisches Handwerk!

KBV KRIMINALROMAN

Jacques Berndorf

DER MONAT VOR DEM MORD

Taschenbuch, 184 Seiten
ISBN 978-3-940077-52-3
9,50 EURO

Niemand ahnt etwas von Horstmanns Träumen. Für seinen Chef ist er der hochqualifizierte Chemiker, der nur in Formeln denken kann. Für seine Kollegen, besonders für Ocker, ist er der nette, immer ein wenig zerstreute Weltfremde.
Seine Träume? Er braucht Geld, um sie realisieren zu können. Viel Geld. Ein neuer Forschungsauftrag kommt ihm daher sehr gelegen. Der Auftrag lautet, ein Mittel gegen einen verheerenden Kiefernschädling zu entwickeln. Horstmann will dieses Mittel schneller finden als die Kollegen, schneller als die Konkurrenz.
Umsichtig und raffiniert macht er sich an die Arbeit, die ihn seinem Ziel einen Schritt näherbringen soll. Einem Ziel, das er ohne Gewalt nicht erreichen kann. Einem Ziel, das einen Monat entfernt vor ihm liegt.

Deutschlands meistgelesener Krimiautor hat in seinem Fortsetzungsroman im "stern" den Zeitgeist der Siebziger Jahre eingefangen und seziert mit dem aufmerksamen Blick des Journalisten und dem großen Talent eines versierten Erzählers das Kleinbürgertum in einer wilden Zeit des Aufbruchs.

»Ein Frühwerk von Deutschlands Bestsellerautor, ein schonungsloses Portrait deutscher Kleinbürgerlichkeit.«